第七届鲁迅文学奖获得者

鲍尔吉·原野 散文精选集

去加格达奇的火车

鲍尔吉·原野◎著

时代文艺出版社

图书在版编目（CIP）数据

去加格达奇的火车 / 鲍尔吉·原野著．—长春：时代文艺出版社，2019.1

ISBN 978-7-5387-5995-2

Ⅰ．①去… Ⅱ．①鲍… Ⅲ．①散文集－中国－当代 Ⅳ．①I267

中国版本图书馆CIP数据核字（2018）第229766号

出品人 陈 琛
产品总监 郭力家
责任编辑 李天卿
曾艳纯
装帧设计 李 斌
排版制作 隋淑凤

去加格达奇的火车

鲍尔吉·原野 著

出版发行 / 时代文艺出版社
地址 / 长春市泰来街1825号 时代文艺出版社 邮编 / 130011
总编办 / 0431-86012927 发行部 / 0431-86012957 北京开发部 / 010-63108163
官方微博 / weibo.com / tlapress 天猫旗舰店 / sdwycbsgf.tmall.com
印刷 / 北京彩虹伟业印刷有限公司
开本 / 700mm × 980mm 1 / 16 字数 / 335千字 印张 / 23.5
版次 / 2019年1月第1版 印次 / 2019年1月第1次印刷 定价 / 68.00元

图书如有印装错误 请寄回印厂调换

目录

第一辑 巴甘的蝴蝶

第二辑 去加格达奇的火车

第三辑 从勃拉姆斯开始

第四辑 绵羊似的走马

第一辑 / 巴甘的蝴蝶

巴甘的蝴蝶

1

人说巴甘长得像女孩儿，粉红的脸蛋一层黄绒毛，一笑，眼睛像弓弯着。

他家在内蒙古东科尔沁的赫热塔拉村，春冬萧瑟，夏天才像草原。大片绿草上，黄花先开，六个小花瓣贴地皮上，马都踩不死。玲兰花等到矢车菊开败才绽放。每到这个时候，巴甘比大人还忙，那时他三四岁。他采一朵玲兰花，跑几步蹲下，采红火苗似的萨日朗花，开裆裤鼓出两瓣屁股。

妈妈说："老天爷弄错了，巴甘怎么成了男孩儿呢？他是闺女。"

妈妈告诉巴甘不要揪花，"奥布德简休。"——蒙古语，汉语的意思：疼呢。他把花带土挖出来，浇点儿水，栽到什么地方。这些地方是箱子里、大舅江其布的烟荷包里、收音机后面，还有西屋的皮靴里。即便到了冬天，屋里也能发现干燥裂缝的泥蛋蛋，上面有指痕和干得像烟叶一样的小花。

巴甘的父亲敏山被火车撞死了。他和妈妈乌银花一起生活，庄稼活——比如割玉米，由大舅江其布帮助。大舅独身，只有一匹三岁的雪青毛骟马。妈妈死后，大舅搬过来和巴甘过。

妈妈得的不知什么病。其实巴甘不知什么叫"病"。妈妈躺在炕上，什么活都不干，天天如此，额头上蒙一块折叠的蓝色湿毛巾。许多人陆陆续续看望她，包括从来没见过的，穿一件可笑的红风衣的八十岁的老太太，穿旧铁路制服的人，手指肚裂口贴满白色胶布的人。这些人拿来点心匣子，自己家种的西红柿，拿来斯琴格日勒的歌唱磁带。妈妈像看不见，平时别说点心，就是塑料的绿发夹，她也惊喜地捧在手里。

“巴甘，拿过去吃吧。”妈妈指着嫦娥图案的点心盒子，说罢阖目。不管这些人什么时间进来，什么时间走，也不管他们临走时久久凝视的目光。巴甘坐在红堂柜下面的小板凳上，用草茎编辫子。耳听大人说话，听不懂。有时妈妈和大舅说话，把巴甘撵出屋。他偷听，妈妈哭，一声盖过一声，舅舅无语。这就是“病”？

晚上，巴甘躺在妈妈身边。妈妈摸他头顶的两个旋儿，看他耳朵、鼻子，捏他的小胖手指。

“巴甘，妈妈要走了。”

“到哪里？”

“妈妈到了那个地方，就不再回来了。”

巴甘警惕地坐起身。

“巴甘，每个人有一天都要出远门，去一个地方。爸爸不是这样的吗？”

巴甘问：“那么，我要去哪里？”

“你哪里也不去，和大舅在一起。我走了之后，每年夏天变成蝴蝶，来看你。”

变成蝴蝶？妈妈这么神奇，她原来为什么不说呢？

“我可以告诉别人吗？”巴甘问。

妈妈摇头，过一会儿，说：“有一天，村里人来咱们家，把我抬走。那时候我已经不说话了，也不睁眼睛。你不要哭，也不要喊我。我不是能变成蝴蝶吗？”

“变成蝴蝶就说不出话？”

妈妈躺着点头，泪从眼角拉成长条流进耳朵。

她说得真准，有一天，家里来了很多人，邻居桑杰的奶奶带巴甘到西屋，抱着他。他们把妈妈抬出去，在外面，有人掀开她脸上的纱巾。妈妈的脸太白了。人们忙乱，雨靴踩得到处是泥，江其布舅舅蹲着，用手捏巴甘颤抖的肩头。

2

从那个时候起，赫热塔拉开始旱。牧民们觉得今年旱了，明年一定不旱，但年年都旱。种地的时候，撒不上种子，没雨。草长得不好，放羊的人把羊赶了很远，还吃不饱，反把膘走丢了。草少了，沙子多起来。沙堆像开玩笑一样突然出现在公路上，或者堆在桑杰家的房后。小孩子高兴，光着腚从上面滑下来，用胳膊掏洞。里边的沙子湿润深黄，可以攥成团。村里有好几家搬走了，到草场好的地方。

巴甘看不到那么多的花了。过去，洼地要么有深绿的草，要么在雨后长蘑菇，一定有花。现在全是沙子，也看不到蝴蝶。原来，它们在夏季的早晨飘过来、飘过去，像纸屑被鼓风机吹得摇晃。妈妈变成蝴蝶之后，要用多长时间才飞回赫热塔拉呢？中途累了，也许要歇一歇，在通辽或郑家屯。也许它见到河里的云彩，以为是真云彩，钻进去睡一会儿，结果被水冲走了。

那年敖包节过后，巴甘坐舅舅的马车拉化肥，在老哈河泵站边上看见蝴蝶。他已经十多岁了，跳下马车，追那只紫色的蝴蝶。舅舅喊：

“巴甘！巴甘！”

喊声越来越远，蝴蝶在沙丘上飞，然后穿过一片蓬蓬柳。它好像在远方，一会儿又出现在眼前。巴甘不动了，看见它往远处飞，一闪一闪，像树叶子。

后来，他们俩把家搬到奈曼塔拉，舅舅给一个朝鲜族人种水稻，他读小学三年级。

这里的学校全是红砖大瓦房，有升国旗的旗杆，玻璃完好，冬天也不冷。学校有一位青年志愿者，女的，金发黄皮靴，叫文小山，香港人。文老师领他们班的孩子到野外唱歌，夜晚点着篝火讲故事。大家都喜欢她，和她包里无穷无尽的好东西：塑料的扛机枪的小人、指甲油、米老鼠形的圆珠笔、口香糖、闪光眼影、藏羚羊画片。每样东西文老师都有好多个，放在一个牛仔背包里。她时刻背着这个包，遇到谁表现好——比如敢大声念英语单词，她拉开包，拿一样东西奖励他。

有一天下午，文老师拿来一卷挂图，用摁钉钉在黑板上。

“同学们，”文老师指着图：“这是什么？”

“蝴蝶。”众声说。

图上的蝴蝶铺翅，黄翅带黑边儿，两个触须也是黑的。

“这是什么？”

“蛆虫。”

“对。这个呢？”她指着一个像栗子带尖的东西。“这是蛹。同学们，我们看到的美丽的蝴蝶，其实是由蛹变的。你别看蛆虫和蛹很丑，但变成了蝴蝶之后……”

“你胡说！”巴甘站起来，愤怒地指文老师。

文老师一愣，说：“巴甘，发言请举手，坐下。”

巴甘坐下，咬下嘴唇。

“蛹在什么时候会变成蝴蝶呢？春天，大地复苏……”

巴甘冲上讲台，一口咬住文老师的胳膊。

“哎哟！”文教师大叫，教室乱了。巴甘在区嘉布的耳光下松开嘴，文老师捧胳膊看带血的牙痕，哭了。巴甘把挂图扯下，撕烂，在脚下踩，鼻子淌着血。区嘉布的衣裳扣子被扯掉，几个女生惊恐地抱在一起。

“索耶略铁介？（疯了吗？）”校长来到，他用手戳巴甘额头。巴甘后仰坐地。他把巴甘拎起来，再戳。“索耶略铁介（疯了）！”巴甘坐地。

校长向文老师赔笑，用嘴吹她胳膊上的牙痕。向文老师赔笑的还有江其布舅舅，他把一只羊牵来送给了文老师。校长经过调查，巴甘并没有被疯狗咬过，告诉文老师不用害怕。巴甘被开除了。

一天晚上，文老师来到巴甘家，背着那个包。她让江其布舅舅和黄狗出去待一会儿，和巴甘单独谈一谈。

“孩子，你一定有心结。”文老师蹲下，伸出绑着绷带的手摸巴甘的脸。“告诉老师，蝴蝶怎么了？”

蝴蝶？蝴蝶从很远的地方飞过来，也许是锡林郭勒草原，姥姥家就在那里。蝴蝶在萨日朗的花瓣里喝水，然后洗脸，接着飞。太阳晒的时候，它躲在白桦树的叶子下面凉快一下，太阳落山之后再飞。在满天星光之下，蝴蝶像一个精灵，它要么是玉白色，也许是紫色水晶……

“蝴蝶让你想起了什么？孩子。”

巴甘摇头。

文老师叹口气，她从包里拿出一又白球鞋，皮的，蓝鞋带儿，给巴甘。

巴甘摇头。他的黄胶鞋已经烂了，胶皮没烂，帆布的帮儿露出肉来。他没鞋带儿，麻绳从脚底板系到脚背。

文老师把新鞋放炕上，巴甘抓起来塞进她包里。

文老师走出门，见江其布纯朴可怜的笑脸，再看巴甘。她说：“蝴蝶是美丽的。巴甘，但愿我没有伤害你，上学去吧。”

巴甘回到学校。

3

巴甘到了初一年级的时候，成了旗一中的名人。在自治区中学生数学竞赛中，他获得了第三名，成为邵逸夫奖学金获得者。

暑假时，盟里组织一个优秀学生夏令营去青岛，包括巴甘。青岛好，房子从山上盖到山下，屋顶红色，而沙滩白得像倒满了面粉，海水冲过来上岸，又退回去。

夏令营最后一天的活动是参观黄海大学。楼房外墙爬满了常春藤，除了路，地上全有草，比草原的绿色还多。食堂的椅子都是固定的，用屁股蹭，椅子也不会发出声响。吃什么自己拿盘子盛，把鸡翅、烧油菜和烧大虾端到座位上吃。吃完，铁盘子扔进一个红塑料大桶。

吃完饭，他们参观生物馆。

像一艘船似的鲸鱼骨架、猛玛的牙齿、猫头鹰和狐狸的标本，巴甘觉得这其实是一个动物园，但动物不动。当然，鱼在动，像化了彩妆的鱼不知疲倦地游过来游过去，背景有灯。最后，他们来到昆虫标本室。

蝴蝶！大玻璃柜子里沾满了蝴蝶。大的像豆角叶子那样，小的像纽扣，有的蝴蝶翅膀上长出一对圆溜溜的眼睛。巴甘心里咚咚跳。讲解的女老师拿一根木棍，讲西双版纳小灰蝶，墨西哥君主斑蝶，凤眼蛱蝶……巴甘走出屋，靠在墙上。

蝴蝶什么时候到了这里？是因为青岛有海吗？赫热塔拉和奈曼塔拉已经好多年没有蝴蝶了。蝴蝶迷路了，它们飞到海边，往前飞不过去了，落在礁石上，像海礁开的花。

夏令营的人走出来，没人发现他。巴甘看见拿木棍的女老师。他走过去，鞠一躬。老师点头，看这个戴着“哲里木盟”字样红帽的孩子。

巴甘把兜里的钱掏出来，有纸币和用手绢包的硬币，捧给她。“老师，求您一件事，请把它们放了吧！”

“什么？你是内蒙古的孩子吧？”

“放了吧！让它们飞回草原去。”

“放什么？”

“蝴蝶。”

女老师意外，笑了，看巴甘脸涨得通红，脸有怒意并有泪水，止笑，拉起他的手进屋，一言不发看着他。

巴甘沉默了一阵儿，一股脑儿把话说了出来。妈妈被抬出去，外面下着雨，桑杰的奶奶用手捂着他的眼睛。每个人最终都要去一个地方吗？要变成一样东西吗？

女老师用手绢揩拭泪水。等巴甘说完，她从柜里拿出一个木盒。“你叫什么名字？”

“巴甘。”

“这个送你。”女教师手里的水晶嵌着一只美丽的蝴蝶，紫色镶金纹。“是昆山紫凤蝶。”她把水晶蝶放进木盒给巴甘，眼睛红着，鼻尖也有点儿红。她说：“美好的事物永远不会消失，今生是一样，来生还是一样。我们相信它，还要接受它。这是一只巴甘的蝴蝶”。

窗外人喊：“巴甘，你在哪儿？车要开了……”

大 清

巴彦伯、托托、杰日玛，另一位的名字我记不起来了，是图瓦国的呼麦歌手。他们让我惊讶的，是每个人脑后梳一条鲁迅说的“油光可鉴”的大辫子。

呼麦，在图瓦叫“呼美”。如果用“民歌地图”来述说蒙古音乐风格，长调始于锡林郭勒，穿越蒙古国和俄联邦的布里亚特。到达图瓦后，节奏鲜明，气味趋近高加索。伴奏乐器弓弦越来越少，弹拨越来越多。他们演唱的歌曲如马蹄踏石，节拍每分钟在一百六十至一百八十左右。

我们约他们拍摄节目，在叶尼塞河边。

在这儿，河流由东转向北，在镜头里是蓝色的，又有远山更浅的蓝。他们的演出服是蒙古袍，皮靴足尖上翘（满洲样式），纯银火镰挂腰上，最豪洒的是他们的辫子。在中国，见不到辫子了，大姑娘都不梳。

我怕冒昧，还是发问：“你们的发式……”

“大清发式。”巴彦伯自豪地回答。

两鬓剃除，余留成辫，清朝官民皆如此，这会儿见到了真人。见到便想到，男人要是衰老，白发脱发，从辫子上一眼就看出弱，难怪李鸿章爱戴一条假辫儿。

他们唱，我们录。呼麦，是一个人哼唱两个旋律，还当别人演唱的背景音乐，类似长笛、圆号或低音提琴的音效，当乐队用。当然他们有乐器。我边听边想，这种演唱其实可以赚大钱。他们说去过纽约和伦敦，没赚到什么钱。夏季，他们每人每天的演唱收入平均不到人民币五元钱。其他季节没游客，也就没收入。

有经纪人吗？他们说有，罗伯特·休，图瓦唯一的美国人。

演唱休息，托托对我说："我们崇拜大清。"

我不知该怎么说，问："是清朝吗？"

"对。"巴彦伯眼里燃起神往的光彩，"大清，一个谦逊的帝国，了不起。"

我按说比他们了解大清，至少电视剧看得多，但这个话题让我不知说什么好。18世纪，图瓦曾是大清版图的一部分。

"你们对大清的美好印象，能说出一个例子吗？"

"谷歌。"巴彦伯竖起右手大拇指。

谷歌，他们上网搜索大清？

杰日玛纠正："故宫。"

"也许是。"巴彦伯说，"多么大的院子啊！铺满了青砖，一万名官员下跪，'扎！'是真正的帝国，俄国人只会武力。"他竖起小拇指，再把指甲弹一下，像剔鼻涕渣。

"你们怎么了解大清的？"

"太爷说过的。"巴彦伯说。

"图瓦人留辫子的多吗？"

"过去的老人，偏僻地方的人现在留辫子。"

巴彦伯说，图瓦人辫子是跟满洲人（满族人）学的，出自萨满原典。辫子在头顶，代表灵魂。阵亡的满洲人要是带不回尸体，他的辫子也能入祖坟。两鬓剃发，是让太阳光照在太阳穴上。满洲人认为，辫子地位最高，不可污损，男人没辫子等于没灵魂。

这时，一个欧洲人走进帐篷，是休，刀脸，淡黄的眉毛近于乌有，裤子上有七八十个洞，露着肉和汗毛。录制节目没有告诉他，他很不满意，说，这个节目如果录了，中国市场就没了。

歌手说没关系，中国是大清的故乡。

休说，如果他们非要录，合约中香港、台湾的演出将取消。

他们说香港、台湾不值一提，北京才是他们向往的地方——故宫。

休气愤地挤眼，再挤眼，转身走了。

巍峨的金銮殿，红宫墙的黄琉璃瓦，男人化装成女人唱戏——这是巴彦伯心中的北京，他在纽约唐人街图片上看到的。

“我们能去北京吗？”

制片人说：“能，太能了。北京欢迎你们。”

欢迎这个词让他们不好意思。他们互相看，互相不好意思。在图瓦，词是词本来的意思，不随便说。“欢迎”让他们感到自己矮小。最后唱一首歌是《大清啊大清》。

“宫殿的檐角隐现在云端，它的名声人人啊知道。火焰珊瑚堆成假山，路旁生长椰枣和肉桂树，老虎在大街上睡着了。大清啊大清，万国向你致敬。大清啊大清，走在你的土地上，我找不到回家的路。”

歌词翻译，我止不住大笑。这哪是大清啊？康熙皇帝没听过这个歌真是可惜。歌手们脸上诚挚的表情在说：一个王朝的美不容怀疑。这个歌唱一百多年了，大人、小孩儿都相信珊瑚的假山、肉桂树、老虎在大街上睡觉。

我给别人讲图瓦男人留辫子的事，他们不信，更不信南西伯利亚的图瓦人怀想大清。有一次，央视国际新闻播出最后一条，普京领两个女儿到图瓦度假，画面上，普京坐在篝火边，身旁是巴彦伯和托托。

我起身指着电视喊：“巴彦伯，辫子！”

家里人吓了一跳。留辫子的巴彦伯们两秒钟就消失了，但被我看到。他们唱歌，普京儿童式的表情里微含嘲弄。歌手也许正唱《大清啊大清》，没人告诉普京，图瓦人厌恶俄国，喜欢大清。

对岸的云彩

我写作不怎么使用“美丽”这个词，觉得它是给偷懒者或儿童用的。可是，看到从克孜勒城北面流过的安加拉河的时候，我心里浮出的词就是“美丽”。

对河水而言，“美丽”说河面的温柔丰腴，水鸟追着河水飞翔。杨树倒映在水面，看得清叶子背面的灰。河怕扰乱杨树映象，似乎停流。水面浮走的水泡证明它还在行进。野花十几朵挤在一起摇摆，开成圆筒粉花的风信子，细碎微紫的马钱花，黄而疲倦的月见草花，在岸边伸长颈子观察河水。河水保持着荒凉中的洁净。

九十九条河流注入贝加尔湖，只有安加拉一条流出。它汇合叶尼塞河投奔北冰洋。当地传说，安加拉是贝加尔湖宠坏的女儿，与小伙子叶尼塞私奔了。

我在安加拉河边跑步，脚下是石板、草地或沙滩。跑五公里，到——我也不知这叫什么地方——还在河边，歇息。左面一座高崖，像城墙垒到河边停工。对岸有一处铁道线，偶过蒸汽机车，烟气纠结不散，白得晃眼，像被天空遗弃的私生子云。

仰卧起坐中发现，崖上坐一个姑娘，俄罗斯人，而不是常见的图瓦人。

她的象牙色的长裙从膝头垂盖草丛，身边蹲一只黄狗。在旷野里见到一位姑娘，思绪被她牵制，至少对我来说是这样。我做一组这个看一眼她，做一组那个再看，后来索性不活动，看她。因为是早晨，河面的风吹得她的金发微微颤动，她不时把裙子拎起来掖在腿中间。这时，对面一列火车开过来，黑色的货车。姑娘猛地举起一束花（她手里竟有花束），举得高高的，左右摇摆。火车传来汽笛声。

姑娘花束，火车汽笛，中间隔着温柔的安加拉河。我几乎要赞颂，这是意大利电影才有的浪漫。

火车驶远，变小，姑娘举花束的胳膊慢慢落下，黄狗冲火车叫个没完，嫉妒。

我回转到宾馆，其实整整一天，脑子里在还原这个场景。第二天和第三天，我在河边又看到此景。不同的是，第三天姑娘换了一条天蓝色的裙子。

我原本想登上高崖，路很远。高崖是凸凹的页岩，像中国人说的龙，越近河岸越高，姑娘在龙头上。我在下面仰望吧。

姑娘向火车挥动花束，汽笛回应。花束每天都不一样，紫穗的苋草，橙色的秋萝，菊花般的铁线莲。西伯利亚的野花太多了，采不完。

第三天，我边走边回头看姑娘，竟走进羊群里，吓了一跳。一个图瓦人赶着羊群来到河边，他头上包裹义和团式的红头巾。我对他笑，他回笑。

我指指崖上的姑娘。

牧羊人："唉，她是瞎子。"

"她不是每天向火车挥手吗？"

"噢，"他瞥一眼对，"开火车的是她相好，当兵的。我见过他们在一起。军人，不一定哪天就走了。"

他用牧羊鞭指前面："你顺着这条小道从崖下绕过去，在桥边，就见到姑娘了，那是她必经之路。"

我来到桥边，不知为什么，心"怦怦"跳起来。想到她是盲人，安稳点儿。说着，姑娘走过来，手牵黄狗，手臂伸挡眼前的树枝。她走得那么骄傲，双眼在眼窝里闭着，脸上有笑意。我屏息，像仪仗队员一样挺直身子，怕她发现。姑娘走远，红地儿白花的裙子从草丛一路扫过。盲人向火车挥动花束，她怎么采到那么多好看的花呢？

早起，我跑到河边，姑娘已经在崖上，穿一身白衣裙。时间到了，该死的车还没来。

过了半个多小时，火车从地平线出现，是一列绿色的客车，不是黑皮货车。车声渐大，姑娘站起来挥动花束，这捧花比昨天更鲜艳。她挥动，不停地挥动，火车一声不吭跑远。

姑娘站着，花束贴胸前，看不到她的脸。黄狗朝绿色的客车怒吠，像骂它忘恩负义。

西伯利亚的火车，不一定按时刻行驶，车次也不固定。那个当兵的如果不走，应该让姑娘知道才好，这只是我的想法。后面两天，绿客车天天开过来，不向花束鸣笛，姑娘在火车开走后站立很久。

离开克孜勒那天，别人午睡，我来到高崖上。这一块青石姑娘坐过，下面的青草依偎在她裙边。地上，躺几束枯萎的花束。我拿起一束，迟疑地向空旷的对岸摇一摇，没回应，云彩若无其事地堆积在对岸。摇动中，干枯的花瓣洒落在青石上。

甘丹寺的燕子

燕子，挺着白色的胸脯，在雨前凝止的空气中滑翔，离地面越来越低。艳阳天，它们不知在哪里。

燕子，骄傲又轻盈，恰是少女的特征。在乌兰乌德（布里亚特共和国首都），我见到一只通灵的燕子。虽然有人说燕子全都通灵，但这只燕子有故事。

甘丹寺在乌兰乌德郊区，寺旁密生黄皮的樟子松，夕阳从树缝射入，它们披挂黄金的流苏，倚靠黄绿两色的庙宇琉璃瓦，真是脱俗。

“如果你秋天到这里来，”住持强丹巴说，“树林像包上了金箔。再往后，白雪盖在上面更好看。”

第二次进庙是录一首梵呗。布里亚特蒙古语的喇嘛唱诵，诉说人行善得到的从第一到第八十一种好处，生动甚至风趣；多声部，石磬伴奏，和声跟樟子松的香气好像有神秘联系。

大殿上，高大的佛菩萨像从西藏和印度运来，无数铜碗燃亮酥油灯。

强丹巴看一眼手表，“一会儿诵大悲咒，燕子就来了。”

“燕子听经？”

“对。”强丹巴说，“这个燕子不是每天来，初一、十五肯定来，有时住在殿里。村民把家里的酥油灯送进庙里，燕子给他们点灯。”

“点灯？”我以为自己听错了。

“你看，这是灯，灯芯在这儿，对吧？村里人把灯放在佛前，喇嘛用火柴把它点着，对吧？”

“对。”

“这时候燕子从梁上飞下来，喙在这个灯的火上啄一下，放在那灯上，火上有油。特别快，不快就烧着燕子了。酥油灯就点着了，可好了。”

身披绛红大氅的喇嘛陆陆续续进殿，落座。

他说：“燕子该来了。我给它起名叫‘卓拉’，意思是佛灯开的花。你听过大悲咒吗？知道词吗？”

“听过。”我扭捏一下，“记不住词。”

“噢，没关系。其中有一句词燕子随诵，一会儿你听。”

螺号声起，强丹巴领诵，众喇嘛齐诵大悲咒。深浑的低音伴随高低错落的梵语经文，声音吐露无畏纯真。每次听闻，我悉有泪涌。经诵到第二句的时候，一只燕子悄然飞落在梁上，俯首。我想起燕子随诵一事，看，燕子中间好像张一下嘴，我分不清是那句。燕子在第二遍和第三遍诵经中都张一下嘴。

结束，强丹巴问：“听到燕子念经了吧？”

我老实说：“没听到，它好像张一下嘴。”

“对的。大悲咒开始：南无，哈辣达奈，多辣亚耶，南无，窝力耶，婆卢揭帝，索波辣耶，菩提萨埵婆耶，摩诃萨埵婆耶，摩诃、迦卢尼迦耶，安。”

强丹巴停下来，认真地说：“这是第十二句，安。这时候，燕子张叫：安。”

“它懂经文？”

“懂。能说的就这一句。这个燕子还救过我的命呢。”强丹说。

甘丹寺早先没这么好，只有几间旧僧舍。强丹巴自个儿在这儿修行。

他每诵大悲咒，燕子卓拉就飞来，他们那个时候认识的。一天，强丹巴病了，躺了几天几夜。他要睡，枕边的燕子啄他眼皮，怕他死了，不让睡。后来，强丹巴把僧衣剪下一小条，写上字，对燕子说："卓拉，你可怜我，就把这个红布条送到莲花寺住持僧格的那里。"燕子衔着布条飞走了。不久，莲花寺的僧格骑马来到，吃了僧格的药，强丹巴病好了。

强丹巴说："动物啊、草木啊，都有灵。你用好念头对它，它就对你好，这是常识。"

他说这是"常识"，我却惊讶。我们说话的时候，燕子卓拉在梁上一直露着小脑袋听。强丹巴看它，说："我诵大悲咒，你注意听第十二句。"

"南无，哈辣达奈……安。"

燕子张嘴出声，像"啊"。真乃如此。诵毕，我问大悲咒经文是什么含义？

"除去一句，都是菩萨的名字啊。"

燕子点头，飞出殿外。

哈撒尔银碗

尼玛又叫猴子尼玛。小的时候不知怎么的缘由坐到了火盆上，屁股烤冒了烟，油“滋滋”地冒到了肉的外面，卵子烙得不是东西了。

“猴子尼玛，这是你前世造的孽，长大了不要怨我们噢。”奶奶慢慢拽他烧得缩了一节的阴囊的系带。“尼玛，屁股是见不得人的东西，红就红了吧，谁都看不见。”

这个事情就是这样，尼玛屁股糟糕了，脸好得很。越长越帅，简直像格萨尔王一样。尼玛的头发卷得像海螺，胡子带向上的弯钩。他眼睛像镶上去的，从哪个角度看都闪光。嘴唇的唇线也有好几个弯，好得很。鼻子额头都好得很。尼玛到别人家串门，因为这个长相受到欢迎。这个村里的人见到尼玛，看看他的脸，再转过去看看他下面的屁股。屁股有裤子遮着也要看一看嘛，习惯了。

后来，尼玛老了。前额的横纹像用四根铁丝勒出来的，两腮一巴掌大的地方暗红，酒烧的。嘴老了之后无端地咧着，笑的样子。睡觉时也露齿，像泡在温泉里边。尼玛没媳妇，他不想这个事。卵子的什么线烧焦子，粘连了，和别的线合并了，断了和女人的关系。省心呵，又省事。尼玛坐在蒙古包门口，看年轻男女打闹。他挤眼睛，闹吧，像公羊和母羊、公老鼠和母老鼠、公虫子和母虫子。尼玛用左手捋口，从上唇到下唇，再把下巴揪一下，嘴出“咂”的一声。

说尼玛这一天上吐固勒吉山采药。他向喇嘛确吉学会了找草药的本领。采集不同石头上不同的苔藓。鹿尿的石头、狼尿的石头，石头长的苔藓治不一样的病。比如半夜惊睡，或者一咳嗽有一股尿滋出来。还比方说，平时聋，挨骂的时候耳朵醒了。这一天，尼玛到达吐固勒吉山顶的时候，天蓝得快要沉下来了，泉水在石头缝偷偷地往下流，山下的蒙古包像蘑菇一样，有大有小。他要唱歌了，好每次到山顶都唱一样的歌：

……带来钻鼻的草香，
拨开呀人群哪朝里边看，
看什么？有一匹枣骝马仪表堂堂。
枣骝马仪表堂堂，
带我去东村寻找海棠。

他用嘶哑的、吸气少而吐气多，把气吐尽的唱法唱歌。这是东部说书艺人的唱法。唱着，咦？还有一个声音加进来。是的，尼玛大声唱，这个声音有；尼玛闭紧嘴唇不出声，声音还有：喔……呀……咦……这是自己的回声吗？不会的。

过了很长时间，还是“呀……哟……”，像有人用脚踩在黄鼬肚子上，从它肛门挤出的带粪汁的屁音。难道狐狸也会唱歌？岩羊在唱歌吗？

这个事情不好办了，尼玛找这个声儿。他趴在石缝里往下看，看到一个黄东西。

“咴……”没有声音。尼玛扔石子，黄东西不动。是什么……什么呢？

尼玛解开裤带，朝下撒尿，哗……横着、竖着，再画圆圈。

“哟、哟！”这是黄东西发出的声音，人！“哟、哟”是蒙古话喊痛的词语。他妈的！一个人怎么能掉到这么窄的地方？尼玛把系在腰上的绳子顺了下去。科尔沁谚语说“带绳子的人是聪明的人”，说对了。

黄东西拽着绳子一点点爬出来，戴肩章和领花，是兵士，和张作霖穿黑衣服的兵士不一样，带鞘的刺刀在拦腰皮带左边，手枪在右边，红皮鞋的鞋带一直系到脚腕子。

“铁褐日见、铁褐日见”他鞠躬，再鞠躬。脸刮破了，腿肉露在外边。

“噢，你到这里面干什么？”尼玛问。

“我渴。”

“你怎么会说蒙古语？”

兵士软在了地上。

“这个人怎么上来反而死了呢？”尼玛摸他鼻子，微乎气。抱起来，背他下山。背人和背羊一样，正着背不行，倒着背。尼玛抱着兵士的脚，兵士头手下垂，往下走。后半截没唱完的歌又唱着：

前边呀传过来好听的梵唱，
听得我一阵阵心明眼亮。
拨开呀人群哪朝里边看，
看什么？有一尊金佛像闪闪发光。
金佛像闪闪发光，
明天上莫力庙早早上香。

回到家，尼玛给兵士敷药，用野猪肉熬粥喂他。兵士醒了，望着尼玛流下眼泪。

“你是哪个地方的人？”尼玛问。

“哑赉沃勒斯。”

哑赉？尼玛没听说过。

兵士坐起来，说："世界上有许多国家。"

"那当然。唐朝的国家、宋朝的国家，尼泊尔也是一个国家，释迦牟尼佛的诞生地。"尼玛还是想不起来哑贲的国家在什么地方。

"海的那一边。"

"呜……"，尼玛惊讶，从海的那一边来的客人，太了不起了。越是遥远地方的客人，蒙古人越是欢迎。从那么远的地方来到这里，是瞧得起你这个地方嘛。

"你从海的那一边来，就是为了到吐固勒吉山的石缝里找东西吗？"

"不，不是我一个人，我们有很多人。在通辽、黑大庙、郑家屯和哈尔滨都有我们的人。"

尼玛说："哈尔滨是个好地方，用一张黄羊皮可以换到银制的水烟袋。"

"我们尊敬你们。"兵士挺直上身，"你们是伟大的成吉思汗的子孙。可尊敬的蒙古人，你救了我的生命。"

兵士把兜里和内衣兜里的东西掏出来，带银链的怀表、没见过的钞票。

"请随便拿走。"兵士说。

"呜！"尼玛抗议，"救了别人是不能收东西的。如果我在雪地里救了你的狗和羊，你应该送给我其他的好东西。人命不能用东西换。"

兵士脸红了，收拾东西。

尼玛看中了兵士的刺刀，一尺多长，带鞘，又威风又有用。尼玛示意看看，兵士解下皮带，把刀递过去，"送给你。"

尼玛把刀别在腰上，得意扬扬。他找出一块整个的带囊的麝香，送给兵士，这也是好东西。兵士也高兴。

兵士说："我们是天皇的武士，我把武器送给了你，见证了哑贲和内蒙古的友谊。"

"天皇是什么人？"

兵士说："天皇是神，代表日照大神的旨意，像成吉思汗一样。"

"噢，你们的可汗。你叫什么名字？"

"姚西瓦。"兵士俯首："请多指教。"

姚西瓦掉到石缝里，没受什么伤，恐惧、脱水和饥饿使他虚弱。渐渐好起来之后。他迎着初升的太阳做操、大声唱歌。尼玛问他：

"你在石头缝里唱的什么歌？"

"我唱了吗？要是唱了，是唱给妈妈的。"

"你妈妈会听到吗？"

"会的。"

尼玛觉得姚西瓦的妈妈了不起，在海的那一边听到了这么微弱的歌声。

"妈妈生我们的时候经受了痛苦，如果我们早早死掉，要向她谢罪。"

"你想你的妈妈，为什么不早点儿回去？"

姚西瓦没说话。

"你在那个石缝里找什么？"

"矿藏。就是金子、银子和铁矿石。我在大学里学探矿。"

"依嘻，找金子应该问我。兴安岭南边的古林河边有一个金矿，几百个人用筛子找金子。"

"我的标本袋子掉到石缝里。"姚西瓦悲伤。

"那么，你的蒙古语是跟谁学的？"

"教官。"

"你说的和我们一样好了。"

"我们联队的人都学会了蒙古语。在你们的土地上，我们看到了鲜花和清澈的河流，伟大的成吉思汗给子孙留下了富饶的宝藏。"

"就是。"尼玛很高兴听到了海那边的人这样说话，"你们多住一些日子吧。"

姚西瓦告诉尼玛："我们不走了。"

不走了？走路的人哪有不回家的道理？“不走？你们在这里干什么？”

“帮助你们建立一个国家。”

“我们有国家呀！”

“不！我们为满洲人和蒙古人建立一个幸福的国家，改变蒙古人懒惰的习惯。清朝把你们的锐气磨尽了，汉族人剥削你们。”

“尼玛笑了，“这些疯话是谁告诉你的？”

“怎么是疯话？这是天皇的圣谕！”

尼玛觉得姚西瓦的脑袋被石头撞出毛病了，但不应该和客人争论。

到了第四天，姚西瓦辞行。他说：“尼玛先生，感谢你救了我一命，我到临死前的那个瞬间也会记着你。”

“不要这样说。感谢你送给我这把刀。”

“非常惭愧，我还有一个小小的请求。”

“你说吧。”

“请你先接受我对自己内心的谴责，因为我喜欢上了你的一样东西。”

“我哪有什么好东西，喜欢就拿走吧。”

“不好意思。”姚西瓦头更低了。

“噢，你说嘛。”

姚西瓦长时间低着头，慢慢指身后一样东西，又低头。

柜上的银碗。噢，尼玛把银碗拿过来，拿大襟蹭，“姚西瓦先生，你的话真像用拳头打在我脸上一样。蒙古人不能拒绝朋友有请求，但是祖先留下的这个银碗我不能给你。我已经听到自己心跳的声音了，拒绝朋友的请求让我脸上发烧，请你原谅我。这个碗是哈布图·哈撒尔用过的碗，我要世世代代传下去。”

姚西瓦脸生怒气，瞪尼玛。

尼玛再解释：“这是祖先用过的东西，不能传给外人，再说你也不是蒙古人，否则我会不得好死。”

“什么叫不得好死？”

“做了不敬祖先的事情，走路摔死，被出生三天的小羊羔踢死，掉河里淹死。”

“还有被皇军的子弹打死。”

“皇军是谁？”

“我就是皇军。”

尼玛不高兴姚西瓦这样说，不像朋友。

“我知道哈布图·哈撒尔是成吉思汗的大弟弟，神箭手。我也知道这个碗是一个珍贵的东西。尼玛先生，请把碗送给我。”

“不会的。”

姚西瓦把手压在枪上，“我用枪打死你，拿走这个碗，你相信吗？”

“不会的。”尼玛压住火，这个人刚才羞愧，怎么说翻脸就翻脸？

“我知道你是成吉思汗的子孙，你们现在懦弱了，不配占据这个碗和这片美好的土地！”

尼玛指着姚西瓦：“你无礼！”

姚西瓦掏出手枪，朝上面“呼”地放一枪。

尼玛吓了一跳，全身血液半天才流回心脏。他吐了口唾沫。“别劣！你这个人刚才还谦恭，怎么突然像强盗一样？”

“呼！”皇军又放一枪。

尼玛又吓了一跳，他对枪声和自己的哆嗦挺恼火，想了想，说：“你走吧。”

“波户日海布恰！”姚西瓦用蒙古语说的这句骂人话惹恼了尼玛。这话直译是把你的屁股眼儿夹紧，关上，引申意为闭上你的臭嘴。什么？他竟敢提屁股？尼玛一拳把姚西瓦打趴下。

姚西瓦嘴唇和鼻子肿了，他捂着，哇啦哇啦说什么话，尼玛听不懂，估计是骂人。他本想把些话记下来，到通辽找明白人问问，姚西瓦怎样骂人，说得太快，记不住。

姚西瓦把手拿下来，看到血，尖锐地咒骂。他睁着只剩一条小缝的眼睛，双手在地上拍，找手枪。

手枪呢？尼玛四下看，没看到姚西瓦的手枪。在他看的时候，姚西瓦扑过来，掐住尼玛脖子，两个人翻滚。

尼玛尽最大的力量掰姚西瓦的手，让气管能进一点儿气，另一只手从他腋下掏进去抱紧，这样，姚西瓦掐脖子的手就使不上劲儿了。谁知道，尼玛感到尖刀扎进了自己的后背。不知什么时候，姚西瓦把尼玛腰上的刺刀攥到手里了。刀贴着脊骨往前扎，割断了肌腱和血管。哟，哟！姚西瓦把刀拔出来，又扎，扎在骨头上，尼玛听到了吱吱的声音。

“把碗给我！”姚西瓦说。

“不会的！”

姚西瓦倒向一边，尼玛箍住他，把他抱在自己身体上面，压后背的刺刀。尼玛抱紧姚西瓦，刀穿过自己的身体，扎进姚西瓦。血像河流一样在胸膛四处跑，刀尖穿出来钻进姚西瓦的心口窝。姚西瓦号叫。天皇是个狗屎，你们这样的人说翻脸就翻脸。哈撒尔的银碗怎么能到你的手里？不会的！各种疼痛交织一体，然后消失了。尼玛觉得姚西瓦松手了，自己的手也掉下来，想看这个哑贲一眼，眼睛咋也睁不开。

★咴，蒙古语，打招呼，语气词。

★铁褐日见，蒙古语，感谢。

★哑贲，日本的蒙古语拼法。

★沃勒斯，蒙古语，国家、部落、那边的……

★呜，蒙古语，表示惊讶的语气词。

★依嘻，蒙古语，表示不屑的语气词。

★别劣，蒙古语，表示不吉利的语气词，意如晦气。

黑顶山雀

姜嘎这个名字来自史诗《江格尔》。力大无穷的英雄江格尔，在南西伯利亚的图瓦国，读音变成了姜嘎。

姜嘎每天上午十点到宾馆来——宾馆在清澈的安吉拉河的南面，是国宾馆。虽说是国宾馆，房子却很小。走廊铺着厚厚的羊毛地毯，墙上挂着大幅油画，整个宾馆只有二十多个房间。一些国家的元首来图瓦，比如芬兰总统和德国的女总理到访，都住在这里。现在宾馆里只住两个人——我，另一位是从印度来的西藏喇嘛。

姜嘎二十五岁，弯弯的眉毛像镰刀罩在黄眼睛上，脸像北京烤鸭那么红而亮，他是我雇来的向导和翻译。我们今天去呼斯腾湖，姜嘎说那里有会唱歌的鱼。

“是鱼还是海豚？”我问。

“鱼。”他模仿鱼的歌声，听上去比人唱得还好。

在湖边，我们看到了倒映在湖水里带细波纹的白桦树，看着比岸上更静谧。开满红花的湖岸如玛瑙的腰带束住了湖水。在呼斯腾湖边，几乎每一株草都开着花，可能跟现在是6月份有关，人脚踩下去生怕踩到了花身上。南风吹来沁骨的凉意，带着森林里腐殖质的气味。

姜嘎对着湖面唱起了低沉的呼麦，三个乐句，回环唱。他告诉我：“快了，鱼听到我的呼麦就要浮到水面上唱歌了，但它要钻进对岸横在水里的榆树的树洞里唱歌。”

我们等鱼出来唱歌，还有红脑袋绿身子的小鸟。“这么好的东西不会说来就来，这和天气和它们的心情有关，所以我们要耐心等。”姜嘎说。

我不信世上有会唱歌的鱼，就像我不信世上有会唱歌的玻璃，姑且听之信之。在图瓦，神话、民间故事和现实是可以混淆的。

我们从湖边绕过去，穿过一米多高、开蓝花的马兰。一棵胸径两米多的大榆树倒地腐烂了，一半倒在水里，上面有蜂窝、鸟巢和蚁穴，结满蛛网和树胶。露出水面的树洞边上飘着野枣的小黄花。

“呜……哇哇、嘀哩哩……呜！”湖面传来这样的歌声。

“鱼来了。”我说。

姜嘎摇摇头，他闭着眼睛倾听辨别。我已经看到，远处有人坐在岸边的船上，吹一根苇笛，他长着浓密的胡子，最奇怪的是手上戴着镣铐。

“可能是鱼，但声音像另外一条鱼。”姜嘎仍然闭着眼辨析歌声。

“是的。”我说，“鱼长着胡子。”

“长胡子？”姜嘎吃惊地睁开眼睛。我手指小船。

“噢。”他点点头，“听说过，囚犯。”

“囚犯？关在船上了？”我不解。

姜嘎笑了，说：“你们中国的囚犯都关在监狱里吧？我们不是这样。这个人用黏豆包噎死了一个哑巴，被判划三年船。”

“怎么回事？”我问。

“是这样。他叫叶戈尔，照顾一个哑巴，送饭啊、送熏蚊子草这些。谁也没听过哑巴说话，也不知道他从哪里来。哑巴在一个山洞里苦修。叶戈尔那年种了不少黍米，就是大黄米，可黏了，假牙最怕这个东西。叶戈尔把他蒸的黍米黏豆包送给哑巴，还有红糖和奶油，蘸着吃。哑巴吃完就死了，撑死了，也许噎死了。我从来不吃那东西，消化不了。叶戈尔很伤心，去首都克孜勒自首，请法院惩罚他，到树林里伐木也行，上山搬石头也行。法官们想了好几天，判他戴着镣铐在这个湖里划船三年，现在已经两年多了。”

我们走近，这个囚犯很年轻，也就二十多岁，脸包在胡子里，露出的双眼很清澈。他用双桨划一个小铁船，船用铁链子系在树边的核桃树上。他一下一下划，水波从他桨下荡过，船原地不动。

我向他摆摆手，姜嘎说：“别招手，别和他说话，打扰他服刑。”

“那么，”我问：“原地划船对他罪行有怎么样的救赎呢？”姜嘎说：“法官告诉他，划船的时候要想着死去的人，忏悔。”

“他想了吗？”

“肯定想了，你看他眼睛多后悔。”

囚犯垂下眼帘，他手铐的长铁链挂在脖子上。

划呀，划。周围是湖水和森林，他真是太孤独了。我问，“有人监督他吗？”

“没有。监督他不是浪费别人的时间吗？”

“他偷懒吗？”我又问。

“不会，哪有那样的人？你已经犯罪了，怎么能不好好悔罪呢？他天天都来这里划船。下雨打雷天，有人还看见他在这里划船。”

“每天划多长时间？”

“一上午。”

“划船的时候可以吹苇笛吗？”

“可以，唱歌什么都可以，只要不离开这个船。心里悔罪，干什么都可以。他原来不会吹这个苇笛，是最近学的嘛。”

“划完船回家吗？”

“回家。放羊，采蜂蜜。”

“哑巴很可怜。”

“就是，真可怜。别说话，你看——”

一对红脑袋、绿身子的小鸟从水面飞过，听声如“滴卢……”。叶戈尔在岸边划着桨，他的前额、鼻梁晒成了紫檀色，没系拢的亚麻上衣领口露出发达的胸肌。

我们往前走。姜嘎蹲下，指着湖面说：“看那边——”

湖面有几只张圆的嘴，鱼嘴。

“你听。”

我听到一阵颤音，像拨一根松弛的琴弦。

“这就是鱼的歌声。”姜嘎神秘地说。

那些像圆圈似的鱼嘴，原来在唱歌啊。

这时，和我住一个宾馆的喇嘛蹒跚着走过来，他身穿紫红袍子，手里拿一个铜壶，还有一根树枝，枝上挂着鲜艳的黄杏。

我们双手合十，喇嘛放下水壶和树枝，对我们合十。

“您在做什么？”我问。

他把脸往划船者那边偏一偏：“给他。你们在看什么？”

“听鱼唱歌呢”姜嘎说。

喇嘛笑了，“鱼哪会唱歌？往上看。”他用下颌指树。

树上有啥？我没看出来。

“黑顶山雀的叫声。”喇嘛说。“它吃虫子，鱼爱吃它的粪便。”

“声音不好听。”我说。

喇嘛歪过头看我，“怎么会好听？哭呢。”

“鸟会哭吗？”

喇嘛并不回答我的问话，仿佛自语：“在山洞修行了那么多年，没得到正果，哭呢。”

他不是说哑巴吗？

“船不动，心动；都不动，就到彼岸了。山雀超度自己，也超度他呢。”喇嘛微微晃动树枝，凝视湖面。

我对姜嘎做个手势，我们俩偷偷走了。走很远，我回头看，喇嘛用水壶冲洗杏子，递给叶戈尔。叶戈尔吃着杏，把核扔到湖水里。

呼麦驱散黑暗

这只公鸡看我时眼里带着歧视。它只用一侧的眼睛就把我看透了——下蛋不行，飞不行，打鸣也不行。公鸡眼睛和所有鸟类的眼睛一样充满了幻想，仿佛一直在想念一个地方：那里铺满沙子，沙子底下藏着米，周围是贤惠的、埋头啄食的母鸡。咕——这个公鸡扑棱翅膀鸣叫，想吓跑我。我对它笑笑，它点点头，下颏的红肉坠微颤。唔？我发现这只鸡角质的喙上有名堂，像葵花籽一样伸出的喙的两侧有S形的花纹，像小提琴共鸣箱的透音孔一样。细看，这些花纹是刀子刻的，纹里有黄油漆。公鸡脖颈的短羽毛像一个灿烂的围脖，它脚上是浅黄带鳞的细皮靴。走路时，爪子轻拿轻放，肉嘟嘟的红鸡冠子由于过于肥硕而歪在一旁。

鸡喙上的黄S必定是姚千户用刨刃刻上去的。姚千户是木匠，我想象他双腿夹着公鸡在它喙上刻花纹的情景。他的东西都有印记，他养的马、牛的屁股上烙一个“千”字。他养了一只双爪不停抖动、剥不了花生的猴，后背也有“千”。猴是姚千户从森林里捡回来的，长期吃他用酒泡的花生得了酒精依赖症。

姚千户和他儿子姚四是图瓦屈指可数的中国人。姚四在这里开饭馆。图瓦流行一个笑话，说找不到一个不开饭馆的中国人，就像找不到一只下蛋的公鸡。在图瓦的首都克孜勒，我在唯一的中国餐馆“绿屁股柿子”吃炸酱面，见到了姚四。姚四人瘦脸窄，像五官身体都刻在一根木头上的图腾柱，那天他攥着我的手说：“我有救了，炸酱面免单。”

姚四说，他爸准备过生日，让他邀请中国人出席。姚四挺发愁，上哪儿找中国人去？图瓦国统共有六个中国人，他们爷俩占俩，去年死了一个，只剩三个中国人，是“绿屁股柿子”餐馆的厨师和帮工，跟姚四来到此地的吉林省梨树县农民。

“愁啊，”姚四说，“在中国，到处是中国人，走大街找个背人的地方撒尿都找不到。在这儿，中国人比猞猁都少。我爹说凑不到六个中国人他就不过生日了。我核计，不行就上莫斯科洼请中国人上这儿当宾客。算一下，一个人往返费用合五千多元，两人一万元，还不如给我爹娶个媳妇呢。”

姚四按俄语的发音习惯把莫斯科叫莫斯科洼。他说他爸太想念中国人了，见着中国人一劲儿乐。

“我一定参加”我说。姚四的邀请让人感到当中国人挺好，这种感觉在国外很少有。

姚四住在克孜勒西北角的巴音岱山的脚下，挨着清澈的安吉拉河。他的房子完全是中国样式，自己动手盖的。墙上挂着干透的黄玉米和红辣椒，门上对联残留“财源”二字。他家只有父子俩，雇的伙计在饭店住。

我来到姚四家是下午三点，来早了，人还没齐。姚四家院子里种植图瓦根本见不到的黄瓜和茄子，用秫秸架着秧。一只公鸡从豆角叶子下面钻出来迎接我，尾巴羽毛上沾着花粉。姚四对我说他家的公鸡会表演节目，“到时候你就知道了”

“来啦！”我抬头，一个老汉从院子外面走进来，手里掐一把野葱。姚四他爸，在中国人如此稀缺的图瓦，他要不是姚四他爸就没人是他爸了。

“姚千户。”他伸手自我介绍。我觉得姚四可能是他抱养的，他面宽体胖、矮个子，与姚四正好相反。

“看，”他爸指四周，“像中国不？指甲桃、胭粉豆、驴圈里的大绿豆蝇都像吉林的品种。我在这养了驴马牛羊，不为使唤，就为看着像中国，像我们老家一样。驴扯着嗓子一叫，你就觉着挨着供销社那片地里的西瓜快熟了。鸡打鸣后，村里的大喇叭该放二人转了。我腌酸菜、腌蒜茄子、半夜起来给马添草添料，我就为了把这个院子变成中国。不行啦，我快死了……”

我正准备感动，听说他要死了，吓一跳：“您不是很好吗？”

“这——”他手指着咽喉向下比画，“长了个瘤子。上莫斯科注照CT了，大夫说还能活一年。”他竖一根手指。

“不一定是一年。”我安慰他。

“对，也许是半年。我都准备好了，过完这个生日，我啥事都没有了，轻轻松松等着咽气。可惜死不到中国。”

“你咋不回国？”

姚千户眨眨：“说来话长喽。”

院外传来嘻嘻哈哈的笑声，中国人的声音。姚四领着三个厨师进院，中国人全到了，达到了姚千户对生日宴会规定的“法定人数”，六六大顺。他们四人每人捧一箱伏特加，要命了。

厨师进屋炒菜。姚四家的铁锅是从中国运来的，超大，八印锅。厨师站在锅台上用铁锹炒菜，这是为图瓦人举办几百人的露天酒席准备的锅，不站锅台上铁锹够不着菜。今天人少，厨师拿铁锹扒拉扒拉就够了。

菜端上来，炖野鸡、炖野猪腿，还有野猪血灌的肠。姚四用牙咬开伏特加酒瓶的铁盖，一人发一瓶，说：“对嘴吹，喝完半瓶再说话。”这些人像喝汽水一样都喝下去半瓶，脸红得似猴腚。姚四说：“我爹今天过生日，祝我爹福如安吉拉河水，寿比巴彦岱山。我爹万岁！”

这些人肃穆地用酒瓶在桌子上磕三下，咣！咣！咣！一起说：“老姚万岁！”仰脖把剩下半瓶酒喝光。

喝完，他们一起埋头吃菜。我觉得这里面含着纪律，有点儿像黑社会的人。每人前面鼓起一小堆骨头后，姚千户说："谢谢你们啊，看着中国人喝酒最舒服。走，我领你们参观一个宝物。"

姚千户领我们到房后，说："我这个东西价值连城。我不愿回国就因为舍不得它，我要和它朝夕相伴。想到它，我啥愁事都没有了。"姚千户眉飞色舞，唾沫星子落在手背上也不擦。穿过地里的向日葵和几垄烟，姚千户说："看——"，烟叶边上放一个棺材。姚四拍着棺木说："这都是上千年的柏木，你闻闻，有香味。"

三个厨师探鼻子闻闻，点头。

"我爹最自豪有这一副寿材。"姚四说，"这在中国是不可能的。"

"这棺材是我亲手做的。"姚千户说，"选材，剖板子、晾干、刨木头、凿榫，整整用了三年。我一想我死后住在这么好的柏木房子里，埋在安吉拉河边就美……"

他用裤兜掏出一只红绸子，红绸上系着绿绸子，唱着扭起来："正月里来正月正，大姑娘小媳妇挂红灯……"

姚千户围着棺材跳二人转，进两步退一步，表情带调情和飞眼动作，好像棺材是他的情人。厨师们鼓掌，在姚千户身后跟着扭。

"……大姑娘的辫子过了腰，小媳妇手上沾年糕。大姑娘屁股没小媳妇大，撒尿冲倒了黄瓜架。"

这五个人围着棺材跳二人转，像一群黄鼠狼。伏特加让他们的中国灵魂从脑袋里面飘出来，在烟草和向日葵叶子之间呼呼飞舞。他们的脸上无所谓悲喜，只有怪模怪样的笑。公鸡跳上棺材，打开翅膀啼鸣，好像它是个导演。

"歇歇、歇歇。"姚千户擦汗，说："一扭达，酒还醒了。我再让你们参观一下棺材里面，很豪华的。最下面是白牦牛毛毡子，上面一层红缎子褥子，再上边是绿缎子褥子——它上边是黄缎子褥子，最上边是在莫斯科洼买的塔吉克毛毯。我试躺多少回了，不可能硌人，比光绪棺材里垫的东西好。”

姚千户撩起衣襟在棺材上蹭，棺材亮得照出人影，不知刷了多少遍清漆。棺材盖垫两个小枕头，透风。

穿黑T恤衫的厨师上前掀棺材盖，掀一半，赶紧盖上，捂着肚子在地上转圈，脸色发黑，大口喘气。

边上厨师说：“啊，李广大气卵子犯了？吓着了。”

这个叫李广的人拼命攥自己的睾丸，防止气体下降造成无节制的膨胀。

“啊！”姚千户问李广：“你看着啥了？”

李广痛苦地摇头，意谓不堪回首。

姚四示意另一个厨师上前看看，这人掀开一点儿看，掉头就跑，穿过院子，跑到返回首都克孜勒的大路上。

姚四回屋拎一把二尺长的砍刀，在水缸沿上把刀磨了磨。牛仔裤后兜别一把手枪，走到棺材前，发话：

“谁呀？”

无回音，如果不是人，问“谁呀”没用。“咳、咳！”他又改为大声咳嗽。

棺材里面还没声。这些人都看姚四下一步怎么处置。

姚四用牙咬着刀，双手抬起棺材盖，往里看，眼睛似乎不眨了。他举棺材盖举了好一会儿，从我这个角度看，棺材里面并没有跳出、弹出、溅出、刺出任何人或物，姚四举着棺材盖还往里看，仿佛魂掉进去了。姚千户抱起大公鸡塞棺材里。公鸡在里面扑腾喊叫，披头散发飞出来，像那个厨师一样往山下飞奔。

姚四举了半天棺材盖却毫发无损，我觉得棺材里未必有什么妖怪，我壮着胆往前走，姚四喊：“图图！”

“图图？”姚千户惊讶地反问，“他上我棺材里干啥去啦？他死里边啦？我的妈呀……”

姚千户跑过去看，我也跟过去。只见一黑面胖人躺在姚千户的棺材里，什么黄缎子褥子、红缎子褥子全都被他沉重的躯体挡住了。他脸有不同寻常的黑，像毒死的，也像死亡时间过长形成的尸斑。我没学过法医学，说不好这个事。百忙中我仍然嗅了嗅空气里的味道，腐尸味还没发出来，倒有檀香味。

姚四合上棺材盖，看他爹。

“图图上我棺材里干啥去啦？”他爹问。

“我哪知道，你问他呀？”姚四急指棺材。

姚四坐地上，拿砍刀剁土。

“报官不？”姚千户问。

姚四摇摇头，“报了官，咱们咋解释，你能说明白图图咋死的吗？”

“那咋整？”

“埋了吧。”姚四说。

姚千户拍腿，在地上蹦了一个高，没想到七十多岁的人还能蹦这么高。“不行，拿我棺材埋他？我咋办？”

姚四不满地说：“你的棺材另打呗，我给你打。”

“不行！”姚千户指着棺材说：“这是我的阴曹宝殿，我太稀罕了，巴不得早死一天住进去，怎么能让这个兔崽子住里面呢？”

姚四问：“你说咋整？再给图图打一副棺材？”

“打什么一副棺材，他是你爹呀？半夜背山上扔了完事。”

“爹，”姚四说：“咱们欠图图不少钱呢，咱们饭店的面粉和肉都是在他家赊的，人家对咱们挺好。”

姚千户问：“咱欠他的钱都顶这副棺材吗？”

“顶了。”姚四说：“再说，他住过的棺材你再住也不合适，串味了。”

他爹不吭声。

“怎么整啊？”姚四环顾左右，对第三个厨师说：“你把那两个小子找回来，咱们给图图出殡。”

厨师说：“咋出殡啊，告诉他家里人啊？”

“他哪有家里人，图图是光棍，就一个人。”

那两个厨师回来了，李广还弯着腰，下边的气估计还没撒尽呢。大伙用粗麻绳捆上棺材，四人用两根大木杠抬起，往山上走。公鸡跟在我们后面。

走不远，姚四说：“这地方挺好，前面是安吉拉河，身后有松树。挖坑吧。”

铁锹刚插进土里——这土都是松树的腐殖土，没乱石——就听着棺材里发出古怪声音。姚四说：“谁也别吱声，听——”

棺材里发出唧唧哝哝的声，过一会儿好像变成了歌声，再听，又好像呼麦。

“完了，炸尸了！”姚四说：“全体下跪！咱们没给他举行葬礼，直接送到阴间，他不干了。”

姚四、包括姚千户和厨师们跪下给棺材磕头。姚四说：“大哥啊，图图大哥，我知道我欠你钱还没还呢，我这不把我爹棺材都送给你了吗？回头我再多烧点儿纸钱，好酒好烟祭奠你，送你两碗炸酱面，狍子肉卤的，行不？你安息得了。”

棺材里没声了。姚四说，“管事了，快挖！”

人着急力量大，这帮人嗖嗖挖出一人多深的坑。他们四人手拎棺材的绳往坑边拖。

姚千户喊：“别拖，抬起来，别把我棺材蹭掉漆。”

“咚！咚！咚！”这是棺材里传出的声音。

姚四说：“快往坑里拖。”

他们七手八脚把棺材顺进坑里。

“咚！咚！啊——”里面即图图发出声音。

“没摔盆，没奏哀乐，没披麻戴孝，人家不干了。”姚四说：“快填土。”

姚四铲第一锹土哗地撒在棺材盖上。

姚千户说：“我算看见我死后别人是怎么给我下葬的了。”

哗、哗，土撒在棺材上。

这时，棺材盖像有电动开关一样慢慢升起来，上面新鲜的黄土唰唰滑向后面。

“妈呀！”三个厨师趴在地下。我不知何时躲到了一棵松树后面，我发现姚四躲在另一棵松树后。我们等待尸体爬出土坑或重新躺进去。

那个坑里慢慢冒出一个脸，乌黑的脸，他的双手——十根雪白的手指扒在坑沿上。他的一只脚显然踩到了棺材上，脚一蹬，他蹿到了地面或者叫人间。

我不相信诈尸一类的事，图图的眼睛里还流露着人的情感，诸如困惑。这就是图图，身材高大，穿乌克兰式斜开襟的白布衬衫，领口和袖口绣花。他哭过，眼睑下有两道白印，像两根棍子支着眼睛。他脸上的黑是涂了油彩。

图图茫然看四周，目光最后落在躺在地上的三个厨师身上，李广拼命按他的睾丸，又有澎湃的气体冲入他的阴囊。

图图坐在土堆上，这是为埋葬他掘出来的土。他端详棺材、土坑和远处的安吉拉河。图瓦人死后不葬、放入河里就不管了。图图可能第一次见到棺材，他趴在坑边，仔细观察姚千户在棺材盖四周描画的凤凰、麒麟和龙虎图案，啧啧赞叹。

姚四从树后走出来，竟然像水蛇一样扭着腰，这是为了谄媚图图。

“图图。”姚四亲热地说。

图图转过身，见姚四窄脸上布满笑容。他指了指棺材和自己，说不出话来。

“图图。”姚四本来会一点儿蒙古语，一紧张竟说不出来了，他让我翻译。姚四清清嗓子，说："图图，是这样，我们……怎么说呢，这个事其实是这样。到底怎么说才好呢？我们累够呛啊，你多沉。我们也吓够呛，你随便翻译吧。"

我用蒙古语对图图说："姚四说，我们来到山上把这个珠宝柜子埋到地下，没想到你躺在里面。"

我把这番话告诉姚四，他眉开眼笑，说："哥们儿，你说得太好了，接着说。"

图图蹒跚站起来，"对不起，我不知道这是你们的珠宝柜子。"他用双手摸自己的脸，表示羞愧，手心沾满黑颜色。"我没拿你们的珠宝，你们检查吧。"他摊开双手。偷窃对图瓦人来说是最可耻的事。

我翻译，姚四听了更高兴了，问："你是怎么进去的？"

图图向天空翻白眼，说："这还是去年，不，上个月，也许是昨晚的事。我喝醉了，去找德力格尔玛，被她男人堵到屋里。我逃出来，跑到你们的珠宝柜子里睡着了。"

"你脸为什么是黑的？"我问。

"德力格尔玛用锅底灰掺上檀香粉给我涂上的，说即使被她男人发现，也不知道我是谁。"

"这是什么时间的事？"姚千户不知何时走过来。

"去年吧，我记得还下雪呢？"图图回答。

厨师们从地上爬起来，如释重负。图图拖过铁锹，往棺材上扔土，"我帮你们埋珠宝柜子。"

"别、别！"姚四说，"不埋了。"

"你们下去检查一下吧，看珠宝少没少？"

姚四说："里面没珍宝，你就是我们的珍宝，你赊给我那么多的面粉和肉。"

图图笑了，他头一次笑，牙齿洁白，"但是你救了我，如果你们没有听到我呼喊，继续填土，我就死到珠宝柜子里了。姚四，你欠我的面粉和肉我不要了，而且还欠你的情。”

“别！别！”姚四眉开眼笑，他的笑容说：“好！好！”

李广说：“我听你在里面唱歌呢。”

“呼麦。”图图说，“我眼前的黑暗越聚越多，我用呼麦驱散它们。”

图图坐在土堆上唱起了呼麦，我看到这位脸上带白泪痕的黑人唱呼麦，感觉很好笑。他用浑厚的喉音唱出两个旋律，好像是个想家的歌。图图眼睛看着前方，安吉拉河水正缓慢流过，岸边蓝色的和白色的小花在风里抖动，花上不时飞起一只白蝴蝶，让人误以为是花瓣被风吹走了。

“你这个歌太悲，听我的。”姚千户把袖子撸到胳膊肘上，“公鸡，过来！”

大公鸡从树林里跑出来，呆呆地看大伙儿。姚千户用中指和食指放在嘴里，吹出唢呐的曲牌《放驴》。公鸡随着节奏伸脖子，一伸一缩，像安了弹簧。姚千户又吹一支曲子——《我是公社饲养员》，公鸡扇起双翅，好像翅膀是个挑水的扁担。

大伙哈哈大笑，恐惧消散了。

“走啊，喝酒去！”姚四开始用蒙古语说话，他搂着图图的肩膀，图图搂着他的肩膀，像熊搂着猴往前走。

姚千户抱着公鸡走在我身旁，我问：“棺材咋办？不要了？”

他说：“棺材就放坑里吧，等我死了揭开盖往里一扔就完事了，省得重新挖坑了。你说对不？”

他用肩膀顶我胳膊，希望我同意，“对不？对不？”

我侧身看姚千户，他张着嘴笑，皱纹都笑开了，舌苔像盐碱地的白霜。他对死亡的态度竟然这么轻佻，这么不悲伤，因而不忠厚，就像他在公鸡喙上刻花一样不忠厚。姚千户还用肩膀顶我，我没打算笑，只好咧一下嘴，走形式。

花朵开的花

我爸说，东部蒙古人原来与后来信仰萨满教，确认天地万物都有切实的灵魂。“波”这个词，为通古斯语族所共用，指萨满教的巫师。蒙古、鄂温克、布里亚特、满族都如此称谓。

在贝加尔东岸，我见到一位布里亚特蒙古人的“波”。

在一座刚建好的喇嘛庙，雪花石栏础和台阶两侧放满信众放的钱币，银光闪闪。停车场上，一个人盯着我看。他有着突厥人的脸——宽脸扁鼻、高颧细眼，这是中国人所认为的蒙古人的长相。他前胸一面明亮的铜镜，用绳挂在脖颈上。

我对他躬身施礼，他没理。我改致帽檐礼，他点头，说：“中国海拉尔地方乌里根河的人，都长着你这样的相貌。这是蒙古人标准的长相的一种，朝花可汗的子孙。”

我有受宠的感觉。我近世祖正是朝（chao）花可汗，但我没去过乌里根河。

我问他铜镜。

边上一个人（后知是警察局长）说：“他是波”。

波——他的名字叫尼玛，留给我地址，几乎命令我明早去他家里。

尼玛的家盖在山顶上，屋顶有汉地庙宇的飞檐，在一片木板搭建的贫民窟中露出显赫。尼玛对摄制组的灯光、机器毫不陌生，领我们进入做法事的厅堂。

他的法帽如清朝的官帽，戴上，开始作法。尼玛身后是一幅朝暾出海的彩画，印刷品。上方挂他母亲的照片，两侧挂滚金蟠龙立轴。在图瓦常常遇到的龙的形象，这是清朝留下的印记。他们的语言中有“大清”这个词，指清朝。他为来自蒙古国东方省的妇女龙棠占卜。龙棠在一张白纸上写字，尼玛放进白碟子里烧掉。尼玛探究灰烬的形状和碟子上留下的烧痕，说：“你的羊群并没有丢失，头羊的灵魂飞走了，所以羊群躲在你家东南方向的山坳里。”

这些话是翻译过来的，我不懂布里亚特语。

做法事时，一个姑娘手把着门框向里看。她也就二十岁，脸很白，眉眼迷惑，挺着小小的胸脯。她叫其其格玛，龙棠的女儿。

我们录制这一切。

尼玛让我报上生辰八字。

他看过，说：（翻译出大概）你是黄金家族后裔。16世纪，你的祖先来过布里亚特，后来到了蒙古国北部，再到内蒙古呼伦贝尔草原（和我爸说的一样）。你的一位直系祖先在这里给人们治病，病死在荒野里（我爸没说过）。他时时刻刻想回去，他知道你来了（我开始紧张），他快要到了，在路上……

尼玛说祖先到此，对我有一点点危险。比如，不排除借我的躯体返回内蒙古这种可能。尼玛说：“别急，我劝他回去。”

他让我高举一碗奶茶，在激烈的鼓声里垂首默祷祖先安适。尼玛的导引词说：回去吧，喝下这碗奶茶，回到你住的森林里去。你的子孙很好，他将健康地在漫长的岁月中挥发家族的荣耀。

我举碗的手越来越抖，想到祖先为这里的人民舍命荒野，不觉泪爬两颊，擦不得，吸进鼻腔。

"回去了，你的祖先。"尼玛松了一口气，擦汗。我送他钱，尼玛坚决不受。倚在门框的其其格玛抽泣着，泪汪汪地看着我。

我出去跟她说会儿话。她是乔巴山市的小学英语教员，请求我别说英语。她说得不好，我压根儿不会。我们用蒙古语对话，但蒙古国的词汇对我来说很陌生。后来干脆用手语。

其其格玛了解我的情况。

她"问"（用手比画）：白胡须老汉和佝偻老太太怎么样？这是问我父母。

我说他们很好，没胡子也不佝偻。

她"问"：你一个枕头睡觉还是两个枕头睡觉？

我答：两个枕头，结婚了。

她"问"：你小孩儿？手比膝盖下。

我答：小孩儿像我这么高，在北京。

她知道北京，问小孩儿在那里做什么。

我说"读粗学。"这是口误，蒙古语"粗"和"大"有时是一个词，读大学。

她表示在北京读大学了不起，跟在伦敦、纽约一样。

"宝日吉根（鲍尔吉），"尼玛喊我，"端奶茶。你的祖先又来一位看你，他是一个军官，骑马来的……"

尼玛祈祷，我敬茶。

"军官回去了，现在一切平安。"他快活地点燃一支烟。

我们喝茶交谈，等司机过来。

一个军官大步进屋，手指着我和尼玛说话，态度激烈。窗外有一匹马和一群狼狗。我心收紧，16世纪的祖先们包括军官不都回家了吗？怎么又来了？

两个人争辩，手势强硬，不时看我，显然与我相关。我不知躲起来还是待在这里，其其格玛泪流得更多。

我问翻译怎么回事。他狠狠地说：“你最好别说话。”

突然静下来，军官走了。“波”——尼玛显然很扫兴，也走了。其其格玛的母亲龙棠对我摇摇头，走了。

我说走吧。外边来一个男人拦住我，他抱着其其格玛的肩膀，说一番话，示意翻译。

翻译说：“你站到这里。”

我和其其格玛面对面站着。

翻译：“宝日吉根，你愿意娶其其格玛为妻吗？在这里和她生活。”

我不知所云，看每个人的脸都不像开玩笑。其其格玛焦虑地看着我。

“快回答。”

“我……”我说，“我早就结婚了。我……”

“说娶还是不娶。

原来其其格玛有意于我，军官是前来相看的人，对我没看好，尼玛为我辩解。

“不娶。”

“不娶谁？”

“我不娶其其格玛为妻。”

没等翻译，其其格玛从我脸上已得到答案，泪珠一颗颗滚落。

接下来，他们说的话我都听不懂了，大家劝其其格玛，她摇头，哭。

我们悄悄地收拾三脚架、灯和摄像机，走出屋。我前腿刚迈上车，被人拽下来了，其其格玛。她抱着我胳膊，攒泪的眼睛看我的脸，我闭上眼睛。

其其格玛被拉走，车开了。爱情？看来真的有爱情。一个女孩子在短短几个小时内爱上我，我对“爱情”产生敬畏。这么多年稀里糊涂，没把这事当回事。想起别人拉她走，她转头一望的样子，我竟落泪，不知为谁而哭。很多年前，有人说我是个傻子。是的，我是个傻子。

其其格玛，蒙古语意思是花朵开的花。

婚礼记

在炎热的6月，我身穿黑水獭皮绲边的海青缎面皮袍子，头戴高耸的羊羔皮帽，脖子上涂的香料令人晕眩。我满脸淌汗，端酒杯与陌生人对饮，向他们行鞠躬礼——这不是梦境，是去年的一场经历——身旁，是我的“新娘”阿季阿兰。我总算把她的名字记住了。

这个巨大的白帆布帐篷，能装五十多人，没桌椅，熟肉堆在地面塑料布上。食用固体酒精勾兑的酒在饮马石槽里荡漾，随便取饮。

我的“婚礼”，实为阿季阿兰的婚礼，地点是俄国布利亚特共和国乡下的草原。

事情是这样的。为做一档电视节目，我们一行人围绕贝加尔湖，寻找蒙古文化的遗音。昨天，于乌兰乌德市兵分两路，我和摄像师占布拉搭一辆卡车前往湖边的塔布。司机谢尔盖是俄罗斯小伙子，已经醉醺醺。车上，占布拉（兼翻译，而我约能听懂一点点布利亚特语）向司机炫耀中国的富裕：我们一幢楼比你们五幢楼叠起来还高（这里多为二三层楼），我们的电视有五十个频道，我们吃肯德基都吃腻了，我们……我暗示占布拉换话题，他可能太想念祖国而滔滔不绝。终于，司机停车，绕过车头开右边车门，让我们下去。

我道歉并提出加钱，司机不屑，把二十美元车费和中国产清凉油扔地上，拽我们下车，说：“傲慢的中国人，你们有钱，但没有森林和正直的心灵。”

司机——带着正直的心灵把这辆吉斯牌卡车开向远方，我们像两个蚂蚁被丢弃在南西伯利亚。我痛斥占布拉的愚蠢，告诉他，中国人刚富几年？穷人乍富，显摆啥？该！可是，这条路还有车过吗？

“写遗书吧，在咱俩变成木乃伊之前。”我说。

占布拉以比蚊子还尖细的声音回答：“摄像机还在卡车上。”

该！还管什么摄像机，我想应该去寻找村庄。如果没村庄等着我们，就只有死亡等着我们。我和占布拉的手机都没办国际漫游，联系不上剧组，该！

我从风中的气味判断西南方向应该是森林的边缘，果然走出了森林，用两个小时。占布拉提出休息，我说，你不断思考自己所犯罪孽就不累了。又走了一小时，遇见草场，绿汪汪的点缀鲜花，有没有人？占布拉说：“多美！要有摄像机就好了。”蠢货，还是不累。

走着，大脑和腿都麻木了，突然见到前面说的冒炊烟的大白帐篷，人头攒动，衣服鲜艳，像一场婚礼。

走近，我们伸出双手——人其实都有乞讨的本能——给我们吃的、喝的、睡觉的床铺吧！

人们端来矿泉水和洋葱抓饭。这时，一位威严的长者用手势阻止。长者蓄油亮的黑胡须，目光锐利，披一件阿富汗总统卡尔扎伊式的长袍，问了我们姓名、来干什么。然后告诉身边的人（名海日苏）带我去换衣服。

换衣服？吃饭或者说乞讨难道要换衣服？海日苏告诉我：呼伦巴雅尔（长者）说你相貌端方，有尊贵的“鲍尔吉”姓氏，是伟大的成吉思可汗的后代。他决定选你做他的女婿，今天的新郎。

啊？我问是不是玩笑，海日苏答不是。我又问：原来的新郎呢？他答：

等他等了五六个小时，不等了。

不等了？难道这是看电影吗？我想了想，这是一场婚礼，并且是一次婚姻。谢绝？我的消化系统发出呐喊：不！不应该轻易说不，而说“耶！”

我换上华丽的新郎礼服，吃之喝之。“新娘”阿季阿兰，恐怕只有十九岁，但已很丰满，眼梢嘴角都上翘，蛮美类型。她对我似乎很满意。在众人的怂恿下——俄国婚俗，大家喊“苦啊”，新人接吻——我和她接了二十多个吻。我成为“新郎”，把占布拉乐坏了。他给我梳头，不断往我嘴里塞口香糖。而我，手端镂刻花纹的银酒杯，挨个儿看眼前纯朴的布利亚特蒙古人，他们眯着眼，面黝黑，眼睛带着笑意。他们祖先里面到达中国的人，被清朝皇帝赐名为“巴尔虎人”（虎旗军）。我在想，我已有妻，在中国；在此又得到一位比我女儿年龄还要小的媳妇儿，怎么办？这里的文化没有“怎么办”以及“以后怎么办”，纯朴和当下欢乐是生活的全部内容。我曾问海日苏，我和新娘要入洞房吗？他答是的，生出很多孩子。难怪阿季阿兰对我眼波烁烁，那是对三个，不，六个孩子的期待。

别了，祖国的亲人，闲暇来布利亚特草原找我吧，带上中国的好东西给孩子们。好了，就这么办！我把心念刚转过来，又有事情发生——新郎出现了。猜猜他是谁？司机谢尔盖。

他换上一身新西装，与呼伦巴雅尔（我今天的岳父）、阿季阿兰（我未进洞房的新娘）激烈争执。谢尔盖！是你把我们扔在森林，又因为酗酒迟到而失去新郎的资格，该！现在来抢我的新娘，呸！

人们静下来，谢尔盖阴沉沉走过来，说要和我决斗。呼伦巴雅尔、阿季阿兰和所有人都看我们俩，看不出他们希望谁赢，这是他们的文化。我想了想，还是认输吧，能打过他吗？但内心的基因说不能说不。我，把袍子脱掉，表示开始。袍子、酒以及不知什么东西起了作用，总之奇迹发生。小时候我跟一个回民练过摔跤。此刻，我用手别子摔倒这个吃瘪新郎，又以“德和勒”再次把他摔趴下。人们雀跃，把新郎袍子披在我身上。

这一刻，我完全清醒了，发表演说让占布拉翻译："在这个帐篷里，我远离了森林死神的召唤，得到你们美好的款待并荣幸地成了新郎。但我想念我的家，我要回家……来，祝福谢尔盖和阿季阿兰成为夫妻吧，生一百个孩子……"

原以为，我这番话会招来一顿殴打，不，是一片掌声，像敬重一位绅士。我把袍子披在谢尔盖肩上，把羊羔皮帽子扣在他的金发上，之后，我醉累交加，倒地不醒。

次日黎明，占布拉叫起我，我们登上谢尔盖的吉斯牌卡车。占布拉抱着摄像机赞美眼前的一切。谢尔盖表情甜蜜。上车前，阿季阿兰拉着我的袖子说："你才是我想得到的新郎，你还会来吗？"

我说："可能不会来了。"

"别这么说，会的，生活比我们想象的神奇。"

但愿如此。汽车向塔布开去。

卡　车　上

“是的，我在下叶尼塞斯克边防近卫第九旅服役三年，在新西伯利亚城防陆军仓库担任过一年枪械官。”青龙手握方向盘，目视前方回答我。俄国的步兵操典规定，下级回答上级问询，须目视前方，而不能看对方的面孔。但我不是上级，他习惯了。

“为什么不继续服役了？”

“回来结婚。”

“你妻子是俄罗斯人吗？”

“是图瓦人。我们不信东方正教，也不去教堂结婚。”

我从吉尔格朗河回克孜勒，在公路上看到这辆嘎斯牌卡车，它拉了一车羊。羊把嘴巴放在其他羊的背上，一堆羊毛中间露出羊的耳朵和粉红的嘴唇。我拦下车坐在副驾驶位置，跟司机说话。他叫青龙，坐姿笔挺，我猜他在军队服过役。

回到克孜勒后，我要退掉宾馆的房间，上街买了一些图瓦歌曲的CD，然后去俄蒙边界的浑都楞养鹿场。我的钱花乱套了，因为没养成记账的习惯，每次点钱，数额都不一样，不是多了就是少了。这会儿，我掏出钱包把卢布数一遍，好像又多了，但愿如此。接着点一下人民币，这是号换号的新钞票，发出咔咔的、清脆的响声，像用竹片弹树叶子。

“我要睡一会儿觉了。”青龙把车停在路边，趴到方向盘上立刻睡着了，前后不到一分钟时间。他怎么说睡就睡呢？下午三点半，睡哪门子觉？我下车散步，吉尔格朗河像宽阔的白绸子飘舞，绸子下面像有风。河两岸没有庄稼，也没有草原，低矮的灌木在石砾间生长，如一群扶老携幼的人去逃荒。我看驾驶楼，青龙还在睡觉，他可能昨夜没睡觉。我躺在地上，戴上眼睛遮光罩，看我能不能睡。过一会儿，我看到青龙划一只鼓鼓囊囊的羊皮筏子停在岸边，向我招手。啊，他不是在车上睡觉吗？卡车怎么变成羊皮筏子了？我想说我不坐羊皮筏子，我要坐卡车去克孜勒。“笛——”我一怔，这是个梦，青龙在车上招呼我。

上了车，我偷偷看一下表，我俩睡了半个小时。

“问一下，”青龙说：“你能兑换给我一些中国钱吗？”

我想到了换算汇率什么的，但是，我问他：“中国的人民币在这里花不掉啊？”

“我有用处。”青龙说。

我好像不应该推辞他的请求，况且免费坐他的卡车。我问，“你兑换多少？”

“把你的中国钱都兑给我吧，我看到你有很多中国钱。”

我身上带着五千人民币，我问：“按多少汇率？”

“你说多少就是多少。”青龙说。

那我不占便宜了吗？但我也不是那样的人。我说：“按我在满洲里兑换的牌价，一百卢布兑换十八点三元人民币。”

“随便，多少都可以。”

“那我们就按这个汇率兑换。”

“好。”

“现在就换吗？”

“现在换最好了。这是我的钱，你数一下。”他掏出一把卢布，五百元、一百元、五十元、十元的都有。我清点了一下，总共是一千六百多卢布，不够兑换一百元人民币。”

我晃晃他给我的卢布，问：“就这些吗？”

他说：“是，我全部的钱都在这儿。”

“我给你一百元人民币，是多给你一点儿了。”

“几张？”他问。

我说“一张啊。”我拿出一张红色的百元人民币。

“一张不够，太少了。”

我听这话不太对味，他是不是绕了个弯子想抢钱啊？“一张不够，太少了”听上去很吓人。但我知道的图瓦没人偷钱、抢钱，他可能在下什么斯克当兵跟俄罗斯人学坏了。

我对青龙说：“你的卢布是一千六百多元，我给你一百元人民币，你已经占到了二百卢布的好处了。”

“我明白你说的意思，可是一张人民币对我没有用。”

“多少张有用？”我问他。

“越多越好”他把手从方向盘拿开，用拇指食指比量一下，一厘米宽，那起码是一万人民币。我在考虑我是否在行驶中打开车门跳下去。路面全是拳头大的石块，跳下去恐怕会摔伤。

“越多越好。”他向我笑，这个笑容是纯朴的。但你一想到这是为别人的钱而发出的笑容就显得十分可怕。

“是的。”我回答他，“每个人努力工作，都为了你说得越多越好。”

“可以吗？”他问。

什么可以吗？我克制自己的怒气，反问他：“可以什么？”

“换你的钱？”

“只能换一张，一百元人民币。不换就算了。”

“换，换。我知道我的卢布太少了。如果把你所有的人民币都换下来，需要多少卢布？”

“三万到三万五千卢布吧。”

“噢？”他吃惊地扬起手臂：“我从来没听说谁有这么多钱，太多了，我没有这么多卢布。”

我只盼着卡车快点儿开到克孜勒。如果这个家伙还想睡觉更好，我下车逃走算了。我不打算再说话，把他的卢布还给他。

“我虽然没有很多钱，但我有好东西送给你。”他说。

刀吧，这把刀可能放在他屁股底下的坐垫里，杀过一百多只羊，早已磨得锋利。我看了看我的座，看上面有无暗黑的血点子，没有。他每杀一个人会把血迹擦干净，再把尸体拖到吉尔格朗河边，一脚踹进去。当然，钱已经揣进他兜里面了。

“你一定会喜欢我送你的东西。”

我不吭声。

车开着，他突然拐下路基，开到荒地里。车绕开红柳丛，在岌岌草地上行驶。

“你去哪里？”我问，“我们不是去克孜勒吗？”

他不回答，脚下加大了油门。

我劝自己不要显得慌乱，杀一个人没想象得那么容易，如果他要钱，给他钱算了。

车开着，前面出现几间孤零零的房子。再走，见房子前面有几头牛在石槽里饮水，一匹白马拴在桩子上。车到房门口停下来。

“这是我的家，下车吧。”

我下还是不下呢？如果我赖在车上，这也是他的车，把我拉到另一个地方屠宰是一样的，我跟他下了车。一个老人从屋里探出头，手里拿一只红塑料盆子，估计是他父亲。老人把两只碗放在地上，把盆里的酸奶递给我们。

“喝吧。”青龙自己先喝了一碗。他用手心擦擦下巴，走到牛跟前，“我把这头牛送给你。”

“送我牛干吗？”

“如果你嫌少的话，我把两头牛都送给你，它们都是奶牛。”

“干啥呀？”我懵了。

“换你的中国钱。”

噢，还是惦记我的钱。我真不该当着陌生人愚蠢地数钱。“可是，我没法把牛赶回中国，再说我也不需要牛。”

“马呢？”他问我。

“你的马是好马，但我不需要马。”

他用手按着眉心思考，走进屋，跟他父亲说了半天话。青龙走出屋，手里抱一只佛像。

他把佛像递给我。

这尊佛像高约三十厘米，铜质，基座镶绿松石，正中镶一颗杏子大的红珊瑚，一看就是老东西。图瓦没有假货。

“这个佛像值三万卢布吗？”

太值了，光这颗珊瑚就值五千人民币。我说：“值。”

“那咱们成交吧。”

“你意思是让我把佛像买下？”

“是的，如果你喜欢的话。”青龙又回屋里，拿着拇指大的小皮子。“这是麝香，一块儿送你。”

我想了想，说：“我明白你的意思，你需要我所有的中国钱。但是青龙，这尊佛像和麝香已经超过了我身上的五千元人民币的价值。我想知道，你要中国钱干什么？在这儿没用啊？”

青龙告诉我：“睡觉。”

睡觉？“你枕着中国钱睡觉？”

“哪里。”青龙说：“睡觉之前数数钱催眠。”

我想了半天反应过来，“你睡不着觉，数钱才入睡？”

“对了。”

“那你为什么不数卢布呢？”

“嗨！”他鄙夷地掏出卢布，“像棉花一样，天天数，没有声音了。”

明白了，我的钱是新钱，咔咔有声。“你为什么不去兑换一些新卢布？”

“去过的，克孜勒的银行不给兑换，除非你的卢布缺角了。新卢布数着数着也没有声音了，像羊毛。”

“你不数钱会睡不着觉吗？”

“我在下叶尼塞斯克服役的时候，在一个爆炸燃烧的化工厂执勤，三天三夜没睡觉，得了失眠症。一个偶然的机会，我的班长夜里数钱，我听到这个声音呼呼大睡，坐下了这个毛病。在军队，我睡觉前，战友在边上数钱，很快就睡了。”

人真是什么毛病都有啊，我想起青龙突然在车上睡着了，那时我刚刚数过钱。这倒有意思，强盗如果想抢他的钱，先在他面前数钱，相当于下蒙汗药了。

青龙盘腿坐着，上身挺直，左手抱佛，右手拿麝香，恳切地看我。

这尊佛最少值一万元人民币，我不能买，麝香也很值钱，虽然我不知它值多少钱。

“你把佛放下，我想想。”

他抱着佛坐在地上。我边踱步边想，怎么办呢？刚我还以为他图财害命呢，原来是这么一回事。我想到一个主意。

“青龙，这尊佛你留着，但我可以满足你。”我从衣兜里掏出录音笔，“这是一个录音机，我把数钱的声音录下，送给你。”

“我听说过录音机，它能录多少次？”

“录一次，你可以放无数次，咔、咔，数钱的声音。”

“不用录一次听一次？”

“不用。”

“录音机值多少钱？”他问。

“值五卢布，我不要钱，送给你了。”这个录音笔是我花七百元人民币买的。我出国前带了两支录音笔，这支里面有三首我录的图瓦老百姓唱的歌，不要了。

“试一试吧。”他提议。

“院子里有风，到屋子录。”

进屋里。他家墙壁没刷涂料，漆黑破旧，地上摆七八个罈子，装咸菜。我告诉青龙把门和窗关上，不要发现任何声响。

我掏出钱，五千元崭新的人民币，打开录音机数钱——咔、咔、咔、咔、咔……

青龙手把床沿坐地下。他先是瞪大眼睛看，接着一头栽到地上，打起鼾来。哈哈，这情景真应该让中国人民银行行长、北京造币厂厂长和世界卫生组织官员看到，人民币有神奇的药物作用，前下叶什么斯克第几旅士兵正在酣睡中。咔、咔、咔……我一共录了五遍，他这一辈子睡眠都够了，一个旅的士兵入睡都够用了。

我把录音放一下，录得很清楚，咔、咔、咔。我转身去外边溜达，等青龙醒来。云彩降落到地平线上，好像是被风追赶的棉花被红柳丛刮住了。青龙家的牛、马全都肃穆站立，目视着地面。

我把院子里的铜佛捧回屋里，放在佛龛里，鞠一躬。回头看，青龙还趴在地上睡觉，他用双手抱着大地，一条腿屈膝，脸枕在一双破布鞋上，他父亲若无其事地数黑色的小粒佛珠，嘴唇微动，跟手指捻动的节奏一样。

克孜勒的风琴手

1

克孜勒是图瓦的首都，我觉得它像一个星星的名字，那种离地球很近，比启明星大但有一些裂纹的星星。上面有河水流过的痕迹。

这是我想像我在另一个星球观察克孜勒的情景，它包裹在西伯利亚的密林里，只有两万人口，算上安吉拉河左岸山坡密密麻麻的墓碑上的名字也到不了三万。

此刻我在跑步，路边堆积的黑杨树的叶子像波浪一样追赶我。树叶带绿色蜡质的光，背面有白绒。

手风琴声传来。克孜勒的大街没有喇叭，所有的声音都是真的。我从街口拐弯追手风琴声，树叶子也哗哗跟我转到这条街，绿油漆栅栏上的白鸽子飞上天。琴声断断续续，始终在我右耳方向。右面是列宁广场，我拐过去，琴声又变为左边。我绕左边的歌剧院跑了一圈儿，一个穿皮袄的醉汉躺在露天，屁股底下铺开蜿蜒的尿痕。手风琴声停了，就像你准备捉一只蝈蝈，到跟前它突然收声一样。我寻思压腿吧，刚把腿放在石栏上，琴声又响了，从南面那坐骑鹿的女人雕像后面传出。

我跑过去，见到一个地下露台，有人坐在四脚板凳上拉琴。他有四十多岁，低头拉手风琴，头顶堆满了泡沫式的银色卷发。黑胶鞋露出的大脚趾一翘一翘击拍，指甲绘一只橙色的甲虫。他身后的墙壁有彩色粉笔画的开花的树，红花和蓝花。

“啊？”他抬头看到我，表情惊讶：“你从哪里来？”

“中国”

“你在干什么？”他围着我转了一圈儿。

“我跑步呢”我身上穿着鲜艳的弹力短衫和短裤。

“从中国跑过来的吗？”

“哪里”这话可别传到中国去。“我从安吉拉桥跑来的”。

他问：“中国有安吉拉河吗？”

我说：“没有，图瓦才有清澈的安吉拉河。”

他演奏一段舒缓的曲子，像蜻蜓在水面回旋，芦苇摇晃着向飞远的小鸟致意。三拍子的舞曲。

他说：“这就是安吉拉河。萨彦岭东面的塔尔巴哈台河是这样的。”

他演奏一段快板。“你听到了什么？”

我没去过萨彦岭。我说：“宽阔的塔尔巴哈台河一直往东流，灌溉着黑麦……”

“错了”他指着我哈哈大笑：“你简直像一个骗子，像你的穿戴一样。塔尔巴哈台河很窄，而且它向西流，流到西边的毕阑河。东边是瑙云山，地势越来越高，它流得过去吗？”

他把这段旋律重新拉一遍，速度更快。“是不是往西流？”

“是的，是的。”我点头，指西边。

他又拉一遍。“河水很浅，所以有喧哗的声音。你应该听出来了，旱獭在水里露出湿漉漉的黑脊背，像犁铧一样。听出来没有？”

“没听出旱獭。”

他停下，气愤地看着我，“我的琴声里没旱獭？”

我解释“没听出旱獭像犁铧，我听着像树根，黑树根。”

“中国没有旱獭吗？”

“没有。”

“那我原谅你，塔尔巴哈台在蒙古语里正是旱獭的意思。”

“你画的？”我指他身后的画。

“是我，这是海棠花。”他双手抱琴，下巴搭在琴上像搭在窗台上，他说：“塔尔巴哈克河的海棠开花了。”

他闭着眼睛拉忧伤的一支曲子，我悄悄离开了。

2

第二天早上，去那里，没见到手风琴手，板凳还在，墙上的粉笔花也在。我看见花里有许多画上去的眼睛，横着竖着藏在花的间隙里。我把一瓶伏特加、半公斤奶油和两个苹果放在板凳上。第三天没去，第四天我见到他却认不出了，他穿灰西服，戴前进帽，银色的小发卷在帽子下镶了一圈儿。他站在海棠花前笑，八字胡变成一字，下面一排白牙。他手指在肋间上下动，示意手风琴。

“云灯嘉博，叫我云灯。”他伸出手。

我指着西面说：“塔尔巴哈台河只会向西流。”

他哈哈大笑，用手指按着嘴唇说：“奶油和酒，现在站在我家的桌子上。中国人，我今晚请你到家里做客。”

“手风琴欢迎我去吗？”我问。

“哈哈哈，手风琴和它的老婆三弦琴都欢迎中国人。”

晚上，我按着他说的地址——蜂蜜街走到头，数着黑杨树往回走，走到第九棵杨树往北看，挂蓝窗帘的屋子就是他家。

进屋，云灯说：“欢迎从中国跑步过来的人。”他穿一件黑底带金花的丝绸衬衫，紧袖口，袖子有裤子那么肥。他的黑胡子显然抹了油，捻成尖型。

“你好酷。”我说。

他不为然地撇撇嘴，蹬凳子把屋顶的电灯解下来，放在桌上，盖上一张红纸，我们两个人的脸变得红通通。

他指自己，又指椅子上的手风琴和三弦琴，“我们欢迎你的到来。红灯是欢迎贵客的排场。”

倒上伏特加，云灯仰脖喝了一杯，约一百毫升，右手食指从脖子、胸脯、胃往下划，在肚脐处停住，他有鼻子闻闻这根手指，说：“到了，酒到了它们要去的地方。”

云灯的屋里有烤面包的炉子，装水的塑料桶，窗户遮着落地的蓝窗帘，西面摆一张单人床，墙上挂着窗帘那样的蓝布。墙边摆许多乐器。

他又喝一杯，手指划到胃部停住了。“这伙人没到地方就下车了。”他把酒叫“这伙人。”

他再喝一杯，从床铺下面拿出一个听诊器，听自己的肚子，说：“都到了。”

他拿听诊器让我听，我听了一会儿，略微有咕噜声。

云灯捻了油黑的胡子尖“他们唱歌、打闹呢。酒最喜欢的地方就是我的肚子，比宫殿都好。中国人、你为什么不喝酒？”

“我肚子不好，酒喝进去肚子疼。”

“哈哈，中国人肚子里的坏主意太多了。”他摸着肚子说：“酒让我说说海棠的事。”

云灯拉着琴唱道：“你像燕子飞进我的胸膛，你的瞳孔比夜更黑，世上所有的路都通向你，我像影子走在你的身旁。”

“我是山崖背后的雪，等待你来融化，我背后的石头太厚了，挡住了阳光。海棠啊海棠。”

我想起歌剧院露台的花和树，花里有眼睛。

云灯起身把墙上的蓝布单子掀开，露出一幅大画，一只鹿，绿身子带红花，长着人脸，红脸蛋，也是粉笔画的。

“她就是海棠”，云灯自豪地说。

我略微明白一点儿了，“海棠是一个人？”

“是的，我的恋人。”

“她在哪儿？”我想问她是不是死了才让云灯这么痴情。

云灯叹口气：“可能在满都海酒吧。”

我恨不能去酒吧看看，什么人让云灯这么痴迷。

“你为什么不和她在一起”，我问。

云灯低下头，说：“她不喜欢我。”

“为什么？嫌你年龄大了？没钱？”

“不，我们图瓦人不看重年龄和钱，钱多了有什么用？你知道，我们的商店里没什么东西。我在旅游旺季唱歌也赚很多钱。年龄没关系，六十岁的男人娶二十岁的姑娘，也没人奇怪。”

“那是因为什么呢？她知道你喜欢她吗？”

“我寄给她一封信，她当着我的面用打火机烧掉了。”说着，云灯开始出汗，拿一块手巾擦汗。他脸上、脖子、前胸都有汗冒出来。

“我不敢去见她，我去找她的时候腿哆嗦，慢慢就抽筋了，我只想她听到我的琴声。”

“她从歌剧院路过吗？”

云灯点头。

“她到地下露台看过你吗？”

云灯摇头。

“那你怎么办？你娶不了她，要等到什么时候？”

云灯的眼睛在憧憬。“我每天想到她在走路，在坐着、在笑、在吃饭、在打针、在睡觉。夜色降临，星星像河卵石堆满了天空，她合上眼睛睡着了，我这么想着度过一天，我觉着挺幸福。”

云灯看一看手表，拉开北窗帘，端一块木板扣在窗户上，告诉我把灯关掉。

我关掉蒙着红纸的电灯。

“你看到没有？”他指着木板的孔说，“星星，北斗七星。”

我看了半天。是的，木板钻了七个孔，孔隙里可能有星星露出来。可是这有什么用呢？

“这是北斗星的门，它们从这些洞里走进我的房间。星星也有好有坏，有小偷和骗子，北斗星是端正的星。”

“咱俩去满都海酒吧，看看海棠？”我对他说。

“现在吗？”云灯问。

“现在。”

他变得手足无措，又开始冒汗。他身上的黑衬衫已经湿透了，我让他换一件。他换上领口绣花的白衬衫，问我好看吗？我说好看。他说不行，又换了一件蓝衬衫。蓝衬衫在他换裤子、梳头其间又湿透了。“我没衬衫了。”

我把身上的鹅黄衬衫脱给他，我还有夹克衫。

我们俩出门。月光把草叶照得像羽毛一样白亮。安吉拉河水像石板一样平，但楼房在河里的影子有齿纹。

“你要见到海棠了，紧张吗？”

“是的，我想撒尿”他叉开腿撒了一泡尿，说：“那些准备要出的汗尿出去了。”

“你用不着这样。爱情不像你想的那么沉重，海棠不过是个女人，是无数个女人中的一个。”

云灯很生气“你们中国人这样想吗？这样想，世界就没爱情了。如果不是穿你的衬衫，我就骂你了。”

“我尊重你的看法。你还没说海棠为什么不接受你的感情。”

云灯站下，用手指捻胡子尖。他说：“我每天都在寻找这个答案。我假设她不喜欢我的各种可能性，记在本子上。比如，我眼睛一只大一只小，勾掉。我身上有时会发出类似芹菜的味，勾掉，我听说她吃过芹菜炒肉，我拉的曲子休止符不明显，也勾掉，因为她不知道哪个地方有休止符。我觉得原因有两个。”

“哪两个？”

“我不勇敢。”

“你不勇敢吗？”

“可能不勇敢，但我准备勇敢了。”

“还有呢？”

“她可能爱上了高加索人。”

“高加索人是什么人？”

“格鲁吉亚来收羊毛的人，高个子。”

我说：“当你穿上这件黄衬衫后，一切都会改变。”

“是吗？”他握我的手：“太好了。”

“海棠长什么样？”

“她嘛，脸像春天的冰一样白，脖颈比天鹅脖子还高耸，她的手指像曼陀罗花的根，她的耳朵比得上第比利斯珠宝盒的雕花。”

“她浑身上下都是工艺品”

“是的，她的声音像笛子吹出来的，她的脚趾像印度象牙。”

我想象不出这些东西放在一起是什么东西，但感到图瓦人的思维受到史诗《江格尔》的影响。

酒吧到了。云灯踮起脚尖走到玻璃门前往里看，转身往回跑。我拉住他，“怎么啦？”

“她就坐在哪儿，穿粉衣服，我心跳得太快了，我要回去。”说完他跑进黝黯的夜色里。

3

我独自进入酒吧。这儿的房间由巨大的原木构制，好像关东军在海拉尔修的坑道。饮客们嬉闹喧哗，两个小伙子一手端酒杯，一手搂着对方肩膀，侧脸向对方笑，好像等待照相。音箱播放俄罗斯人唱的摇滚，听上去像念咒。

粉衣服的海棠独自坐着。我走过去，问：“我可以请你喝一杯酒吗？”

她用下颏示意我坐下。我点了朗姆酒、金酒和啤酒，都是双份。她看我，目光似乎穿越我的脸数我后脑勺有多少根头发。这个人面鹿身女神的相貌跟云灯颂扬的春天的白冰没什么联系，她长着罗马人的窄脸，在图瓦很少见。笔直的鼻子撑着洁净的前额，细长的嘴跟平直的眉毛呼应一体。

“中国人？”她问。

我说：“汉地内蒙古。”

她举杯。

我说我来这里拍电视节目，这是我在图瓦说了无数次的开场白。我说我交了一位新朋友，名字叫云灯。

她点燃一支烟吐出来，像用烟雾把自己的脸包裹起来，烟雾后面有锐利的目光射过去。

我说：“如果不算冒犯的话，我想和你聊聊他。”

“我以为你请我喝酒是想追求我。”她说。

我窘住了。说追求显轻佻，说不追求是对姑娘的轻视。

“不会是云灯派你来的吧，他不是那样的人。”她替我解围。

“是的，他和我一起来的，走到门口吓跑了。”

她耸耸肩："女人会喜欢这样的人吗？"

"他说他不勇敢。"

"爱情天生勇敢，不勇敢还叫爱情吗？"

"唔"我发现我说不过她。

"你印堂右侧暗，这是情感创伤的结果。"

她会相面，我说："你山根高，有福气。"她耳轮外凸，没节操，但我没说。

她用手指叩桌子，说"哈哈，共同话题，我看相也是跟中国人学的。"

我说："我只懂一点点。"

"你看我运气怎么样？"

她眉毛乱，我说："你运气差一点儿。"

她点头，说："你的眼睛和耳朵证明你的善良，晚年很好。我会把我的故事告诉你。我叫海棠，我是一个护士，我要向你说什么呢……"

她嘻嘻笑了。她的粉衣裳缝一排蓝布襻，缝珐琅纽扣，左右手戴图案不一样的银板指。她吸了吸鼻子，眼睛朝上方看，好像屋顶写着她的简历。"我从报喜城医学院毕业后，来到图瓦，我老家在蒙古国的乔巴山市，从小没有父亲。我第一次见到云灯是在冬天，他在河边盖了一个雪的小房子，用颜料刷成蓝色，在雪地里很鲜艳。夜里，他在雪房子里拉琴唱歌。我下班雪房子探头看，看到云灯。他坐在金黄色条纹的兽皮上拉琴，那时他梳一条雪白的辫子。他看我的眼神像树叶里的小鸟，出神了。"

"第二天早上，他在我上班的路上等我，送我一枝红色的野芍药花，你知道吗？他在这朵芍药的每一朵花瓣上画了眼睛，不知怎么画上去的。我知道我遇到了爱情。可笑的是他把花塞到我手里就跑了，像小学生给老师送花那么羞涩。我谈过好多次恋爱，但没一个男人像他这么羞涩。"

"你会问我为什么拒绝他，怎么说呢？如果是别的女人，会享受这种宠爱，女人对浪漫是没有抵抗力的。你即使不爱他，也不妨享受其中的浪漫，但我不能。”

海棠把几种酒混在一起喝进去，“他在我上下班的路上等我，远远的，藏在树后面看我。在歌剧院后面拉琴，想让我听到。有一天下雪，早晨我看到从我住的地方到医院扫出了一道小路，这有一公里远啊。一定是他扫的，克孜勒这么大，只有我的房子和医院之间有一条小路，我成了女王。那天夜里雪一直下，他要反复扫，从半夜扫到天亮。当时我哭了，我不知道世上还有这样的男人。上天给了我这样一个男人，我感到痛苦。”

她点燃一支烟，用面巾纸擦拭过滤嘴上的口红。

“换作别的女人，会送给他香吻。但我不。为什么？因为云灯是纯洁的人，而我不是。虽然佛法上说纯洁与不纯洁只是世俗判定，但我知道我不纯洁。我不知道老天爷是怎么安排的，让他这么纯真的人爱上我。你看，那些面相非常好的男人会奋不顾身地爱有缺陷的人，你如果懂面相应该知道，我貌不错但相不好，因果关系是任何人都躲不掉的。我的所谓美貌只是一锅汤上漂的油花儿，这些油花儿正在飘零。我见过生活的恶，但云灯没有，他是个儿童和风琴手。我配不上他，他追求我是他福报遇到了一个坎。过去了，他的福气会更大。过不去，福就散了。”

我说：“太深奥了，你想说你不爱他？”

“不，我爱他。”

“那你应该告诉他。”

“有一个孩子背一罐清水去见上帝，上帝收到这罐清水后会给他奖赏。但孩子贪玩，被一块石头绊倒，把水洒了，这是你说的爱吗？我就是那块石头。”

“这不像姑娘的心理，像喇嘛说法。”

“你不要拿喇嘛比喻我，那是亵渎。但我确实不在恋爱的状态里，如果云灯是一个混蛋，我可能接纳他，他像羊羔一样无知，也像羊羔一样可爱，所以我不能。”

她女人心理有问题，我不打算跟她探讨人生哲理。可怜的云灯碰到了顽石。

“你觉得我不可理喻，对吧？”

我点点头。

“你知道真相就明白了。”

“真相是什么？”

“我当过妓女，你看你的眼神变了，你不会从这里跑掉吧？你没见过妓女吗？我在报喜城读书的时候，我母亲病了，糖尿病并发视网膜脱落，到我身边住院治疗，她的眼睛保不住了，肾的问题更大。这就是我堕落的开端，接客，为母亲准备医疗费。但这不是借口，不是每个女孩儿都为母亲治病而当妓女，但我拿身体换钱。我也喜欢好衣服和高级化妆品，每天接待从黑龙江坐船蜂拥而至的中国人。我甚至学会了好几句中文——老板、好爽。我不能想象云灯娶的妻子过去是一个妓女，更不能为这个女人举办盛大的婚礼。为了让云灯死心，我假装交了一个男朋友，他是高加索人，我们在报喜城就认识，他是坏人。我希望云灯慢慢忘记我，一切变得跟过去一样。下雪也没人扫出一公里的小路，这让我更恨自己。”

“如果云灯忘不了你呢？”我问她。

“那是他的劫难。”

云灯用世上所有的美好描画海棠，却得不到她的爱，这就叫劫难。世上唯一没有办法的事情不是山崩地裂，而是爱情。

“你在想什么？想象我在床上是什么样子吗？”海棠脱去粉衣裳，身上剩一件小背心，乳沟处有一朵海棠文身。

“害怕？妓女只是妓女，不是杀人犯。”她穿上衣服，表情冷起来。“你想知道妓女怎么想吗？她们不是性欲狂，她们仅仅是需要钱。中国人，你听懂没有？”

她在痛斥我，好像我是嫖客的代表。

这时候，一个人来到她身旁。俯身搂住她肩膀。他身材细高，一脸黑胡楂儿。

“中国人”，他对我说，“你在讨姑娘的欢心吗？”

“不关你的事”我突然冒起一股火。

“好，我吓坏了。”他张开手，退着离开。估计他是高加索人。

“海棠”，我对她说：“我被你的真诚打动，体会你的心情。我会保守秘密，谢谢你。”

说完这些辞令，我拿起桌上的打火机和烟准备离开。

“中国人，”她伸手摸摸我的脸：“你眼角的纹路说有一个女人会下个月追求你并折磨你，小心吧。”

我离开酒吧。沙枣花的香气从看不清的夜色里包围过来，像细雨。孤孤单单的北斗星在天空闪亮。

“中国人”

一个人从路边跳出来，身穿黑衣服。到跟前，他双手捧着一件衣服。云灯，他捧着我的黄衬衫。

“我见到了海棠，说了一会儿话。”

云灯连连地点头，等我说下去。

“她是一个好姑娘。云灯，就这些。”

云灯向往地看我，“她听到我拉的琴吗？”

“没说，她说你很好。”

“没说别的吗？”

“没说，真的就这些。”我走了，把他留在身后，我不忍心看他那双渴盼的眼神。

4

后面几天，我和摄制组去斯维尔多夫斯克拍摄一个驯狐狸的人，他驯的狐狸会送信，还会把熊贮藏在树洞里的鱼偷走交给主人。回到克孜勒，我去歌剧院的露台找云灯。他没在那里，墙上的粉笔画被人擦掉了。我去云灯的家，门上挂着锁。

云灯跳河自尽了，这是我脑子里冒出的想法，他听到真相或海堂和高加索人结婚的消息，难免会自尽。

之后的一个月，我们去埃文基人的营地拍他们驯鹿。回来，我到满都海酒吧打听云灯的消息。

“云灯？”酒吧老板反问我：“你不知道他的消息吗？他说和你是最好的朋友。”

“他怎么了？”

“他双腿摔断了。”

“怎么会呢？”

“唉，他去乃林山的悬崖上采野蜂巢，摔下来，被松松挡住，再摔下来，又被下面的松树挡住，命还有，脚都碎了。”

“他采野蜂巢干什么？”

“野蜂巢很值钱，治病的。云灯不是为了钱，他要表现勇敢，把野蜂巢送给海棠。好在他没碰到蜂巢就掉了下来，要不的话，野蜂会活活蜇死他。”

“后来呢？”

“后来他去乌兰乌德的医院做手术，那算什么狗屁手术，就是把两条腿用锯给锯掉了，我都会锯。”

“他在哪里？”

“噢，不远。你见过六字真言那座山吗？很大的字，老远就看得到。他在山后面的松林里拣松子呢。”

第二天早上，我跟摄影赫勃连上山了。

乃林山的阳面怪石嶙峋，北面是漂亮的松树林，落叶松的松针洒在地下，金黄一片，踩上去比地毯还软。赫勃连说：“这么大的树林，上哪儿去找云灯？我说：“用耳朵找。”

这时我听到了琴声，耳朵告诉我往东走。

松树的香味在人鼻子里打转，像琴声一样美好。快要下坡时，眼前露出一片草地和一小片湖水。赫勃连支起机器拍摄。琴声从湖边立起的巨石那儿传过来。石头后面，我见到了云灯。

云灯坐在轮椅上，亚麻衬衫里面露出古铜色的脖颈，银卷发上编了七八根筷子细的小辫，像给马鬃编的，头上洒着薰衣草干花瓣。他见到我非常高兴。

“中国人，我以为见不到你了。你上次见到的那两条小腿留在乌兰乌德喂狗了。”

我说：“我知道了，看到你现在的样子，我很高兴。”

“一会儿，你会更高兴。”

他拿琴拉了一首曲子，我听到一个女声从树林里传过来：“怎么啦？”

一个穿白裙的女人从林里跑过来，脚下踩着晃眼的松针。她一手拽着裙角，一手遮阳棚朝这边看。

原来是海棠。

她跑过来，“谁来了，你拉鼹鼠敲门这首曲子，我知道有人来了，噢，中国人来了。”

她和我贴过脸，接过我们拿来的礼物。我从他们俩的脸上看出来，北斗星已经从木板的孔隙钻进了云灯的屋子，爱情和海棠都钻进屋。

赫勃连要拍海棠拣松子的画面，他们走到林子里。

“我用我的腿换来了幸福。”云灯对我说。

“你应该得到的，祝福你。”

云灯说：“我登上乃林山的时候，野蜂巢就在我头顶。脚下石头突然松了，我双手抓住一块凸出的石头，下面是山谷。我知道我活不成了，胳膊酸到把不住石头就掉下去粉身碎骨了。我把着石头想海棠现在干什么呢？她昨天上班穿了一件迷彩布的裙子，哈哈，迷彩也有裙子，脖子上挂一串项链，我猜是野猪牙的。风吹起她的头发，头发飘向蛮金山那边。她多美呀，算了，我松手了，我不想坚持不住时再掉下去。我喊：‘海棠——’这是我告别世界最后要说的话，后来什么都不知道了，我听说羊倌救了我。我躺在我拽掉的松树上，要不脑袋早碎了。羊倌把我背下山。海棠听说跑了过来，她抱住我。她的眼泪把我身上的血都冲干净了。后来，我们去了乌兰乌德，回到克孜勒，我们住在这片树林的棚子里。今年的松子是二十美元一公斤，海棠拣到三百多公斤了，我们要去莫斯科换假肢。总之，海棠让我干啥我就干啥，头上的小辫也是她编的。我很幸福，比有腿的人还幸福。

远处，海棠坐在湖边，裙子弄成喇叭形，让赫勃连拍摄。塔形的松树，枝叶一层比一层宽，好像要蹲下来听一听海棠和赫勃连在说什么。

奎腾的马

贡宝扎布给他的五匹马起了好听的名字——带白芯的火焰，沾身不化的雪花，喇嘛穿的黄缎子，好像还有——蹄子冒火星的石头，玉米。

这是他的五匹马：火焰、雪花、黄缎子、石头和玉米。这五匹马的名字是贡宝扎布起的，但马是别人的马。他是马倌，负责把这些马从奎腾赶到乌里雅苏台将军衙门。这些马是谁的呢？海龙说（贡宝扎布是海龙的高祖父），有嘉措喇嘛的，中国山西商人的，猎人苏森的，一共五匹马。他们把这些马贡献给大清皇帝。当时——海龙说那时是1921年或1926年——图瓦还叫唐努乌梁海，归大清管，设立了乌里雅苏台将军衙门。那几年，俄国的白军打过来，红军打过去。图瓦当时并不是俄国或苏联的国土，苏联在1944年吞并图瓦。白军和红军厮杀，但不激烈，打打就跑。激烈的战斗是他们杀戮清朝守军。白军和红军杀掉了全体清朝守军，乌里雅苏台将军服毒自杀。图瓦独立过，但谁过来打仗就归谁管。

贡宝扎布不知道这些事情，他在奎腾草原放养这几匹马，养足秋膘往将军衙门赶。奎腾是贡宝扎布的家乡，在叶尼塞河的左岸。这地方草好。草好不好，人不知道。人只看见草高不高，绿不绿。这不行，牛马羊才知道什么叫好草。好吃的草，咔咔嚼起来流绿沫子。沫子就是牲畜的口水，草太好吃了，马的口水流不完。马吃了好草滚瓜溜圆，皮毛像抹了黄油一样。儿马配种勇猛，也是因为草好。马一天跑五百俄里，是吃了好草。吃了破草跑二百俄里就没劲儿了。这样说，人们才明白奎腾是个好地方。

奎腾除了草好，男人还强壮。贡宝扎布走过来，草地踩出一个又一个坑，泉水从坑里冒出来。他的脖子像野猪脖子那么粗，力量全在脖子里。睡觉的时候，他胳膊从被子露出来，别人以为是腿。他的眼睛埋在厚眼皮里面，很凶狠，额头乱糟糟一堆皱纹。史诗《江格尔》说，勇士们像野猪一样所向披靡，贡宝扎布就是这样的人。

接下来说马。对，贡宝扎布还是一名歌手呢，他编的歌曲现在还在唱。贡宝扎布用歌声描绘马的样子，谁也比不了。

他唱：

马的鬃毛像火苗飘飘

马的眼睛像清澈的湖水唉

马比岩画里的马跑的还要远

它安静下来像一棵树

这棵树走着走着

花的香味带它走进天堂

马用忍耐和勇敢在尘世修行

它的蹄印好比经文

奎腾草原属于叶尼塞河边的盆地，拳头大的野花在风里晃来晃去。在草叶后面，蓝色的叶尼塞河像流不动了，它的水太多，炮舰一般的云朵堆满河床。

一天早上，河上漂来一只小船。船上的人上了岸把一颗炸弹扔在船里，“咣——”这些人趴在地上，用手捂着耳朵。水柱和破木板冲上天空。贡宝扎布吓一跳，世上还有这样的人？他们坐船来了，又把船炸了，他们怎么回去呢？贡宝扎布猜想他们是俄国人，俄国人做事不计后果。这几个人慢慢爬上山坡，朝这边走来。贡宝扎布坐在一块方石上闻鼻烟，五匹马在山下吃草。

他们走近了，一共四个人，衣衫褴褛。有两个人肩上背着带刺刀的步枪，一人挎着骑兵的马刀。他们撕破的大衣前摆快掉下来了。一个戴眼镜的人摘下帽子挥舞，他们都是俄国人。

贡宝扎布从石头上跳下来。

“同志！”戴眼镜的人说，他身穿带双排铜扣的黑呢大衣。“我们是你的兄弟，红军。”

贡宝扎布没说话。

“我们从叶尼塞省来，叶尼塞省已经推翻了沙皇的统治，这是多么伟大的一件事。叫我萨沙吧。”

贡宝扎布慢腾腾地说：“我的火焰马拉屎。拉出了三个沙皇，这是吃大黄出现的结石。”

“哈哈哈，”这几人相视大笑。萨沙用力拍贡宝扎布的肩膀。贡宝扎布觉得还没女人手劲儿大。

“这是我们的同志！”萨沙说，“介绍一下，谢尔盖、丘拜克、马斯洛夫斯基，你可以叫他‘驴’。”

他们来做什么？西伯利亚的茫茫荒原，没有外人来。他们不是传教的教士，没穿东正教的黑袍。也不像商人，没带货嘛。他们像要饭的乞丐，但是带枪做什么？

“同志”萨沙撂开大衣，像一盘牛粪一样坐在草地上。“革命的烈火已经烧到了东方，西伯利亚不再沉默，被压迫民族的怒火将点燃这片原始森林，把它变成黑炭。”

“你说什么，为什么让树变成炭？”贡宝扎布问。

“这是比喻”那个被叫作“驴”的人解释，他用一根红布条系着脖子，面色苍白，一看就是营养不良。他指着萨沙说：“政委向你宣传革命道理，他来解放你。”

“你们炸船干什么？”贡宝扎布问。

这话把他们问住了。他们面面相觑，萨沙慢吞吞地说：“东方兄弟，我们有一个重要的事情通知你。”

“叫我贡宝扎布。”

“贡宝扎布同志，我们要征用你的马，”萨沙从衣袋里拿出一张算盘大纸，上面有石印的俄文字母和蓝色的方章子。他说：“这是苏维埃政权颁发的革命征集令。”

贡宝扎布说：“我不认字，征集是做什么？”

“驴”说：“为了革命的完成，你要把你的东西拿出来送给苏维埃。”

“苏维埃来了吗？”贡宝扎布问。

他们哈哈大笑，萨沙说：“东方兄弟，你太纯朴了。苏维埃不是一个人，没有鼻子和眼睛。它是政权，给全人类带来希望。”

“你们拿一张纸晃一下，就把马带走啦？”

“我们仅仅征用了你的马，你从此获得了解放。”

“征马干什么？”

“用马驮粮食，送到叶尼塞省，那里的革命处在血海里，红军正在饿肚子。”

“粮食在哪儿？”贡宝扎布问。

“粮食？”萨沙翻白眼看天空，“粮食不可能在天上，我只能说它在麻袋里，不管什么人的麻袋，总之在麻袋里。”

“你们要买吗？”

他们集体大笑，“驴”抱住贡宝扎布的肩膀，亲亲他面颊：“贡宝扎布，你比熊还傻。我们哪里有钱，我们是世上一无所有的人，这是就物质而言，我们心里藏着更昂贵的宝石——真理”“驴”拍拍自己的胸脯。

“真理？”贡宝扎布没听过这个词，他看“驴”干瘪的胸脯，那里长了真理？

“人有了真理，要什么就有什么。”那个阴沉沉的留连鬓胡子的人在用裤子擦步枪刺刀。

贡宝扎布明白一件事，他们要带走马。他说：“我不是马的主人，我是马倌，给别人放马。”

萨沙拍拍贡宝扎布的脖子，说：“没关系，告诉你的主人，说马跟革命的队伍走了，他们会高兴得发疯。”

贡宝扎布忍不住笑了，这比笑话还好笑，说：“马的主人让我先给马墩三个月膘，秋天赶到乌里雅苏台将军衙门。”

“乌里雅苏台是干什么的？什么将军？”

“中国将军。”

“噢，封建将军。东方兄弟，中国已经发生了革命，皇帝被推翻了。你怎么能甘心受他们的奴役呢？秋天时你可以说你已经把马送给了将军。”

贡宝扎布用拳头捶地，“我没送到怎么能说送到了呢？我不干。”

萨沙站起身，浑身上下摸，拿出一支钢笔，“把这个送给你做纪念。”

“用这个换五匹马？可我不会写字。”

萨沙用拳头顶着下巴思考，他把腰上的皮带解下来，带皮枪套和一只手枪，递给贡宝扎布。“这总可以了，枪，给你。”

贡宝扎布推开，“我不要，我不会用枪。”

一直没说话那个人说话了，他叫丘拜克。“政委，不要和他再说了，愚昧的人听不懂道理。”

丘拜克把放在膝盖上的步枪端起来，压上一颗子弹，瞄准在他们头顶盘旋的鹰，它张着长长的黑色翅膀。“呯——”枪响了，鹰瞬间收缩了翅膀，像一只老鼠从天上掉下来。

丘拜克用枪戳贡宝扎布的靴子，“马是我们的，走。”

他们起身往山下走，奔马去了。

这不是强盗吗？贡宝扎布听人说过俄国有红军，正和沙皇的白军打仗，西伯利亚的人对红军有好感，因为图瓦人和布利亚特人讨厌沙皇政府。但这几个人不是红军，他们是假冒红军的盗马贼。

他们走下去，这群人的衣服被河水打湿，皮靴沾着泥。贡宝扎布跟着他们走过去。鹰趴在草地上，像脖子别在背后，淌着血。

马在河边吃草，那匹叫火焰的红马抬起头，摇了摇，鬃发飘飘。骗子们走到马前，拉起缰绳骑上了马。

贡宝扎布拦住他们。“你们不能带走马。”

萨沙骑在红上马，脸上露出亲切的笑，说：“如果我们就这样走了呢？”

贡宝扎布拉紧他的马缰绳。

萨沙用靴子踢马肚子，马蹿出去，但缰绳在贡宝扎布手里，马原地打转。

“松开缰绳。”

“这是我的马。”贡宝扎布说。

那三个人骑着马围了过来。

萨沙从枪套里掏出枪，对着贡宝扎布前额：“最后说一遍，松开缰绳。”

贡宝扎布不松手。

萨沙突然转身，对准身后没人骑的黄马玉米开了一枪，击中它的鼻子。玉米疼得腾空跳起来。萨沙对着它肋部开了第二枪、第三枪。

玉米倒地，鼻子冒出大团的血沫子，它用双蹄刨地，试图站起来却侧着摔倒了，四肢抽搐。

贡宝扎布把萨沙从马上拽下来，用胳膊夹住他脖子。贡宝扎布本想夹死他，但忍住了。

那三个人兜马过来，用枪指着贡宝扎布。萨沙想说什么说不出，贡宝扎布松开一点儿。萨沙说：“不要，别对东方兄弟开枪。”

“让他们把枪扔在地上。”

萨沙示意他们照办。两支步枪丢在地上。贡宝扎布用右手夹着萨沙的脖子，走过去，拣起步枪连同萨沙的手枪一同丢进叶尼塞河水里。贡宝扎布觉得，这时候他一人对付他们四个没什么问题了。

贡宝扎布说："你打死了我的马，本该勒死你，但是你走吧，你让他们从马上滚下来，你们走吧。"

骑着黑马"石头"的丘拜克从靴子里掏出一支手枪，对准石头的脖子，说："我现在就打死这匹马。"

贡宝扎布快要哭了，刚才他看到玉米四蹄刨土就想哭，但不想让他们觉得他害怕了。

贡宝扎布低下头。

萨沙说："你跟我们一起走，我们把粮食驮到叶尼塞省，会把马还给你。"

贡宝扎布不知道该怎么办，只好这样了。他回头看玉米，它还在抽搐。马睁着清澈的眼睛看贡宝扎布，仿佛问他是怎么回事。贡宝扎布的眼泪哗哗地落下来。他咬紧牙关，对丘拜克说："你对准它心脏再打一枪吧。"

丘拜克下马，用枪管在玉米前胸靠近前腿的位置划个圆圈，"啪"地开了枪。玉米全身挺直，眼睛却不闭，瞪着天空。

贡宝扎布跨上红马，这是那匹"带白芯的火焰，"紫红色的皮毛夹杂灰白斑。贡宝扎布抖抖缰绳，不再回头看玉米。他跟着他们顺河边往北走，去那个名叫叶尼塞省的鬼地方。风把贡宝扎布脸上的泪水吹散，像吹走玻璃上的雨水。他眯起眼，好多泪水从鼻腔涌进嘴里，咽下去发咸，像血水。玉米是嘉措喇嘛的骒马海螺生的驹子，它毛色像晒了一冬的玉米，黑鬃黑尾，它的眼睛像葡萄一样亮，它打起响鼻像唱歌一样好听。这个自称"布尔什维克"的萨沙怎么能转过头开枪打死它呢？他们四个人有四匹马就够了，他们炸掉了船。这帮杂种。

天黑下来，四外黑得像山洞。他们停下来宿营，拢起一堆火。俄国人拿出面包和酒，贡宝扎布辞让他们的邀请，独自去夜色里找吃的东西。过一会儿，他捉回两只刺猬和用桦树皮盛的野蜂蜜。他把刺猬糊上泥，丢进火里，一会儿香味出来了。他剥掉刺猬的泥壳和刺，在白肉上抹蜂蜜吃掉了。俄国人很眼馋，但不好意思讨要。

“你是怎样在这么黑的夜里找到刺猬和蜂蜜的？”萨沙问。

“我没找，是它们找我。”贡宝扎布说。他注意看俄国人身上有几只枪，他们的靴子里都别着手枪，丘拜克和“驴”的行囊里还有斧子。哥萨克砍人的长柄斧子。

贡宝扎布起身看马。四匹马低着头敏捷地啃食地上的草。贡宝扎布用刷子刷它们的脖颈和脊背。雪花是一匹铁青马，两肋带白毛，像雪花一样。石头黑黑的脑袋是方形的。黄缎子身上一点儿杂毛也没有，黄得像一只鼬。火焰像英雄一样昂着头。贡宝扎布搂着这匹马的脖子，再搂那匹马的脖子。可怜的玉米，它还躺在星光下，眼睛盯着夜空无尽的深洞。贡宝扎布趴在马背上眯了一觉，猛地醒过来。看他们三个人在睡觉，丘拜克拿着手枪在火堆前读一本书。贡宝扎布又睡了一觉，醒来时看火堆旁坐着“驴”，手里拿枪。

天亮了，俄国人蹲在一起研究地图，七嘴八舌说了半天，然后赶路。贡宝扎布骑火焰走在前面，“驴”步行，萨沙骑在“驴”昨天骑的黄缎子上。他们顺着河边走，渐渐地出现山路。贡宝扎布骑马走在前面，山像墙一样立在左面，路的右面是河水。河道收紧，水流淌得很急而且混浊。

贡宝扎布突然纵马跃入河流。河岸离河水恐怕有经幡杆子那么高，那几匹马也随着火焰嗖嗖跳入河里。贡宝扎布紧紧抱着马脖子，他不会游泳，但火焰不会丢下他。马斜着穿过急流，上了对岸。贡宝扎布回头看，另外三匹马也陆续上了岸，石头的脊背是光光的，骑它的谢尔盖被河水冲跑了，河面足有一百米宽。萨沙和丘拜克翻身下马。萨沙蹲在地上咳嗽，呛水了。丘拜克掏出枪，对准贡宝扎布的马。“你为什么跳河？”

“我没跳河，马跳河了。”

“为什么？”萨沙脸色苍白，指着对岸说。“‘驴’，还在对岸。”

贡宝扎布说：“路上冒出一条蛇，站起有二尺高，马受惊了。”

丘拜克说：“你骑马过河，到对岸把‘驴’接过来。”

“我不敢，我怕淹死。”贡宝扎布说。

“驴”在对岸的山崖上朝这边挥手。

“‘驴’会游泳吗？”萨沙问丘拜克。

丘拜克说：“他哪里会游泳，他是顿巴斯的煤矿工人。这么急的河流，会游泳也游不过来。马的水性比人好，我骑马去把‘驴’接过来。”

丘拜克骑着雪花到河边，雪花死活不下水。丘拜克喊道：“马斯洛夫斯基，‘驴’，你保重吧，革命万岁！”他举枪朝天开了两枪。“驴”在对岸也朝天空开了两枪道别。

萨沙手捂眼睛哭了起来。丘拜克问：“政委同志，革命是残酷的，请收回眼泪，我以阿芙乐尔巡洋舰水兵的名义保证，我们一定能胜利。”

萨沙擤鼻涕，说：“我们把‘驴’留在了叶尼塞河的左岸，这是不应该犯的错误。谢尔盖被冲走了。你知道吗？他攻打塞瓦尔托波夫要塞时有多么勇敢，他从未吃过一顿饱饭。你这个图瓦鬼。”

萨沙手指贡宝扎布。

贡宝扎布摊开手，“蛇——”

“可是”，萨沙说：“叶尼塞河左岸没有通往叶尼塞省的道路，怎么办？”

“前面有桥”：贡宝扎布说，“再走十五俄里。”

他们继续走，石头跟在后面。河的右岸林木繁茂，在森林里走，冷飕飕的。萨沙说：“我在发烧。”

“唱歌吧”，贡宝扎布说，他唱起歌来。

“我的白马呀，

你身上有海螺的花纹，

你听到了吗？

山谷里传来的是谁的脚步。”

贡宝扎布的歌声突然变成尖锐的高音，像哨音。四匹马躁动不安，仿佛躲避什么。

“狼！”丘拜克用手指森林。

一群狼在不远处和他们并行，灰黄色的身影在树叶间闪动。

“你招来了狼，”丘拜克说，“你这个会巫术的东方猴子”。

“我怎么会招狼？我们都没命了。”贡宝扎布说。

马匹原地打转，不走了。他俩下马，藏在马身后。

狼群不知有多少只狼，它们半圆形包围了他们仨。正前方，一只大狼坐地上。狼们东一下，西一下冲过来，贴他们身边蹿过去。马惊恐嘶鸣。狼在施展围猎战术，人的体力和精神一会儿就不行了。略一走神，狼立刻扑倒人，咬住人的脚筋，跳到人的背上。

丘拜克掏出两支手枪，“啪啪”射击，狼躲到树后，一会儿露一下头。萨沙趴在地上不动。丘拜克放了十几枪，子弹打完了。萨沙从腋下掏出一支左轮枪递给他，说：“瞄准了再打。”

一只狼直直地冲向丘拜克，他连打了三枪没打中。狼斜着钻到树后。一只狼咬住萨沙的脚向后拖，萨沙大叫，丘拜克连放两枪打死了这只狼，他把枪扔进狼群，说：“等死吧，没子弹了。”

萨沙捂着脚跟，血从指缝流出来。他说：“死神藏在狼的身上，比沙皇更可恶。”

丘拜克对贡宝扎布说：“我后悔没打死你，我早就想打死你。你用尖叫招来了狼。我不用子弹照样能杀死你，用你这头肥猪尸体喂狼。”

他拔出一把刺刀，走过去。

贡宝扎布又尖利地发啸音，好像他害怕了。丘拜克吓了一跳，萨沙哭了起来。

贡宝扎布指着树林，说："狼呢？它们去找谢尔盖和驴去了。"狼们跟着大狼消失在森林里。

丘拜克一刀刺过去，贡宝扎布闪身握住他手腕，把刀夺下扔远，说："我不用刀，你想听你骨头断裂的声音吗？"

贡宝扎布把丘拜克的手腕反拧到后背，拧到后脑勺，咔嚓一声，整个胳膊从肩上被卸掉。咔嚓一下贡宝扎布用膝盖别断丘拜克的左手肘，把他拎起来，让他靠在树上。丘拜克两条胳膊像折断的树杈一样下垂，他滑坐地上。

萨沙脸朝下趴在地上，怎么啦？贡宝扎布把他翻过来，政委吓昏过去了。他捏住萨沙的鼻子，这人醒了过来。

"西方兄弟，"贡宝扎布说，"你刚才这觉睡得好吗？"

萨沙摘下眼镜，握在手里，说："我是一个大学生，我没做过坏事，看在圣母的份上，饶恕我吧."

"是谁杀了玉米？"

"我杀了黄马，我悔过了，我们失去了两个同志，你我找平了"。

"我没杀过人，我今天不想杀你们。半年后，你们的骨头上爬满蚂蚁。一年后，你们的头盖骨会被雨水洗得干干净净。玉米还躺在荒野里，我要回去安葬它。"

"我多想有一支枪，立刻崩了你。"萨沙说。

贡宝扎布对萨沙点点头，丘拜克用背顶着松树，试图站起来却摔倒。贡宝扎布骑上火焰，朝奎腾方向跑去。带雪花的铁青马、黑的像炭的石头和黄缎子跟在他身后，红的黑的黄的马尾左右摆动，扫过白的蓝的紫色的花……

鹿屁股酒馆

我迷路了。

我庆幸写下这几个字的时候我已经不在图瓦那片倒霉的森林里了，裤子和袜子不再泥泞，也不必企盼一切生物——包括从大雁到蚂蚁——变成搭救我的恩人了。

他们说——呼和浩特的一些学者——图瓦东部的吉尔格朗河边有一块古碑，清朝驻图瓦都督或都统在碑上刊布了什么什么事。说起这个，我还是感到恼火。总之你不能随便相信学者提出的建议，用你自己的脑子思考该干什么不该干什么。

那时我住在采蜜人的帐篷里，已经住了三天，录制了采蜜人纳达纳唱的三首情歌。纳达纳住在香炉山的半山腰，往下看，松树像深绿的菜花那样遮蔽了山体，一寸土地都看不到。这片森林在春天盛开一种治咳嗽病的白花，当地人管它叫白森林，也叫咳嗽森林。采蜜人纳达纳说，走到吉尔格朗河需要走二十公里。

“中间有山谷、河流吗？”我问。

“没有，全是树。”

“吉尔格朗河边有碑吗？”

“碑是什么？”

“一块石板埋在地里，露出的地方刻着字。”

“有呢，还刻着画呢。”纳达纳在地上画，看不出他在画什么。

“那里有多少块碑？”

“很多呢，还有坟。”

妥了，我愉快地出发了。二十公里，我预计用不了四小时就能到达目的地。我步行走过六十公里，在大学操场跑道，一百五十圈，十小时多一点儿。进入森林，我见到一丛奇异的蘑菇——在西瓜大的蘑菇顶长着一只柚子大的蘑菇，它上面又长了一只更小的蘑菇，都是红色，像掰开的西红柿那么红。多好，蘑菇一家人都在这里，爷爷扛着儿子和孙子去赶集。我为它们照相，意犹未尽，又向它们敬一个军礼。礼是向最下面那个大蘑菇伞敬的，是它把那两个蘑菇顶在头上。我脚下根本没有泥土，全是积累多年的腐烂的树叶子，踩在上面跟踩国宾地毯一样。如果两个人在这里摔跤，倒地者根本摔不疼。我见到一只（应该叫一根）食指粗的绿蛇钻进树洞里，好像树洞是一张嘴，把它当面条吸进去了，那种用蔬菜汁制作的面条。我还看到一只褐色的大蛇艰难徘徊，腰部鼓一个大包。我很想上去踩一脚，但没敢，我怕蛇从裤脚嗖地钻进裤裆里，那可完了。我撒了一泡尿，之后我感觉迷路了。因为我一直向南走，也就是朝松树的阳面走，阳面树皮色泽浅白。这时发现，我正朝松树的阴面走——这是北方。那时，我身上还没配备指南针。我查看地上的小石子，我确实朝着石子迎光面的相反方向走。我慌了，出发时，我一直朝松树的阳面走，怎么会走反了呢？难道这里的松树长反了吗？不会的，植物不会找错太阳的方向。我赶紧寻找来时的足迹，顺足迹退回去，退到采蜜人的帐篷。但是没有足迹，只有树叶，我看不到我的来路。我身上开始冒汗，不祥的感觉在脑海盘绕，像乌鸦的翅膀越扇越低。我本来想哭，但哭没有用，不如闭上眼睛回忆正确的路线。大脑神经学认为，人的大脑对地理图像具有生成、存储和备份功能，它会在安静的情况下自动浮现出来。我闭上眼睛，心里浮现的第一句话是不能在野外随便撒尿，第二句话是更不能在外国撒尿。其他的我什么也想不起来。完了，我睁开眼睛，松树全都一模一样。蛇呢？在哪个树洞里像面条一样被抽进去？太阳藏在了云层里面。

我靠着一棵松树坐下。我考虑我会靠着这棵松树死去，头歪向这一边呢，还是歪向另一边？随便吧。我告诉自己：一、镇定，静能生慧。二、考虑周围有没有食物。周围只有草和树。三、寻找水源。不知道哪里有水，吉尔格朗河水很多，它在世界的尽头。四、节省自己的尿，不能白白撒在地上，它可能是唯一的饮用水。五、考虑晚上御寒。六、防止野兽侵袭。我身上没有刀，但有一只打火机。打火机是点燃篝火、放烟示警和防止野兽的宝物。七、写遗书。奄奄一息时再写吧。八、给亲友打电话。我的手机没办国际漫游，这很糟糕。给图瓦警察和伊尔库斯克中国领事馆打电话，我没电话簿，这更糟糕。九、打坐。减少热量消耗，多活一会儿是一会儿。十、庄严地迎接死神，我不想让他看出我迷路了。

我觉得我没什么办法摆脱困境，我一点儿办法也没有。在森林里迷路最忌讳乱走，越乱走越增加绝望感。我应该劝自己的心脏跳得慢一点儿，但心脏根本不听我的劝告，减不到每分钟四十下。

人哪，不出国便罢，出国一定要带上能上网的手机，用谷歌地图导航；要带户外刀、电筒、指南针。人都是事后诸葛亮，如果没遗憾，地球人口可能比现在多一倍。减少那一半人已于遗憾和冻饿交加中死不瞑目——他们的身体除了眼睛之外，其余部位都死了。有句话叫“生于忧患，死于安乐”，为什么不改为“生于中华，死于图瓦”呢？图瓦为什么叫图瓦？一个小国，国土只有二十万平方公里，但死个人足够了。人死后，皮肤开始脱水，脂肪分解，散发尸臭，身上爬满了昆虫。当然，最先腐烂的是内脏。有一只喜鹊飞过树梢，这时候，喜鹊还好意思在我面前飞吗？讥讽，对没带指南针的人最深刻的讥讽。喜鹊飞过，是不是会有野猪来到？我才知道鸟为什么不愿脱胎为人，因为人会因为迷路死在白森林里，鸟飞过去就完了。鸟啊，想问题比人更长远。我不敢闭眼睛，一闭眼就看见我闭眼死去的情况，一动不动，基本上算安详。事实上，每个人心里早就装满关于死亡的预期图景，只是到临死之际才无比清晰。好了，这些废话我不说了，我说我的脱险经过。

我脑子里有三个方案：一是往外走，走到有人家至少开阔的地方。但我不知能不能走出去，体力耗尽会加速死亡。二是沿原路走回帐篷。没把握，结局可能跟第一个方案差不多。三是原地等待。等什么我也不知道，这里面有运气、神的恩赐等等，也包括等死。我决定采取第三个方案。

我要找一棵树爬上去，预防野兽在夜间袭击。我站起身，慢慢走，找这棵树。我要尽量节省血液里的肝糖原，我手边一点儿食物也没有，实在饿了再练习吃草。前面一百多米处有一棵树，走过去。这不是松树，很粗，干枯并倾斜，正好方便我上去，树的下面是一个长满青草的山坡。我慢慢爬上树，离地大约二米高。爬树之前，我把衬裤脱下来，它可以在夜间撕条点燃驱赶野兽。在树上，我解下冲锋衣里的系腰绳，把树和我绑在一起，怕睡着了掉下来摔成骨折。我把自己绑好，四外瞭望，盼望见到炊烟什么的。

这时，传来巨大的断裂声，我感觉天旋地转。地震了，这是我的第一反应。我的处境够惨了，难道还需要地震配合吗？我被地震或山崩的气浪卷走，耳边呼呼生风。完了，所有的倒霉事一起发生了。过了一会儿，地震引发的山石滚动声停止，我睁眼看到了蓝天。再看，松树仍然笔直地生长着，但长在离我很远的高处。可能不是地震，我看我仍然被绑在树上，躺在沟底。原来这棵枯树断了，滑入山坡。我明白了，我把这棵树压断，它像船一样载我到了一个新地方——山沟底下。

我解开绳，哆里哆嗦爬下树，发现眼前站着一男一女。他们目瞪口呆，见了我，纳头便拜，称颂：“宝日罕！宝日罕……”（佛呀！佛……）

我其实应该向他们拜。这不是人吗？我不是正盼着人的到来吗？他们来了。他们身边放两个筐子，一个放白石子，一个放黑石子。他们好像正在拣石子，拣回去下棋。

我腿一软跪下，说：“宝日罕！宝日罕……”

他们听我发出人的声音，抬头说："塔，宝日罕比谢米？"（蒙古语：您，不是佛吗？）

我怎么会是佛呢？我说："霍日嗨，毕保勒浑目呢。"（可怜啊，我是人啊。）

他俩擦脸上的汗，放松地笑了。男的穿敞怀没扣子的薄棉衫，女的扎四方红头巾。

我讲了我的来龙去脉，他们大笑，男的擦眼泪，女的蹲在地下捂肚子。男的说："虽然您不是佛，但您是巴拉根仓。"巴拉根仓是蒙古民间故事里面幽默、狭促的人。

"我说的是真事。"我告诉他们。

他们俩又大笑一阵，摆手，意思是不要说了。男的说："你说的是史诗里的故事，哪有撒尿迷路的人呢？哈哈哈！我看你把自己绑到树上，哈哈哈……"

我没想到结局会这么欢乐。我说："我饿了，还渴。"

男的说："嗨！太好办了，从沟里上去就是鹿屁股酒馆，要什么有什么。"

我走两步发现我走不动了，脚或者其他地方不适应行走。男的过来背上我，女的挎上两只筐，我们顺一条斜线小路走到山沟上面。

大柳树下有一座原木垒的屋子，刷白漆，挂紫毡子门帘。进屋，男的把我放在松木的长条椅子上。屋里有两个人，算老板三个。他们手里拿着格瓦斯饮料、面包、小烧瓶的白酒，见到我，他们静穆地等待男的讲述。

男的开始笑，女的跟着笑并擦眼泪，这四个人越发严肃。男的笑够了，说见到我的情景，说我骑着大树从天而降。这四个人惊呆了，到跟前看我。他们仔细地看我的脸，摸摸我的头发和手。我说："我饿了。"

他们哈哈大笑，笑着转身看别人笑，然后用更大的力量笑，摇晃身体。等他们笑声停下来，我说："我要面包和热汤。"

老板快速拿出一块面包，掰开塞到我手里。另一个人端来一盘汤，还有一小块羊肋骨。

我狼吞虎咽吃下了这一切。阿弥陀佛，我死亡的事情告一段落了。我解开裤腰带，又吃了一个面包，请他们给我再加两盘汤。用盘子盛汤真是愚笨，但凉得快。

屋子墙壁的松木直径约有四五十厘米粗。有一个窗户，像监狱的窗那样小，冻土带的窗户都小。窗台摆一盆开花的番红花。屋里的长条桌子像马槽那么长宽，松树桩子是椅子，上面钉一块木板当椅子背，木桩有高有矮，适应不同身高的人坐。有一人靠在墙上，他身边的木躺板上放一杯咖啡。咖啡边上摆四五个深红色的木碗，里边装着黑或白石子，像男女二人在山沟里拣的一样。还有一人坐在桌前剥蒜，剥好一只扔进玻璃瓶的蜂蜜里。老板穿一身迷彩服，蓄着修剪整齐的唇髭。

他们等待我开口说话。

我说："我是汉地蒙古人，从克孜勒到吉尔格朗河边找一个石碑，撒尿之后迷路了，爬上树准备过夜，但树倒了，我以为地震了。被他们两个人搭救到你们这里。给我一点儿酒。"

我接过老板递过来的泡波斯贝母的酒，喝下去。我说："我还没从惊吓里缓过来，我感谢你们。我再来一点儿酒。"

"胆量从尿里逃跑了。"一人说。

喝下这杯酒，我感觉舒服多了。我发现他们长得都很好看，高颧骨，细眼睛，突厥人相貌。他们神奇地出现在这里，吾道不孤矣。我说："你们介绍一下自己。"

老板把右手放胸前，微躬身，说："我叫默日根。救你的人是夫妻，贝玛和央吉。他是猎人都仁，他是木匠巴拉珠尔。我们都欢迎你，骑着树从天空下来的人。"

一个小孩儿从门外溜进来，八九岁，衣衫褴褛，红脸下是雪白的细脖子，像蘑菇一样，头发里透出一道疤。他把手偷偷伸到装蜜饯的碗里，抓一大把。

“去！”老板默日根斥责他，“有客人在这里，你别胡闹。”

“他是谁？”我指孩子。

“麦都麦，他的手到处乱伸。他没有父母，是羊倌喜饶从克孜勒大街的椅子上拣的。羊倌已经死了。”

麦都麦悄悄把一个木碗里的白石子放到另一个木碗里。

默日根拿起狗皮坐垫打过去，小孩儿抱头跑出屋子。

“你再来一点儿酒吗？”

“来。”我死里逃生，饮之不惧，又喝了两小杯。我的心完全舒展了，那些焦虑，什么指南针、打火机、把衬裤撕成条点燃之类滚蛋吧。“碗里那些石子做什么用？”

默日根指一下碗，再指一个人，说：“他们的，赊账。白石子是白酒，黑石子是啤酒。冬天卖了猎物、松子、燕麦之后把钱还给我。”

大伙儿笑，意思是这样。

“每人一年赊多少账？”我问。

“四五千卢布吧。”

我算了一下，五千卢布核人民币九百元左右。我指贝玛和央吉，“他们欠得多吗？”

“贝玛不喝酒。他们赊的是燕麦种子、布和红糖，可能三千多卢布。”

贝玛和央吉满意地笑，仿佛赊的钱越多越好。

默日根说：“墙角那个盆里有石子，谁喝了酒拿石子装到自己的碗里。”

“不会放错吗？”我问。

“不会，哪里会放错。”

“你数这些石子吗？”

默日根脸红了，说："不数，我怎么会数？新年的时候，他们自己数，把钱给我，石子再倒回盆里。"

大伙儿点点头，意谓确实如此。

他们酒喝得很慢，酒杯慢慢放嘴边，小口喝一点儿，很珍惜。这都是石子啊。

我摸一下钱包，还在，钱包里有两万卢布。我留下五千卢布，把余下的一万五千卢布交给默日根，说："他们的酒钱我来付，我很高兴在这里遇到你们。"

默日根没接钱，我把钱放在桌子上，空气里有一些尴尬。

羊倌和猎人喝完酒走了，贝玛和央吉对我笑了笑，也走了。

我有点儿迷惑。山里的人没见过这样付账的，可能不适应。但我拣了一条命，这么做未尝不可。我对默日根说："我困了，可以在你这里睡一觉吗？"

"可以。"默日根引我到隔壁的小屋，地上铺着黑毡子。他从壁橱里拿出一只方方的、两厢绣花的长枕头。"你睡吧，睡够了再起来。"

我在这个清朝样式的长枕头上睡着了，中间听到有人来到酒馆说话，又睡着了。后来听到说话声稍大，我醒了，坐起来想到迷路、从树上冲入沟底的这些事，觉得是很久以前的事了。我开门，见两个人正趴门缝看我，贝玛和央吉。他们不好意思了，搓手，好像手心有搓不掉的泥。猎人都仁、木匠巴拉珠尔在原来的位置，麦都麦坐在角落装石子的盆里。

默日根把一个高木桩让给我，垫上狗皮垫子，我坐上去像法官一样。

"他们"，默日根指大伙儿，"都不喜欢你这样做。"

"做什么？"

"他们不希望你把他们的酒账结掉，没意思了。"

"没意思？"

猎人都仁向前走一步，显然鼓足勇气说："我们喜欢这里，大伙儿聊天。我们也喜欢自己的小木碗，里面的白石子和黑石子像在笑。我们也向它们笑。”他朝木碗的石子摆摆手，“你结了账，这些石子就要倒进盆里了，我们的心像空了一样。”

“我们在一年的最后一天才把石子倒进盆里，等待明年第一天的到来。”木匠巴拉珠尔补充。

“但是你有钱。”央吉没头没脑说了一句，说完脸红了。

猎人都仁说：“我们也有钱。冬天到了，我们的东西就变成了钱。喝酒只花掉一部分，我们留一些钱修房子、看病、攒够去西藏的钱。”

“我不喝酒，但在这里吃果酱面包、吃蔓越橘干，像不花钱一样，冬天才给钱。”贝玛说：“每一年的元旦，我们在这里待一天，吃喝好多东西，把石子放进空空的碗里，碗也很高兴。”

“他喝醉了学熊叫和狼叫。”麦都麦手指巴拉珠尔。

默日根用鸡毛掸子指麦都麦，警告他闭嘴。

他们的话像演话剧一样，慢腾腾地，好像这些话是神让他们说的。

默日根把一叠卢布交还我。

“这些钱，”都仁说，“你可以在伊尔库斯克买一杆很不错的猎枪，游击队员牌，带红外夜视镜那种。”

“去乌兰乌德给你老婆买一个银狐大衣吧，配上鹿皮靴子，她保证高兴。”央吉用手在自己身上、脚上比画，好像是给她买的。

我拿着钱，推回去也不是，收起来也不是。我买单好像干了一件坏事，对不起碗和石子，他们却大度地开导我。天已经黑了，屋顶挂两盏煤气灯，火苗飘扬，人的影子在地板上微微移动。默日根胳膊平放在吧台上，微笑着听他们讲述。

都仁说：“冬天，这里很暖和，火盆里面可以烤马铃薯。伏特加里兑一点儿芬兰的洋桃酒，喝着像威士忌一样，这是默日根发明的。”

默日根谦逊地点点头。

“每天晚上我离开酒馆的时候，把石子扔到碗里，卜——，我听了一晚上睡得很香。”巴拉珠尔说。

他们突然不说话了，好像该由我说。我——我也不知说什么好，但不想说替他们买单的理由了，他们显得都比我有钱。我说：“我羡慕你们。”

他们满意地互相看看。贝玛说：“我们像春天的小鸟一样，心里一点儿忧愁都没有。”

木匠巴拉珠尔说：“我们像河里的鸭子一样快乐，叽叽嘎嘎、叽叽嘎嘎。但我们不敢把自己绑在树上从山崖冲下来。”

“噢——”他们一齐摇头，“不敢，不敢，你是英雄。”他们向我举起酒杯，贝玛和央吉各举起一只烤得焦煳的红薯。

唉，我把钱装进钱包，一万五千卢布在默日根的柜台待了一会儿又和另外五千卢布兄弟团圆了。我不是有钱人，今天却因为撒钱吃瘪了。

“能给我一点儿钱吗？”稚嫩的童声是麦都麦发出的。他坐在角落的盆里，人被巴拉珠尔的魁梧背影挡住了。

“闭嘴！”默日根举起手掌，“小孩子不许谈论钱。麦都麦，以后再看到你把碗里的石子乱放，我就用皮靴踢你。”

“你要钱做什么？”我问。

“别理他。”都仁劝我。

“你回答我。”我蹲在麦都麦面前，他扭捏着不肯说话。

“我愿意听你告诉我。”我说。

“说吧，麦都麦。”央吉说。

麦都麦呼地站起来，像大人一样严肃，说：“我给塔装上眼睛。”

“给塔装上眼睛？”我问默日根：“他在说什么？”

“瞎说呢。”

“没瞎说。”麦都麦倔强地伸直脖子。

“给哪个塔？装上什么眼睛？”我问。

他趴在我耳边说："白塔。"

"眼睛是什么？"我也趴在他耳边小声问。

他又趴在我耳边说："铃铛，装上七个铜铃铛，塔就有了眼睛。"

"上哪儿弄铜铃铛？"

麦都麦用鼻子指指默日根，"在他柜台下面黄箱子里锁着呢。"

我明白了。大伙儿这时候正在讨论叶尼塞河的鲟鱼几月份产仔，没听到我们俩耳语。我趴在麦都麦耳边说："你明天早上来吧，到这里。"

夜里，我住在酒馆里，默日根到外边找宿去了。第二天早上，他给我带来了煮好的鸡肉饭和酸奶子。吃完饭，我对默日根说："你卖给我七个铜铃铛。"

"干什么？"

麦都麦不知何时溜了进来，抱着椅子背笑。

"他要吗？"默日根指麦都麦。

我说我要。

我拿上铜铃铛，跟麦都麦往寺庙方向走。

在蓝的刺眼的天空下，老远就看到了这座深红色的庙。庙的窗户刷绿油漆，飞檐斗拱。屋檐和四外的松树之间拉着绳子，挂满经幡。庙的左面有一座白塔，麦都麦领我走到白塔前，他说："把铃铛挂在上边吧。"

白塔的肩膀周围有一圈铁环，间或挂着几个生锈的铁铃铛。我把铜铃挂上去。我挂了三个，其余四个是我抱着麦都麦，让他挂上的。

"风、风、风——"麦都麦说。也许是凑巧，风从红柳那边吹过来，挂了一圈儿的铜铃铛响起来，像各说各话，清脆悠扬。几只野鸽子飞来落塔上，一只黑脑袋的鸽子探头啄了啄铜铃铛，像问候一样。

我问麦都麦，你能送我到吉尔格朗河边吗？他说那地方不远。一路上，我们俩聊天。麦都麦说他住在庙里，庙里只有一个老喇嘛，眼睛瞎了，附近几家人轮流做饭给他们送去。

“你为什么说铜铃铛是塔的眼睛呢？”我问。

“人的眼睛看到的东西都是假象，用耳朵听的才是真的。”

“这是谁说的？”我问。

“嘛嘛。”（喇嘛的尊称）

我们俩走到山坡上，看到吉尔格朗河白花花地浮起雾气。一路上，麦都麦紧紧握着我的手。

我问他：“酒馆为什么起名叫鹿屁股？”

他回头，指着那边说：“酒馆白得像鹿屁股一样，紫门帘不是鹿尾巴吗？哈哈，默日根被夹在屁眼里，屙不出来了。”

我回头看，白色酒馆在松树边上，默日根靠着门框，一手挡门帘，一手遮阳篷朝我们这边看。

谁是天堂里的人

“白嘎力”是蒙古语，“自然”之意。转音成为“贝加尔”。如果你问这里的俄国人，贝加尔湖是什么意思？他耸肩，说不知道，这是蒙古语。我们包了一台面包车沿偌大的湖畔巡游，寻找拍摄与蒙古血缘有关的原住民。车从下安加尔斯克向南行驶，到达名叫“海日斯”（也是蒙古语）的小城，刘翻译得了喉炎，说不出话，准备在当地再找一个译员。

路上，旅伴中多了两个女人，她们是中国商人，搭车去乌兰乌德。两个人四十五六岁，东北人，一姓佟，一姓关。她们上车把袋子里的香肠、啤酒翻出来，一人塞一份，豪爽。

翻译找到了，是俄罗斯小伙儿。他远远走来，双腿矫健，胸膛平展。一顶鸭舌帽压在泡沫式的卷发上，卷发下有一双热辣的眼睛。

“我叫亮亮，”他用汉语说，把拇指和食指分开，压在左胸，“我爱中国。”

大家拍巴掌。

亮亮——他叫列昂诺夫，“列”和“昂”汉语拼成亮——笑的时候，铲形门齿的缝上紧下松，像个“人”字。他二十一岁，自称游遍中国，掰指头计算“上海、昆明、杭州、长春，还不算沈阳。”

为什么“还不算沈阳呢”？逗。

亮亮在我们的采访中做得很差，他只懂中文的万分之一，限于吃喝拉撒，将就吧。他爱中国爱得痴迷，说：“天堂就在中国”。问他喜欢中国什么？楼盘、饮食、风景？亮亮含笑不语，用牙齿咬指甲。

佟说：“喜欢中国姑娘吧？”

他竟跳起来，双掌相击，说：“姑——娘，这个词就好听。”少顷，发觉自己失态，坐下，手放膝上。

亮亮面对我们时满面羡慕，这样的表情在俄国很少见到。他说：“中文太了不起了，把一样的音节放在一起当名字，兰兰、娟娟、丽丽，太神奇了。”他闭上眼睛。

“都是你情人吧？”关说。

“没有。”亮亮脸红了，“中国姑娘看不起我，我穷。中国人有钱。”

“哪儿啊？你要在中国，大姑娘都得把你围着吃喽，你体形多酷。”说着，佟和关相视大笑。

“尤拉，”亮亮给我起的俄文名叫尤拉。“‘吃了’是什么意思？”

他看不出这两个女人在放骚。“吃”代表对男士的贪婪，与食物无关。我说：“爱你”。

爱，在外国人理解中含有信任、友善、倾慕等含义。亮亮“呼”地张臂拥抱关商人。关虽胖，却敏捷，她“嗖”地跳起搂住亮亮脖子，脚离地，胸脯紧贴，时长一分钟。亮亮弯腰把关放下，关红光满面。

刘翻译这时能说点儿话，她私下告诉我，亮亮是孤儿，住姨妈家，姨妈瘫痪。我想起早上他到饭店用浴室的热水冲一杯速溶咖啡当早餐。我们请他吃面包，他指着自己肚子说：“吃不下了。”工作餐，他很慢地吃自己那份儿，不多要。

车上，亮亮看窗外边的景物的时候，面严肃，不是二十一岁的神情。俄罗斯老人常有这种表情，像一块被海风劲吹的岩石，嘴抿紧，眼睛眯着。

那天晚上，剧组有几个人喝多了，后半夜去舞厅。西伯利亚少有这么晚打烊的舞厅。他们回来说，看见亮亮跟几个女人跳舞，女人看上去很富也很老。

刘翻译说：“不是什么好事儿，挣钱呗。”

佟和关听了很活泼，“亮亮厉害呀！这体格不挣点儿钱都白瞎了。咱们也请他跳。”

我问亮亮陪舞的事儿，他低头，用鞋踢石子。“尤拉，我知道你会瞧不起我，我只是挣一点儿小费，给姨妈买药。”过了一会儿，他又说：“尤拉，你这种脸型在我的家乡会受到尊敬，叫‘正直的脸’，不撒谎，棱角分明。”

第二天早上，我们准备去一个渔村。车上，佟和关叽叽喳喳兴奋。虽然佟的肉长满了身体的凹处，像塔糖，眼睛不闲着，像撒传单一样四处丢眼风。关的脸宽而平，像被狗熊一屁股坐扁又腾起来的，上涂脂粉。她们纷纷说，我听明白一点儿，亮亮昨晚跟她们在一起跳舞喝酒。说着，大小眼瞟亮亮。

亮亮眼神空洞地看窗外，像不认识她们。摄像师说：“亮亮，你今天这件T恤真漂亮。”

亮亮咧嘴乐，“杭州买的，正宗中国名牌。”

摄像懂这个，“不对，假货。”

亮亮拽衣服从头上脱下来，气恼地：“怎么是假货？你看吧！”

摄像从衣服内领找出“越南制造”的英文签给他看。

亮亮真是悲愤，这么热爱中国的人竟穿上了越南货，花费二百元人民币。他卷起T恤从车窗扔出，飘落在田野，身上只剩下黑挎拦背心。

佟和关坐在车后，说亮亮身态凸凹有致，能看出肌肉群的层次。佟说“跟古希腊大卫差不多”。

关说：“多一身衣裳。”

佟说："昨晚是真大卫。"

关说："穿上衣服认不出来了。"

亮亮听得懂，假装听不懂。外国人假装的方法是沉默。

我们在渔村录完节目，有人推销鱼骨头做的镶嵌画。佟突然喊："我钱没了！"

别人说你好好找，没外人，丢不了。

佟低头翻兜，把兜里的东西一股脑儿倒出来，摊开卢布。"一千卢布，没了，我就这么一张。"她想了想，手指亮亮："你偷的！"

亮亮无辜地摊开手。

"就你！"佟的脸变紫，"你昨晚偷的。你一个卖身的臭鸭子，得了钱还带偷。交不交？不交我叫警察。"

亮亮背过身，站得离我们很远。

叫警察，我们所有的人都会遇到麻烦，没收护照（我们护照有一点儿问题），用钱赎。

我示意大家安静，走过去跟他说："亮亮，诚实地看着我。清白是一辈子的事儿，你偷了没有？"

"尤拉，"他眼神困惑，"我没有。"

我示意他别说话，掏出我自己的一千卢布，转身交佟。"他还你了，你消消火。"

佟拿卢布对太阳照照，"想耍老娘，没那么容易。"

这一天大家都不太愉快。傍晚，我们去乌兰乌德，亮亮来道别。他竟然若无其事，露着"人"字形门齿，和每一个人拥抱，包括关、佟，她们俩嘻嘻哈哈跟亮亮说笑。

到我这儿，亮亮问："尤拉，你为什么不高兴？"

我为什么会高兴呢？巴不得离开这儿。

亮亮说："我知道你正直，你有权利不断发脾气，但我像你一样诚实。”他把一个银制圣母像塞我手上。“这是我最值钱的东西，值六百卢布，送给你。”

车走远了，佟转过头对我说：“大哥，不好意思，那一千卢布我找到了，塞裤衩兜给忘了。这一千卢布还你，他们说是你垫的。”

我接过钱：“你冤枉亮亮了。”

“也不叫冤枉，弄错了。谁没出错的时候？”

“刚才你没向他道歉。”

“一个妓男，我向他道歉？你还挺较真儿的。”

我心头火腾地上来，让司机停车，说：“你们俩下去！”

“这哪儿啊？让我们下去？中国人对中国人哪能这样？”

我把她们的东西扔了下去。车下，她们隔着玻璃窗掐腰骂我。

这是列昂诺夫——亮亮的故事。我想起他说的话：“天堂就在中国。”

天堂是个好地方，可是谁是天堂里的人呢？

谁是我们前世的父母

我们坐在帐篷前面喝茶。

帐篷由白桦木当支柱，苫桦树皮和半干的草，里面有一张军绿色的俄制行军铁床，床下放着叠好的土布袋子，这是阿乎为收松子准备的。帐篷右边十多步远是石壁，下面堆石台、摆佛像，供着酥油灯。离佛像不远有三个大石头搭的临时锅灶，大铁壶的水一直沸着，石头烧黑了。

早上，我从克孜勒赶过来，到巴彦岱山后面的蒙古栎树林拍野鹿的照片。鹿群远在几公里外的山麓下面，等我赶过去，它们却回到了蒙古栎树林。没拍到鹿，我拍了几张野花的照片，它们听话。回来的路上，我的脚板累极了，发烫，像踩在烙铁上。我感到口渴，小溪哗啦啦流过树林，但我想喝热茶，我要忍着口渴回克孜勒宾馆用电热杯烧开水泡绿茶喝。

“吾欲仁，斯仁近矣”，孔子的话像在描述我的处境。我从山坡下来见到了帐篷，一个人正蹲着往冒蒸气的大铁壶下面添松木劈柴，他是阿乎。阿乎身穿像渔网般布满大小窟窿的白背心，腰上系着紫毛衣和灰色夹克衫。没等我开口，他就说：“喝茶，来喝茶。”

阿乎抓一把红茶放入小铜壶，冲进开水，兑入一碗奶（他说是鹿奶），再用盛饭的大木勺舀一勺蜂蜜放进铜壶，搅了搅，把茶倒进两个桦木碗里，递我一碗。

这茶真是好喝，我忍不住看碗里的茶，喝进肚子就看不到了。它像葡萄酒一样紫红，有金边。

一碗很快就喝干了，阿乎端铜壶到锅灶边上拿大铁壶往里加水。铁壶的水一直沸着，这才叫喝茶。阿乎继续往铜壶里加奶和蜜，给我斟茶。他猫腰在地上看了看，放下茶壶。

山里没椅子，我们俩站着喝茶，阿乎把木碗端到嘴边，喝一口，眼睛看着我笑。

“你不问我从哪里来吗？”我问他。我跟他第一次见面，刚刚知道他叫阿乎，是到这里来收松子的牧羊人。

“不用问。”

哦，我们跟陌生人见面总要问你是谁、从哪里来、到这里干什么？就像我刚刚问完他，阿乎却说不用问。

我们又喝干了一壶，他添水加奶，在地面看看，放下茶壶。地面的岩石上长着黑色的苔藓，石头的缝隙里刮入了早早脱落的黄色草籽，几只蚂蚁在白色的石头花纹上爬。

“松子什么时间成熟？”

阿乎把松树林从左到右看了一遍，说：“快了，再过半个月。”

“你这么早上山来干什么？”

“玩嘛。”阿乎说，“给松鼠喂点儿玉米，帮鸟儿修修窝，在山上睡觉。”

阿乎红脸，笔直的鼻子像带着这张脸向前冲，如船头劈开海洋一样。他的细眼睛眯着，眼角与上扬的嘴角遥遥呼应。

“喝茶。”他回头看大铁壶，“我自己也能喝一大壶的，不过要三个小时。”

“我来这里给鹿拍照。”

“是鹿让你来的吗？”他问。

“不是，我是中国的蒙古人，到这里玩。打算拍一点儿野鹿的照片给朋友看，但是没拍到。”

阿乎没说话，我觉得我还是没说明白。“我在蒙古栎树林等鹿，它们在远远的山麓。我好容易去了山麓……”

“它们又到蒙古栎树林了。”阿乎说。

“是的，鹿太远，我拍不到它们。”

阿乎说：“它们闻到你的气味了，不喜欢你。”

“我怎么了？”

“你按着你的样子生活，鹿按着鹿的样子生活，你们味道不一样。”他说。

我们已经喝干了四壶茶，小圆木桶里的蜂蜜只剩下半桶。阿乎倒上茶，吹吹地面，放上茶壶。我们开始蹲着喝茶，站着太累。我喝出了一身汗，脱掉冲锋衣，又脱掉了羊毛衫。我在茶里又喝出果香，我告诉了阿乎。

“野蜂蜜。”他说。

“还有花香。”我说。

他说：“果香啊、花香啊，都是野蜂采的，它们知道哪儿的花朵和果实好。”

我直截了当对阿乎说：“我想拍鹿，你能帮到我吗？”

“怎么帮？”

我挠挠头，怎么说呢？“让鹿离我近一点儿，行吗？”

“喝完这壶茶鹿就来了。”

我们喝干这壶茶，我说：“不喝了，喝好了。”

阿乎从裤兜里掏出一只木哨，放嘴里吹，发出类似音乐的哨音，两个音符一高一低交织。吹完哨，他又添开水，加奶加蜜，拿一把草扫扫石头，放铜壶。

我不能再喝了，肚子里已有两只母鹿的奶和一千只野蜂酿的蜜。我问阿乎：“鹿呢？”

“正往这边走呢。”

阿乎在蒙古语里是一个奇怪的名字，内蒙古没人取这样的名字。阿乎，意思是“可以了、刚刚好、还行”。他怎么能叫这样的名字呢？

阿乎吹碗里的茶，让它凉一点儿喝进去。他说：“我家的小白狗比香油还香。”

比香油还香？

看我没听懂，他又说：“比香皂还香。”

“你的狗比香皂还香？”

“对。”

“为什么会这样呢？”我问。

“不知道它怎么弄的，它老往庙里面跑。”

我问他：“你刚才说不用问是怎么回事？”

阿乎告诉我：“我已经知道你，就不用再问你。”

“知道我什么？”

“你是喝茶的人呀，你的过去和未来和这个有什么关系？不用问。”

还是没听懂，“为什么？”

他把桦木碗放在手心，摊开说：“你觉得你是你，其实你前世、前世的前世是别的样子，有好多样子，记不住。为什么要记住这一辈子的事呢？它短得像风一样，夫——”他吹碗里的茶梗。

“噢。”我假装听懂了。

“鹿来了……”

我回头看，山石后面探出许多柴火似的鹿角。我站起来，拿出相机。这群鹿低下头，鹿角对着我，我“啪啪”照。一只鹿腾空跳起来，如飞跃一个大坑——地面并没有坑。其他鹿模仿它，纷纷跨越头鹿想象中的大坑。我手忙脚乱拍照，只拍到最后一只鹿飞跃的姿态，这也不错了。

我很满意，该下山了，说："谢谢你的茶，阿乎。我回克孜勒了。"

"祝你好运，喝茶的人。"他举起木碗，像干杯的样子。

路上洒满落叶松的针叶，松树毫无吝惜脱下它的金黄色大氅。松针比火柴棍还细，有规则又无规则地铺在地面。一只红鸟在树林的低处飞行，叫声如"微——余"，它说的难道是"喂鱼"吗？我想起阿乎一个奇怪的动作——他放下铜壶时，在地上查看，他看到了什么？我耐不住好奇心，回去问他。

阿乎看我回来没奇怪，还在笑着。

我问："阿乎，有一件事我问一下，你放铜壶的时候，在地上看什么？"

"噢，"他拿起铜壶，指着壶底说："这里有一个沿啊，不看的话，蚂蚁可能扣到壶底了，蚂蚁跑不出来了，多热啊。"

为蚂蚁。我拉拉阿乎的手。

他说："谁知道那只蚂蚁是不是我前世的父母呢？今天天气好，他们也许来看我呢。"

听了这话，我转身走了。我的眼泪已落下，不愿让他看到。

铜钢琴

1

夏天，晚上，张其上保利大厦听音乐会，认识了周养菊。

周养菊是盲人，在地铁东四十条站吹长笛。张其见时，有小痞子往他铝饭盒的钱罐里扔石子。“当——”他停下吹奏，说：“谢谢”，语气不轻不重。小痞子跟女朋友挤眼，再扔石子。“当——”老周挪开嘴：“谢谢。”

张其这火“腾”地上来了，他正学禅理，不敢生气，心里说：“爱他们，爱他们吧”，掏两元纸币猫腰放钱罐里，瞪小痞子一眼。

走后，张其回头，见小痞子慢慢伸手偷钱。

“放下！”地铁拢音，张其的喊声把自己都震了一下，小痞子受惊，松手了。张其不解恨，上去扯小痞子前襟，想打，下不了手，还恨，咬着牙来回拽他。

小痞子像受到地震一样站不稳，“你丫撒手，你丫……”他女友跺脚。

“两位消消气……”盲人说话了，“两位不能再打了。这点儿钱两位分了，成不成？”

张其一听，不对味，松开手（小痞子跑了）：“啥意思？他偷你钱！”

盲人："知道，知道，扔石头子儿。您好心，我都知道。"

张其这才把气顺过来，问："您咋知道他扔石子儿？"

"嗨。"他一笑，"声不对。钱什么声？游戏机币子什么声？那还听不出来。"

"太可气了。"张其说。

"您啊，"盲人说："人挺好，脾气不好。脾气要是不好，最后也做不成一个好人。"

张其想了半天，觉着话里有话，"这怎么说？"

盲人说："您耽误我吹长笛了，说说也行。您觉得他扔石子是挤对我，没这回事儿。在他，是一个乐子，好玩；在我，是一个声音，当！就这么简单。至于说他拿钱，有人拿，有人给，都不是我的钱。"

张其说："你这不是没良心吗？"

盲人："您又火了，是不是？您反过来想，他要拿，我能不让他拿吗？"

"也是。"张其请教了盲人姓名，他叫周养菊。四十多岁，面平静，衣装鞋履看不到潦倒相。

"我送您一首曲子。"老周说："点吧。"

张其难为他，说："栗子花的香味。"

"您懂。"老周摸长笛，"德沃夏克的，小品，一般人没听过。不过，得用单簧管吹，你明天来吧。"

谁明天来？也就说说呗。张其上保利听音乐会，捷克电台交响乐团，《在中亚细亚的草原上》，鲍罗丁。

2

过了挺长时间，张其想起这回事儿，周养菊欠我一个曲子呢，去。那时候赶上人们下班，外边有雪，人流匆匆，地面是踩脏的雪水。

老周面对墙壁吹长笛，听不清曲调。

张其吹口哨——《栗子花的香味》。

老周缓缓转过脸，出笑意，放下长笛，从蓝色防雨绸兜子里摸出一只单簧管，吹——《栗子花的香味》。

张其到跟前蹲下，问：“还记着这个事儿呢？”

老周不搭腔，吹完整，说：“我得吹完再跟你说话，一小节都不能丢”。

两个人见面，像挺亲。张其看看钱罐，薄薄一层硬币，说：“这么大的人流量，也没多少钱啊。”

周养菊手指抚单簧管音孔：“你当我收费站啊？”

往下没话了，张其琢磨选个曲子，单簧管人家揣了好几个月。

“晚来天欲雪，能饮一杯噎欧。”老周收拾东西。

“能饮一杯什么？”

“噎欧，就是你们说的无，古音。你不懂。”

“撮饭呀？”张其问。

“对呀。”

张其乐了，摇头。瞎子，一个乞食的，跟贵族似的。“嗯，走，我请。”

“别介，谁张罗谁请。陶陶居。”老周包上单簧管，放兜里；用布包上长笛，放兜里；“哗啦——”钱倒进去，兜挎肩上，顺竹竿，边往外走边说：“陶陶居再早叫广和居，在北半截胡同。有一道菜好，五柳鱼。哪五柳？鲜菇丝、口蘑丝、红辣椒丝——你拽住我袖子，火腿丝、笋丝，合称五柳。其实不然，此鱼为陶姓京官所创，原来叫陶鱼，风雅人跟陶渊明联系一道，叫五柳鱼……”

张其越发觉得他可乐，潦倒吧？还腐朽。北京人真没治了。

3

陶陶居——一间不错的馆子，在工体北路，周养菊又谈了不少吃经。也不知道是真是假，什么清蒸鳜鱼凭腊肉提味，瓤冬瓜鸡要用高庄冬瓜。他脑袋不动，嘴没闲着。张其对吃没研究，觉得他卖弄。喝了两扎啤酒，对老周生出不满：我请吃饭为听你这个？

"别跟我说这个啦。你原来是干啥的？"

老周咂嘴，手拢唇，往后指："小二锅头。"又一会儿，说："这顿饭我结。"

"你可别闹了，够吗？"

"要饭的钱是不够，但我常来这儿。问她。"

女服务员点头。

"哎，"张其不解，"碰上高人了？"

"你见过高人吗？"周养菊撇撇嘴，"不是我说你，你们东北人太急，要不东北咋成不了事儿。你哪儿的？干啥的？你这些问题说出来我都替你难为情。为啥？不讲礼貌！你说的那不是生活，我说的才是生活。可惜你不懂。"

张其："那……"

"行行，回答一个问题，钱。我，卖艺讨钱跟糊口无关，明白没？"

"没明白。"

"我有家产，老辈留下的文玩，卖一件够吃半年。我叫周养菊，养菊，别人以为是花把式，非也。裱画，四周边加一分旧纸，叫养菊。"

"你……"

"别急。我通点儿乐器，主要是木管。见天吹吹，来点儿钱。多少钱我并不知道。家有缸，一天一倒，快满了。"

张其想，渍酸菜的大缸，白花花硬币冒顶。这家伙胡吹吧？

“可……”

“对！”老周说：“弄一缸钱干吗？想知道这个？告诉您，一缸远远不够，十缸也不够，攒四五十缸的时候，成了。”

这不是云山雾罩吗？“啥成了？”

“问得好！成了一个仰仗。”

“啥叫仰仗？”

“别打岔。仰仗，跟你们说的理想相接近，比那高级。就是，我用吹长笛攒来的钱，铸一铜钢琴，放在公园。紫龙晴知道吗？”

“知道，我上班……”

“门口那块地，我号下了。摆钢琴。”

“能弹吗？”

“唉！”老周叹一口气，“是雕塑。紫钢浇铸，原大，三角钢琴，没声儿。”

张其想象草地上放铜钢琴，浮一层绿锈。“得多少钱？”

“先用石膏在真琴上作模，”老周说，“再用水泥翻模，再翻一遍，最后浇铜。”

“多少钱？”

“七八万。”

“你，靠这些零蹦儿攒七八万？”

“对呀。”

“得多少年？”

“该多少年就多少年。”

“那……”

“拽不住了？”老周仰面，捏下巴，“你们把目标定得太靠近，我特意往远定，越远越有意思——这就叫仰仗，我发明的词。你们想可能的事情，我喜欢不可能的事。莱妮·雷芬斯塔尔说——听过这个人吗？给希特勒拍片的女导演，她说：我最为抱歉的就是降生到人间。听听，意思是给你们添麻烦了。我，一个盲人，也给你们添麻烦了，喝吧。”

哲学家——张其脑子里突然冒出一个词，虽然他没见过哲学家。一天一把零钱，铸铜钢琴。“你纪念谁？”

老周摆头，“不纪念谁，谁用我纪念？”

“做公益事业？”

“你要那么说是你的事，我没想。”

“老周，周老师。”张其激动：“我敬你一杯！”

“慢慢喝。”

“我不光敬，”张其掏钱包，他昨天在超市捡了二百元钱：“这二百元，我的奖金，都给你，早日做成雕塑。”

老周不高兴，放下酒杯，说：“我不知怎么称呼您。早日？干吗？要早，我卖几张字画好不好？”

张其窘，转念想，不贪财的人还是值得敬佩。但思路被周养菊整乱套了。大学毕业后当京漂，天天跟钱搏杀，反倒不如一个卖艺的轻松。

“钱啊！”老周说，“给我钱的那些人，不知道钱是啥。”

“你侮辱你的施主。”

“不是侮辱。”老周从兜里抓一把硬币，“这是啥？他们说，钱。钱是啥？不知道了。钱，在他兜里是钱，‘当’到我这儿，不是钱了。”

“是啥？”

“钢琴碴儿。”老周自负。

“那我给你两块大钢琴碴儿，咋不要？”

“让我少吹多少长笛呀？”

就这么着，他们吃吃喝喝唠得挺好。张其后来管他叫“周老师”。

周老师把账结了。

4

往后，张其又去一次东四十条，不是专门去的，办事，没见到老周。但每次路过紫龙晴公园的时候，都看一眼门口，铜钢琴，当然没有，早着呢？有一回看见了，铜钢琴，像大漆包线，一个孩子爬上去玩。醒了才知道是梦。

再往后，说这话距离两个人吃饭有仨月了。张其又到了地铁口。四个出口都看过，没人。老周呢？

"您见过那个盲人吗？"张其问卖报的。

"不知道。"

"吹长笛的。"

"没听说。"

"买几份报。信报、北青报……"

"您说吹乐器的？"

"对。"

"他哪是盲人？"

"不是？"张其迷惑。

"哎哟喂！您真不知道？"

"真不知道。大姐您快告诉我。"

"给您说吧。"女人把报纸叠好，递给张其。"他是演员，人艺的，大艺术家，体验生活呢？"

"真的？"

"错不了，老在我这儿存放东西。你留心电视吧，小伙子。"

演员？两道气从张其鼻子里喷出去。骗我！细一想，也没骗。骗大伙儿钱？也不叫骗。吹长笛，睁不睁眼无所谓，没强迫别人给钱。

他的手指很软，爱用食指和拇指捏衣角，从上往下捏。张其回想，真能装啊！他是谁呢？于是之？不可能。人艺还有谁？濮存昕？不可能。他裤角露一圈红毛裤，绿袜子，有这样的艺术家吗？

张其吸了一根烟吐出去。老周或者老×让我相信世上有一个铜钢琴，这不是蒙人吗？世上——张其想——一个美好的东西，一个仰仗，没了。老周把它毁掉了，这个假盲人！他吃菜用筷子敲碟子，听声儿判断不同的菜。

地铁车厢，顶悬的白色扶手按节律晃动，人们读报或养神。自打见了周养菊，张其察觉自己的观念有了变化，像老周说的，放慢速度，看清生活背后的东西，有一个“仰仗。”我为什么不能弄一个钢琴雕塑呢？张其想，在紫龙晴公园或什么地方。它没有消失，到了我的手中，该多少年就多少年。是的，他感到兴奋。如果有一天遇到了“老周”——某大演员，张其会感谢，而不会骂他“骗子”，或拽他衣襟往前往后扯一通。

第二辑 去加格达奇的火车

我们的冬天

买帽子

沈阳今年的冬天最冷。报上说六十年来最冷。六十年前，我未降生，不知道这个结论对不对。但对我的耳朵，手和鼻子而言，确实冷。这是在跑步时感到的。鼻子漏了，像下水道一样。眼睫毛结霜花，眨巴一下能粘上。手从双层手套取出来，半天暖和不上，真冷。

我最冷的时候想到的每每是乞丐。为什么想到乞丐，我也觉得怪。跑步时候脸冻僵了，伸手捂捂脸。手又冷得受不了。这时想到无家可归的乞丐，俗称“花子”。他们没棉帽子，没手套，这个冬天够受。

看天气预报，零下三十四度，三十五度的天气接踵而来。我在屋里磨悠，觉得他们挨冻几乎是我的责任。我开始想，他们缺的东西——大衣、棉衣裤、棉鞋。何止这些？他们什么都没有，连裤衩都不一定有。我没这么多钱把他们打扮得像新郎似的。算了，不想了。但脑子还想，一看天气预报就叹气。一天，我心里灵光一动——何不买一些皮帽子送他们。帽子不分大小号，比鞋袜什么都好安排。妥了，我连上哪儿买都想好了。

宁山路有一片卖劳保用品的小店，在靠街的阴暗的楼底层。在最后一家找到了帽子。太好了，草绿布面羊剪绒帽子，里边的标签是“辽宁省沈阳制帽厂”，电话五位数。我二十多年前来沈阳，电话就六位了。这么多年过去，这些帽子仍然簇新地堆在这里，没被虫咬火烧，显然是为了迎接这个最冷的冬天。

卖帽子的是一对七八十岁的老两口，动作迟缓得像电影慢动作一样。我问完价钱，说买十个帽子。老头问我戴得过来吗？我说我自己戴八十年也戴不了这些帽子，送人。老头说，送礼送帽子了？这帽子式样不好。我说送要饭花子。他盯我半天，没表扬也没批评，说别买十顶，八顶你都送不出去。我问为啥？他说你找不着他们。事实证明老头说对了，他虽然关节强直但洞明世理。

找 花 友

买了八顶帽子，我挺兴奋。傍黑天，我把帽子塞进双肩背包，去送给这些花子。这时代爱称“友”，跑友、麻友、养猫的叫猫友，但养狗者彼此不叫狗友。我找的是花友。然而不顺利。

其一，零下三十多度的气温，很快把我冻透了。羽绒服、登山靴和皮手套完全形同虚设。这不怪它们，我骑自行车，四面寒风。我在心里跟花友比，他们穿的比我薄多了，整夜在外面又如何？其二，我事先没想过花友们在哪里，想也白想，没人知道他们在哪里。我在大街上骑行，人少，都给冻回家了。我盼着路灯下看见一个花友手捂耳朵，跺脚御寒，没有。我想也是，他为啥在路灯底下站着呢？路灯也不能取暖。他可能在没灯光的胡同的遮风处躺着，或在桥洞子下面躺着。我沿黄河大街、西塔的大街小巷找，一位都没遇到。找找养成了毛病，专盯不戴帽子的人。见到几个，近身看，人家衣衫俨然，不像花友。见到一位衣服略破又没戴帽子的人，我下车问讯：干啥去？他答上老丈人家喝酒去。我一听心凉了，连老丈人都有，哪是花友啊。忍不住说一句，我有帽子，你要不？他答，不要，我冬天从来不戴帽子。说完他又补充一句，你这人心挺好。我心想你遇见这么好的人也不配合一下？又问，你真不要啊，来一顶吧？他摆手，真不要，你快忙吧。

我恋恋不舍地离开这个上老丈人家喝酒的人后，不知上哪里去，挫败感浮上心头。在街上，我已经孑孓了两个小时，毫无成绩，别人都上老丈人家喝酒去了，唯独撇下了我。我告诉自己，上繁华的太原街转一圈，这是最后的尝试。如果见不到花友，明天把帽子送给百鸟公园的跑友，就说拣的。

送 帽 子

太原街不愧为商业街，亮如白昼，楼厦霓虹明灭。穿裘皮的娘们儿牵着小狗溜达，小狗有鞋有背心。我突然发现一人翻垃圾箱。

天佑吾人。我跑过去说，你好！他从垃圾里抬起头，眼睑和嘴唇边上都是白的，剩下地方全黑。干啥？他愤怒地问我。我说明来意，他拿过帽子，看一眼，扣在头上继续翻垃圾。他虽然无言，我还是挺高兴，开张了。第二个花友挺好找，他在银行关闭的金属门下边躺着，身上盖七八层大衣或棉被。我问给你帽子要不？他熟练地毫无感情地说好人一生平安，接过帽子看一眼，戴上了。第三个花友是老太太，用绳拽着一堆垃圾往前走，头围单薄的纱巾。我送上帽子，她里外看看，说还是新的呢，夹腋下走了。我问她为啥不戴上，多冷。她回一句，给我儿子。

这是我遇到的三位花友，他们全翻帽子朝里面看一下，看新旧。他们全不看人，好像我不值得看。第四位花友也在翻垃圾箱，不过是在马路对面。我给他帽子之后，他竟伸手跟我握了握，眼边浮上一层泪，说现在还有这么好的人哪？我说多了，是你没碰上。这个人六十多岁，有酒气，脸上的惊讶半天回不过来。他问我住哪儿，我说皇姑。他问皇姑哪儿，我瞎编了个地方。他问哪楼哪号？我问他干啥？他答我得看你去，你这人这么好，我得看你。我说用不着，上车走。

他拽我车后架，说我也有东西送你。他衣服分好多层，每层都是外衣，合在一起穿。他掏出一个带狮子头的旧打火机，给你。我说不要。 他接着掏，掏出一个折成方块的画报，打开，里面印的照片是裸体女人，啥都没穿。我说不要。

他摸一把脸，你咋啥都不要呢？我给你好的。他从另外的兜里掏出一个扁瓶，有半瓶琥珀色的洋酒。送你了，比你帽子贵，这都是我拣的。

我说谢谢你，我不喝酒。

他说你咋也得要我点儿东西呀？要不我不让你走。

我说你都有啥？

他把衣服一层层脱下来，我说这么冷，别脱，他倔强，全脱下来，只剩一个衬衣。从这七八件衣服里掏出不少东西摊地上，没开盒的安全套，小包装的番茄酱，酒店小瓶洗发水，唇膏，木梳，还有一个夜光的，一弹老高的塑胶球。我说我要这个球。他说你真有眼力。咱俩交个朋友，哪一天看你去。他把我车后架松开了。

第五个花友其实不是花友。他年轻，剃光头，双手揣棉衣袖子里站街边。我问你干啥呢？他说等人呢。我说送你个帽子吧，他接过来戴上说正好。这时飞跑过来一个人，他俩钻进一个四轮车开跑了，来饭店拉泔水的。第六个花友唯一带职业特征，他在人行道上晃荡搪瓷茶缸子乞钱。我送他一顶帽子，问：你们这伙人都在哪儿？他反问哪伙人？要饭的。他说不知道。我一听就知道他在敷衍。我把帽子从他头上抢过来，你说。他一指，南站票房子。我把帽子又给他扣上了。此友不愿让他同仁得一个帽子。

南站票房子？对，票房子暖和。我进了南站候车室，这时候是晚上十一点。长椅上旅客东倒西歪。我发现一个肥胖的小伙，脸也不脏。他身边一堆棉花套子证明他是花友。给他帽子，他鄙夷不屑，说我用不着，一冬天就在这过了。说完哼小曲，上下打量我，问，你干啥的？

我真答不上来自己是干啥的，我的职业或事业跟帽子没关，但此刻我只是个送帽子的，我说送帽子的。他说不像。

在我继续地找花友的时候，刚才那个胖子领来个威严的人，也许是便衣警察，也许是协勤。

威严者问我：你干什么呢。声调横。

我说不干啥。

你背啥玩意儿，倒地下检查。

你凭什么检查，你是干啥的？

此时又来了三四个他们的人，拽住我肩头，让我出示身份证。我没办法出示了警官证（凑巧带身上）。他们看了大为惊慌，说对不起，咱们这儿经常有人打着送东西的幌子搞诈骗。说完他瞪那个胖子一眼。

出了候车室，我还剩两顶帽子。我送给一个迎面走来的衣衫褴褛的人，对方回声谢谢，才知她是女的。剩一顶帽子，还在家里放着呢。

匈牙利舞曲

认识李杠，是在冬天。

某日，我路过嫩江街，见一人蹬倒骑驴（人力车）快蹬不动了，他就是李杠。大冬天，别人穿羽绒服，缩脖走路，他穿一蓝色球衣，后背塌湿了；脸红，挂着汗，像刚出锅的熟食；屁股左拽右拽，车上的水泥装多了，恨载。

恨载的人都要强。我核计，看你上坡怎么办？

不出意料，他拐入小区，门前的小坡有冰。车蹬不上去了，绷着，不进不退。我跑过去，搭把手，车过了。

他擦汗，说："好人一生平安。"我说："别客气，以后少装点儿。"他说："好人一生平安。"

没走几步，他喊："大哥！大哥！"

我站脚，他跑过来问："大哥，你家有暖气吗？"

我逗他："你想拉走啊？"

"那哪能。"他掏出一团麻，说："这个送你，没准儿能用上。"

我问：多少钱？

他身子一躲，"看大哥说的，我一个蹬倒骑驴的，能送你啥呀？"

暖气水管子漏了，管箍用麻缠，也许有用。

而后，夏天了。我买菜过新紫竹餐馆，见一人坐倒骑驴上闲看街景。他见我，嗖地跳下来，摘下草帽。

"大哥，还认识我不？"

我忘了。

他说："恨载那个。"

想起来了，他看着比冬天年轻，二十多岁，眼珠儿黄，脸上也有金黄的小绒毛。

"大哥，我知道你在××上班的。"

"混饭呗。"我说。这是第二面。

第三面，前不久。他摸上门来了。在楼下按门铃。我通过对讲问：谁？

"李杠。"

"我不认识你。"

"蹬倒骑驴的；恨载那个；送麻的。"

我问："有事吗？"

他说："我上屋跟你说。"

我不太情愿招他，不知他底细，但也开了门。

进屋，他四下看，说："房子真大，快赶上候车室了。"

我说："你还挺能哨呢。"吾乡把调侃曰"哨"。

"瞎哨呗。"

坐下。我说："你叫李杠？"

"杠头的杠。"他说。

我问："带麻来了吗？"

他脸红了，"大哥，别笑话我了。有个事求你。"

"说吧。"我补充："大事办不了。"

"不是。"他伸手挡，"我不给你添麻烦。大哥，我问个事，你有匈牙利舞曲吗？"

我懵了，"你说什么？"

"匈牙利舞曲。"声小了，胆怯。

我还是惊讶，问："你改行了？"

他真不好意思了，说："大哥，你再说我坐不住啦。"

"行，咱俩正经说。谁的匈牙利舞曲？"

他回答："勃拉姆斯。"

我说："不是李斯特的？"

"不是。"他说话自己都觉别扭。

"行啊，你！"

他脑袋往下栽，扭捏了好一会儿才说话，蹬倒骑驴的人扭捏起来比一般人生动。下面是他讲的故事。

"大哥，你这个，反正你乐意咋想就咋想，它是这么回事。我吧，原来我不是蹬倒骑驴的，送桶装水。一回送水，上永泰小区，七楼，房子也像你家似的。一般人家不让送水的进屋里。那家老爷们儿拎不动桶，让我把桶装到饮水机上。从门口走到饮水机也就十来步吧，我听到他家音响放一个曲子，特好听。我想多听一会儿，不行啊。人家把水票、空桶给你，就得走。出了门，舍不得，我觉得没听过这么好的曲子。到了楼下，要出门了，我想，不行，这是个机会，又上楼。敲开门，那人特惊讶，说：'水票给你啦？'我说：'给了。大哥，想再听听你家那个曲儿。'他说：'什么？’，要不是眼镜挡着，眼珠子都冒出来了。他说：‘你有病啊！’咣地把门关上了。”

“打这往后，我老核计这个曲儿。我跟你说吧，它那个调儿，（我插话：旋律）对，旋律，别人也这么说，在脑子里扎根了，拔不出来。转悠，不管你干啥，它这玩意儿一遍一遍响，自动的。早晨一醒，就开始了，嗡——。坑人的地方在哪儿你知道不？想哼哼，哼不出来。我跟一个哥们儿说，也是蹬倒骑驴的，‘有个曲儿，特好听。’他问啥曲，我说：‘你听着。’结果，出不来，一哼变味了。他说我这是学哑巴说话。没办法，我上太原街，卖音响的店挨屋转，寻思没准能碰上这个曲儿呢。没有，哪有那么巧的事？你说买唱片吧，咱还不知叫啥名，买啥？没法买。给我整的，老闹心了。后来吧，我那个啥，哎呀，那个那个（我插话：别着急，不是赢房子赢地，慢慢说。）说的就是，也不是赢房子赢地，不当吃不当喝，知道不知道啥曲儿能咋的？不还得出苦力吗？说是那么说，‘嗡——’，旋律在脑子里转，魔怔了。”

“嗐，想来想去，我还得找那个人去，豁出去了。我买了一把菊花，在永泰小区门口等着，等那个男的。第一天没等着，花蔫巴了。第二天，又掏五块钱，买花，咱一天也挣不了多少钱。等他。真见着了，这小子穿西服，耷拉脑袋走道呢。我把花献给他，又给他看身份证，说一番，说：‘先生，你告诉我那个曲儿叫啥名？’他挺意外，挺给面子，让我上楼，站门外听；是这个曲儿，敲两下门，不是，敲一下，过到下一个曲儿。放了四五个曲儿，都不是，我正听呢，让一个过路的训了一顿，是警察。‘干啥呢？你哪儿的？’也不怨他，我这打扮，在人家门口支棱耳朵听声，不像那回事。我说：‘听曲儿呢。’警察说：‘胡扯！’，把我肩膀薅住了，我朝屋里喊：‘救命！’那男的出来，把我救了。他说：‘行了，找不着你说的那个曲儿，走吧。’完事儿了，我也死心了，再琢磨这事该找挨揍了。要不说巧呢，昨天，我送货走岐山路，四十中学对面，一个店正放这个曲儿呢，给我乐的，几步跑过去，问店里的人这是啥曲？人家问：‘问这干啥？’我说：‘你行行好吧，我都快魔怔了，就想知道这叫啥曲，谁整的？’那小伙挺好，他卖文具，说：‘这是匈牙利舞曲，勃拉姆斯整的。’我说：‘老弟，你再给我放一遍行不？’他一甩袖子，说：“你别搅我生意。’结果，我还让城管罚了十块钱，倒骑驴占道停放。也值！花十块钱能知道匈牙利舞曲啊……”

李杠的故事讲完了，我一直看着他的眼睛，看他是否编瞎话，没有。他是一个诚实的人。也许每个人心里都有过看起来荒唐的愿望，因为“荒唐”，最终被放弃了。李杠却被它牵着鼻子，愚蠢地往前进发。我在CD中找到这首曲子，柏林爱乐乐团演奏，索尔弟指挥，三分四十秒。

放音——匈牙利舞曲。李杠抿紧嘴唇，眼望远方，换上了另一种表情，傻傻的。听罢，他用手心，接着用手背擦眼睛，哭了。可惜勃拉姆斯看不到这一情景。

为库尔勒香梨充电

我在机场候机，见一乘客把手机充电器插进墙上的电源，另一端插在一只绿里透黄的库尔勒香梨上，然后看杂志，杂志是《商业周刊》。

这个人装束整洁，虽有白发但穿西裤，我的意思是说他并不像精神病患者。

过了一会儿，他把充电器插口从梨上拔出来，插在一只草莓上，接着看报。见此，我并没惊讶、大笑或双脚跳起来，如这样我倒像精神病。我觉得他的行为都可归到无害社会的个人自由里面，不受歧视。我觉得他也许比那些装腔作势的人更有趣，写一封表扬信偷着塞进他的口袋里未尝不可。

他把插头从草莓上拔出来，在黑帆布包里翻可以充电的东西。翻了半天，没找到东西。他拿出一瓶药，看了看，放回去，药瓶上没有充电器接口。接着，他翻出一盒奶，取吸管喝下去，把充电器插头插在空纸盒上。他一定要把国家的，或者叫机场的电弄出一些来。曾有人对我说，如果总也不看电视、容易把电视机憋爆；说，电视机里面的新闻和电视剧的信息量太大，你得让电视机把信息释放出来。眼前这个人可能怕机场的电太多了不安全，才把电输入香梨、草莓和空纸盒里，就像中医拿针扎患者十指放血，他们说这对脑溢血病人尤有急救之功。

这个人看我在注视他，从纸盒上拔下充电器的插头，对我点点头。我庄重地对他点点头。我怎么能不庄重呢？大笑或鄙视都不合适，庄重才对路。

有一次，也是在机场，一位四十多岁的女士行走间从前胸的衣服下面掉下一只奶、我说的奶不是乳房，是塑料袋装的牛奶。实话说，这让我稍稍吃惊了一下，我看到她胸前一侧的乳房马上瘪了。我一直认为女人的乳房是人的乳房，没想到也可以有牛奶去上面站岗，她弯腰捡起这袋奶，恰好经过我身边，对我说："捂一捂，热乎。"我庄重地对她点点头，她笑一下走了。其实她完全可以不对我解释，她有权利做这件事，这件事对人对牛对机场对航空安全都没有损害。我知道，她会在心里怨恨我，因为我看到了牛奶像兔子一样从她怀里蹿出来，但我是无辜的。遇到别人的窘境，除了点头，我还有一个办法是对天花板翻白眼。我媳妇说翻白眼很像盲人，这个动作我不怎么做了，光剩下点头。

上面说的这两个人，有人会觉得他们怪，我不觉得怪，只不过与众不同而已。如今人们做事过于功利，不做一点儿无用功。人像机器一样，像齿轮和螺丝钉一样，只做"有用"的事。如果你觉得为香梨充电愚蠢，证明你理性且无趣。儿童们看了此景一定欢呼，这正是他们想看到的事情。儿童的可爱就在他们创造了许多无功利的行为。比如，孩子们拿奶瓶为布娃娃喂奶，把青草揪成碎末放进碗里当菜。孩子们心里明白青草不是菜，但宁愿相信它是刚炒的一盘味道绝美的佳肴，而且假装吃，很快就吃完了。他们脸上的满意比吃一盘真菜更真实，让成人羡慕不已。

我见过一人在饭桌上取出手机，打开后盖，在装电池的地方挑出一根牙签剔牙，装电池的地方整齐地排着许多截短的牙签——手机对他来说不过是牙签盒。我在图瓦国见到一人在燕子脚上绑一封信，后来这个燕子捎来了回信。图瓦人找了很多人辨识这封信，才知道这是一封用孟加拉文写的回信："我们的荞麦已经熟了，你们的呢？"图瓦人的去信写的是："我老婆已经三十岁了，她长出了第一根白发。"用俄文写的，估计种荞麦的孟加拉人没看懂。

这些“怪事”让我很开心。我知道我无趣并发现很多人像我一样无趣，我们都变成了机器。当有人不按既定的程序办事，我看到殊为欣喜，为他身上的活泼生机而高兴。我很想和那个为库尔勒香梨充电的人热烈握手，表示祝贺，但没敢实施。这些事，哲学上称之为游戏，人达到温饱之后即开始琢磨游戏。

手上脚上都有乐

铜　管

我小时候，觉得公园属于年轻人，情侣们手卷一本杂志在公园约会、划船，儿童嬉戏。如果过来一个老年人，多半是手拿搪瓷茶缸要饭的。如今不同，所有的公园都变为老年会堂与健身圣地，小青年奔网吧了。公园太明亮，太喧闹，年轻人不适应。进公园瞟一眼，就知道中国进入了老龄社会。建国初期生育高峰诞生那一拨人，如今步入老年。历史上，每一次战乱结束，都出现一个生育高峰。战后的人需要歇一歇、乐一乐，捎带孕育一批劳动力。

沈阳B公园，是我见到的最粗俗、北京话叫最“不吝”、也是最有活力的公园。这里的人们全说脏话，其实内容不脏。谈吐内容千篇一律是骂美国，骂贪官，骂城管和警察。所说使劲儿是骂人需要动用力量，骂人没有不使劲儿的，跟拉屎差不多。其次这些人到公园都使劲儿来了，搬石头、跑步、踢毽子、单双杠都得用力。不使劲儿谁上这来?

骂人归骂人，不影响这儿有高雅的娱乐。说起来你可能不信，以为高雅是拿拖布似的大笔写书法，这在公园根本算不上高雅。侯宝林之流用拳眼洒沙写字只是糊口的杂耍，旧时代的军阀人人会用浓墨写一个类似于屌的虎字，后来改写“拼搏”与“奋斗”。我说的是这有一个铜管乐队，高雅吧?

铜管乐器隶属西洋，吹出曲子须合奏，涉及配器、和声，没办法独奏（独奏也得有乐队衬着），因此离不开排练。不懂西洋乐理——和声、织体的人弄不了。不然，在B公园靠近体育场的绿荫丛中，乐队的人陆陆续续来了。有人穿半大孩子淘汰的中学校服、已婚孩子淘汰的运动服或二十年前买的仍然不坏的西服，胳肢窝夹着乐器来了。圆号、小号、长笛、高音和低音萨克斯管，还有一个键盘（电子琴），开始整西洋曲儿。铜管合奏多半是进行曲，四分之二或之四节奏，整齐划一。他们就是奔这来的，号贴嘴唇，气势铿锵，这是开门的节目《迎宾曲》。第二首是哈恰图良的《骑兵进行曲》。这个复杂一点儿，小号吹主旋律，萨克斯、圆号等乐器各吹一个旋律。几段旋律捏一起，分合不定，他们吹得手忙脚乱。独奏胆怯，合奏往死了吹，休止符常常被他们吹破。曲终，他们脸上的表情显示庆幸，捡着了，好像刚从悬崖边上走一圈。然后是《毛主席走遍全中国》。我疑心这是外国曲子换上了革命的标题，很抒情，高加索情调。

吹三曲，他们歇息，交流心得。“小号你咋吹呢？老是冒，还不如放屁呢。”“我放屁？你那萨克斯肯定前列腺堵了，一节骨一节骨往外滋，你快吃点儿药吧。”“我听圆号有点儿血压高啊。”“谁血压高？”“你还说不高？你那是E调吗？都F调了，跟偏瘫一个味儿。”“你还不如偏瘫呢，长笛像你这样吹呀？昨晚你肯定钻小姨子被窝了。”

“好啦。”说话的是个女的，管打鼓，拿鼓槌嗑鼓边，“《斯拉夫女人的忧郁》，一二，起。”

乐曲又飘起，三步舞曲，他们吹得比浪漫更过火，到达放荡之境，这主要是萨克斯和圆号闹的。

他们天天在这吹。这帮面容沧桑、双手粗黑的人迷恋铜管的魅力，对什么跳舞、踢毽子不屑一顾，认为太俗。

跳　舞

所有公园都有舞场，分早场晚场。如果自裁俗雅，跳舞的人肯定认为自己最高雅。首先，舞友们穿戴不凡。四五十岁的女人穿黑玻璃丝袜子，短裙遮胯是再正常不过的事。男的（六七十岁居多）如秃顶必戴假发，两鬓遮不严，前额垂刘海儿。他们皮鞋擦得光亮，衬衣领白，戴五花八门的领带。跳舞时，男女士各视前方，心中有数。有人说跳舞有可能伤及风化，于是他们尽力挽救世风。男人在女人背后的手有如重症肌无力，越不用力越显高雅。在舞曲中，他们欲进又退，声东击西，比事先商量好还要默契。曲终，他们退到舞场线外，寻找新舞伴。

舞场原来是一座楼房，扒了在地基上打个水泥面当排球场，后被舞迷占领。边上有个立假山的养鱼池，现在堆垃圾。还有一个旧时代的水塔矗立，一看水泥颜色就知道是日本人修的，现在还没掉渣儿。

初到B公园舞场，而舞友们又没跳舞的话，觉得他们真是超凡脱俗的人。他们像什么人？男人戴眼镜墨镜，三伏天穿西装。女的夏天戴网眼长手套，戴别绢花的帽子。如果站在日本人的水塔上往下看，他们像等待出席伊丽莎白女王授勋仪式的人。跳舞这个词听起来私密，好像可以委琐苟且，错。苟且那是舞厅，是十块钱一曲儿随便搂。这是广场舞会，突出的就是高雅性。你看这里的舞友，每个人都无端地严肃，人人都像哲学家。我没见过比B公园舞场更不苟言笑、更腰身挺直、更与资产阶级思想做斗争的人。

我前面说的骂美国、骂城管，那是跑步人干的事。跳舞的人基本不说话，跳舞时不说，嚼口香糖；舞后闲站也不说，这是高雅的一部分。

我开始思考“高雅”的含义，拎LV包、喝红酒、听歌剧、穿范思哲豹纹内裤，高雅之声多不胜数。若论鹤立鸡群，B公园的舞友最突出。他们寻找高雅的、不打人不骂人不打麻将不随地吐痰不随地大小便不吹牛不花钱而又衣冠楚楚的艺术，他们已经找到了，那就是跳交谊舞。舞场近一年总放一支单曲，齐峰唱的《我和草原有个约定》，舒缓开阔，他们舞在其中，俯仰自如。

舞友们坐有坐样、站有站样。他们瞧不起那帮吹号的、跑步的，没气质。

跑　步

跑步者夏天光大膀子、穿大裤衩子，汗出如浆，但他们高雅，剧烈运动导致脑子缺氧，啥也顾不上想了，就是跑进女澡堂子也如圣人一般纯洁。

B公园小路长八百米，环形。路边有碧桃林，一座只有狼狗和救生员却没泳客的游泳池，一座没被批准的寺院，一座古怪的烂尾楼和运动器械场。在这条路上，跑友洒下了无数的汗水（我是这伙儿的）。你说图啥？不知道图啥。跑啊，我跑四到六圈。我是快跑，跑友管这种跑法叫“挣命”。每八百米三分三十秒左右，跑后脉搏每分钟一百八十下。我从小到大没什么出人头地的业绩，跑步帮我出人头地。跑得快的人在跑友中受到尊敬，可以说上句，可以转话头，因为你跑得快。

跑完之后，汗从前胸后背下淌，裤衩都是湿的，一条毛巾要拧四五遍汗水。这样，据说毒排没了，人自感无比舒畅，好像自己是一个新人，刚从娘肚子里降生出来。当然跑的时候（快跑）很痛苦，呼吸窘迫，血氧量不跟趟，腹肌、大腿肌肉、背肌都不足，但都能顶下来。

我每天从B公园跑完步，继之单杠、双杠、举石头、压腿而后回家都恋恋不舍，不愿离开这个好地方。好多人一天来三趟公园，连家都不愿回了。

跑完步的人话多，讨论一切事情，一般是：

“国家建高速铁路有屁用？不如拿钱给老百姓交采暖费呢。”

高铁通车，他们也不坐，太贵。

“咋还不打台湾啊？一顿炮轰过去，上岸安排省长市长完事儿。台湾啥水果都有。”

敢情冲水果去的。

“我要是卖肉的，先把城管砍了，能咋的？给我枪毙了，一年还能给国家省三百斤大米呢。”

他不明白吃三百斤大米是拉动消费，有功劳。

“二人转纯粹他妈下三烂，说的话太损。过去连要饭的都不如，现在还火了？现在的观众太傻。”

还有比跑步者更傻的人吗？

“高血脂都是农药整的，现在的鸡鸭猪羊牛都有高血脂，喂饲料喂的。那天我在农村看见一头猪，走路偏瘫。”

跑完步，身体把能量全消耗了，脑子清空，心胸阔大，觉得一切不过尔尔，这不就是高雅所要达到的境界吗？高雅让人脱离小我，纵身大化。虽然包括我在内的B公园的所有晨练者都是乌合之众，都快乐，都感觉自己是高雅的人。

阿 花 蕾

1

信风从海洋吹来，如果有颜色——比如橙色——它会像绸带旋于深蓝海面。它驱赶海浪，海浪像羊群奔跳围栏，跳得最高的羊最后落地。湿淋淋的白羊群迫近陆地。诗人写道：“嘘——轻点儿，大海说／嘘，别这么凶猛／这是咱们的大地。”

地球转动，使北半球的信风风向右偏。它们把海浪赶上岸，顺珊瑚礁钻进红树林。林中，它们绕树一周，绕枝一周。包好风的玻璃纸后，树的膝盖以下白雾漾然，好像蹚水来的。这时，上岸的羊群偷偷溜回海里，脚印被细沙埋住。

东北信风用潮湿的手抚摸老樟树，擦掉白垩色的鸟粪，拱之如神。人说福建人迷信。闽地，大自然雄浑神秀。人会被榕树啊、樟树迷住，信其有神。各地取名光昌，讨天的喜欢。长乐、宁德、福鼎、云霄、锦治、南雅、集美、政和、华安、魁斗、永春、鹤塘、仙游，怎么样？而福建福州之名，自然是天下第一好听的郡望。

阿花蕾坐在鼓山顶平坦的白石上，看风想风。她大学毕业来这里观测气象，与天空对话，揣摩信风的路线图。闲时，阿花蕾读古诗，读胡克父子的喜马拉雅杜鹃图谱和贝特曼《墨西哥和危地马拉的兰花》，这是植物学界的圣经。

2

大年初一上午，阿花蕾眺望老樟树，黝黑的树干被早晨的雨水打过，如铸铁围身。下午，三到五点之间，浅黄在庞杂的老绿中冒头。此时为申时，阳气大盛。浅黄是小片新叶子，大年初一申时问世。十二生肖中，申时归于猴，猴喜蹿跳，难怪新叶子跑出来看人过年。夕照入林，阿花蕾走近樟树，俯耳于斑驳的树身听新叶生长的声音。她柔滑的长发遮住树皮一小片绿绿的团锦。人说书法家文徵明在拙政园手栽一棵古藤还在开花，也是初一吗？

古樟树也过春节，新叶是它送鼓山的压岁钱。阿花蕾给老樟树摆上酒和南枣核桃糕，恭贺它这么老又长一岁。

空气中掠过清香，像一排椴树蜜坛子从河心飘过。

3

夜来，鼓山像巧克力融化于稠黑的林丛，奇峻被夜消蚀。树的高枝包裹着群峰轮廓，匍匐在寥落的星辰脚下。

不算树，星座是阿花蕾第二批密友。星星和她天天见面，从未爽约。月明之夜，群星公休，只有几粒大星当令。她夜夜仰面观星，为星座起新名。

北方天空，飞马座形同其名。星马凌空奔跑，追赶前方的双鱼座。双子座像晾洗的方床单。御夫座为什么不叫竖琴座？大熊座和武仙座像两个深海机器人围堵自来水笔尖模样的牧夫座。巨蟹座好像奔驰的车标。南天星图更艺术一些。孔雀座应叫项链座，飞鱼座如钻石座，豺狼座好似一个俄国运动员撑竿跳越半人马座。

“轩辕十四归五帝，北落师门有南鱼。”“轩辕十四”和“北落师门”是两颗星，五帝与南鱼是它们所在的星座。阿花蕾把这两句胡诌的对联写成篆书参加书法展。一位老先生驻足良久，说：“字尚可，诗佳。”老先生辗转找到阿花蕾，问出处。

“离骚。”阿花蕾瞎编。

“难怪如此清奇，如天风过耳。姑娘，你喜爱的诗句还有哪些？请赐教。”

阿花蕾又以星座对之：“大麦哲伦毕宿五，麦穗乌鸦北河三。”

老先生颔首：“也好，也好。大麦哲伦？不是屈原的诗吧？”

“陆游。”阿花蕾又瞎编。

“难怪。”老先生闭目道来：“大麦者，禾本科。苏轼诗云：‘城西忽报故人来，急扫风轩炊麦饭。’楚昭王筑麦城，东有驴城，西有磨城……”

阿花蕾说：“大麦哲伦星云位于南天极，赤纬−69°，距地球16万光年。”

老先生颔首：“难怪，难怪……”

4

阿花蕾抱一本英汉辞典上山，山腰的草地，有白马徜徉。

白马是放生的，尾下端和四蹄雪青色，其余雪白。每次阿花蕾路过，白马跨越沟渠，跑过来与她对视。她怕马，说：“还是不要吧。”

马打响鼻并摇摇头，阿花蕾更害怕，说：“我没什么东西给你，马。”

马又摇头，几年未剪的鬃毛飘洒。

“好吧。”阿花蕾把手机、辞典、钥匙一样一样摆地上。

马拱开书，用粉舌头卷一页纸吃进肚子。

“呀！”阿花蕾大惊失色，头一回看到吃辞典的马。她对马微躬身，“我只好说好，马。”

马走远了，阿花蕾想：它不是吃草的吗？吃草太单调可以吃花呀？

鼓山有许多花。远志花密茎繁，长在草丛里。有蓝色、紫色的花，也有粉色。山腰的篱笆里种几株郁金香。郁金香的学名为“Tulipagesneriana”，来自古老的拉丁语。其词意又源于古老的土耳其语，鼓山上估计只有阿花蕾知道其含意为——“穆斯林头巾”。

鼓山的矢车菊，花瓣碎白。它在露水消失、太阳晒干大地时分才开放。米色的蜀葵，复瓣层次繁密。鼓山还有木槿，中国叫“朝开暮落花”，叙利亚叫“莎伦蔷薇”。铃兰开在阳坡的林中，花像一口乳白的小钟，口朝下。据说铃兰花开，夜莺才飞回树林，它象征回归的幸福。小黄喇叭是马兜铃的花。莲座型贴地生长的植物是万代草，叶子厚。在中世纪的欧洲，查理曼大帝命令人民在屋顶栽种万代草，防雷击与巫术。

“可惜我的英汉辞典！”白马卷吃下的那页是devi ~ dcvo。阿花蕾想，为什么是这页？这一页有devipbie，是的，山萝卜。还有devi food cake，巧克力蛋糕，原来是这样。对，还有一个词：devour，吞食、吞没。是的，马饿了。阿花蕾转回身，向远处的马敬举手礼。

白马抬起头，鬃毛从耳侧垂下，尾巴拂扫逆光的芒叶。

春节去加德满都

我在兰桂坊认识一位贝蒂小姐。

兰桂坊只适合做两件事——跳舞与饮啤酒，做其他的事都唐突，诸如说话。当舞蹈和酒上升到一定纯度，言语是一种冒犯。在兰桂坊，什么不做也显得可耻，如不饮酒不跳舞。众人的目光如质问：为什么不待在家里？此际，不饮不舞如穿衬裤入浴池泡澡，太严谨。

因此，我和贝小姐说的话不多，嘈杂，只能像水手一样大声喊——能大声说的，必然是最表层的话语。知道她是加拿大人，会中文，现为摄影记者，喜旅游。

分手时，她发出一个邀请：

“春节到加德满都去，你去不去？”

这个邀请太幽默了，我笑着回复：“去，是一个美妙的建议。”后来才知道，我的表现是一个错误，甚至是一个谎言。

这是发生在圣诞节之前的事情。进了新年，我收到寄自印度大吉岭的明信片，上写：

“我距尼泊尔边境只有五英里。你到了哪里？请致函加德满都橡树岭中学却金先生，贝蒂·詹妮森于大吉岭”

我翻来覆去看了好几遍，以为是一个玩笑。仔细看过邮戳以及英文印地文之后，才知道这是真的。对我来说，这是一个严重的事件。

贝小姐离尼边境只有五英里，而我离尼泊尔任何一个方向的边境线都有几万里，确切地说，从未准备往那个方向前进过。大吉岭，我难道是一个骗子吗？让贝小姐在那么远的地方等待音讯。

我把这件事的前前后后想了一遍，觉得这是一个文化的错误。我没有说我们习惯于说谎，但对待事情的态度大不同。在兰桂坊，她说尼泊尔，我以为是脱口秀，没想到这是一个认真的建议。对那些无法实现的目标，我们常视为幽默，漫而待之，把认真与荒诞混为一谈。

我只好撒第二个谎(谎言从来都是连续不断的，否则无法圆全)，说有事务，未成行，致歉，祝云游快乐云云。贝小姐并不为忤，到了尼国，她每日给我寄明信片一张，叙见闻，以弥补我未能西游之憾。真是令人惭愧。

他们何其单纯，在言与信之间，从不揣度别人用心的真伪。在这种信任之下，别人只好把谎撒下去，并在对方的包容中感受芒刺。我每天接到贝小姐的明信片时，都在心里说十遍“说真话多好！你这个骗子，内疚吧！”

贝小姐寄自尼泊尔的最后一张明信片说，游毕回国。我松了一口气，同时对尼泊尔的美丽有了很好的了解。过了半年，贝小姐来信，问我去不去肯尼亚。我赶紧告诉她，不去肯尼亚。以为就此无事了，她又来信问：为什么？

为什么？我们习惯在“不为什么”的情态下生活，可感而不可问。我们的文化态度是不愿说破。但念及前嫌，立即告诉她我不喜欢肯尼亚。为什么？贝小姐不仅问，还列举这个国家美不胜收之理由种种。我没法回答，因为对此一无所知，只好说，对此国之美已有认识，但足有疾，不宜奔走于东非大陆。

贝蒂回信，说等我的脚好了之后再去肯尼亚。到时候，卢加德斯瀑布进入盛水期，更加好看。

我想了好几天，想不出回信怎么跟她说。如果真话和假话掰腕子，假话永远也赢不了。

地铁8号线的莱娜

坐上地铁之后，我把护照和那张回家启事检查了一遍，放进兜里。斯图加特的地铁（轻轨）站分三层，每一层都喧闹有序。你觉得往地下盖楼真是一个好主意，盖十层八层都不妨碍城市地表之上的悠闲安宁。斯图加特在人的视野中是森林和草地，还有不太多的二三层、四五层的旧楼房，空旷寂辽，大街上半天才开过去一辆所谓汽车。这座汽车城的人都不爱开车，汽车是卖给发展中国家的商品，他们宁愿坐地铁。

这里的地铁发达到神经病的程度。1945年，斯图加特遭到盟军惨烈轰炸，炸毁了一切可以称之为楼房的建筑物。这座城市重建时规划了五十多条地铁线路。斯图加特的人再能生孩子，外国移民再多，地铁都毫无困难、风驰电掣地把他们运到城里任何一个地方。

我坐地铁纯粹是闲逛，就像德国外交部邀请我在这个城市住一个月没任何任务一样。地铁开太快，我语言不通，怕坐丢了。我的计划是坐8号线到火焰街下，倒52号线回到皇帝广场。就这样，我坐在地铁上，等待报站——我听不懂火焰街的德语报站，只记得是第七站。我想我像一个上战场的士兵谛听号音，这姿态对一个地铁乘坐者而言有点儿可笑，我对面的姑娘已经第三次抬眼看我并微笑。

这个姑娘穿白长裙，套一件水红的毛衫，手里拿一本书，是小说——德国小说的封面全是浪漫男女人像。我对她回笑一下，表示我也会笑。她用德语说了一番话，我愧疚地表示听不懂。

她又用英语说一番，我继续愧疚，用蒙古语告诉她英语和德语对我来说是一回事。

她的回答吓了我一跳，她竟然用蒙古语说英语和德语不一样。这个金发碧眼的日耳曼人怎么会蒙古语?

她说是爱好，她正在学第七种外国语。

我用蒙古语问她火焰街到了吗?她说已经过了。

那我要倒回皇帝广场怎么办?

你坐到终点再坐回来。她回答，又问，你为什么急着回皇帝广场呢?

我说我害怕。

她说像你这么健壮的人，别人怕你才对。

到了终点，我记得是柯达公司的总装厂，我下车，请教这个人——她叫莱娜——怎么坐回去，她说我们坐一会儿吧。

我们在月台的长椅默默坐着。我承认我一点儿也不浪漫。虽然歌德学院中国总院长阿克曼盼我在德国迸出恋情，但我不敢。在空旷的月台上，我甚至不敢看莱娜，头上开始冒汗。她问我来德国干什么?

我索性把护照和夹在里边的回家启事都给了她。启事请翻译用德文写成，大意：我是中国作家谁谁，我的人身保险号码是×××，我的护照号是×××。请把我送回92路公交车站或索力图独逸学院。中德友谊万古长青。最后一句是我让翻译写上的。莱娜看完把东西还给我，笑了，什么也没说。

地铁到，我上车后才敢看她一眼。我觉得她眼里有对我的眷恋或幽怨。随即我批评自己自作多情，眷恋谁不好，谁稀得眷恋你?

我顺利回到皇帝广场，出地铁坐92路公交回到索力图山上的王宫，这是我的住地。回屋，我先喝水，然后掏护照，发现护照里夹了一样东西。打开，是个书签。

面对莱娜放的书签，我不知如何是好。撞上浪漫了。其实我应该立刻进城，坐第8号线地铁到终点与等在那里的莱娜拥抱激吻。但那是好莱坞的套路，我只能轻轻叹口气而已。中国人喜欢看电视剧里面的浪漫，自己并不浪漫。而德国人的严肃，只是一个传说。

电的回忆

在广州，朋友吴绿星带我逛音响城。在海印市场的门口，他指着玻璃窗里盘着的音箱连接线说：

“看，这就是最贵的线材，六万多块。”

我们仔细看六万多块的连接线，此乃真人不露相，其朴素大方别说六万，连六千块也不像。

原来我以为钱应该花在音箱与功放上。线这么贵，能听得出来吗？

“一听就知道了。”老吴笑着说，表示这样的事完全可以由个人感受决定。

连接线是传输信号的，当然是电信号。当这两根线把最新最美的信号传到音箱时，可见那些平庸的连接线贪污与挥霍了多少音质与音色。它们从小提琴、长笛、钢琴以及所有的乐器中提成，收取回扣，让乐曲虚弱无力。

“不过，我恐怕听不出来。”我对老吴说。

“当然，每个人听觉神经都不会完全一样。”

那就好办了。我就当自己的听觉神经很敏锐，刚好弥补连接线五万九千多元的不是，我的连接线只值两百多元。

出门时，我又看了看那对线。这是电所穿过的最贵的线路，一米一万，比金子都贵。

去年，朋友向我推荐一种电流过滤器。光听这名就可乐。人喝纯净水是因为水不纯了，难道电也不纯了吗？

“那当然。”这个朋友严肃地说，“难道你才知道吗？电流从来就没有纯过，这关系到音乐的质量。好音乐应该是清澈的、透明的，像长江源头没有污染的泉水。”

我想起广州的连接线，问他：“你说是连接线不纯，还是电本身就不纯？”

“电。”他讲解：“这和线没有关系，现在的电杂质太多，干扰信号。”

电还有杂质？我对此百思不得其解。看电灯，仍然很明亮，杂质在哪儿呢？过滤器我没有买，但知道电里边出杂质了。

我小的时候爱抱着电线杆子（木制）听里面的“嗡嗡”之声，人说这就是电的声音。在干校的时候，食堂有一个大师傅，姓李，过几个月他就让自己电一下。我曾经看他用手摸裸露的铜线，像抽筋一样缩回。

“虱子全电死了。”李叔对我说。

原来虱子也怕电。

他电完之后，脱衣服在厨房抖一抖，还用脚踩踩。

“这是个技术活儿，劲儿大，人就奔儿骨了；劲儿小，虱子电不死。”李叔慢慢地穿上衣服，去和面。“奔儿骨”乃方言，弃世之意。

我站在他身后，在地上看了半天也没发现虱子。现在想，估计电有杂质，救了虱子。

对“哈哈哈”的敬意

自从修车的老赵摆上象棋摊后，桑园成为楚汉之争的战场，多的时候有七八局，在树荫下“啪、啪”。而老赵，由于总有人找他修车补胎，失去了固定的下棋地位，惶惶地从这局走到那局指手画脚。我说：“你比教练还忙。”他摇头，说：“没办法。”

近日，下棋人中多了一位奇士。我还没有见到，是听出来的。我和他第一次相遇是在午睡时分。午睡时，我对棋子的“啪、啪”已经适应。但那天在耳畔震响的是“哈哈哈”，笑声响亮而光润，传得很远。从歌唱艺术上说，吐气干净，声音放松，属于美声。不到一分钟，他已笑了两次，每次全都“哈哈哈”三声。也就是说，他的棋战之乐恰好与呼吸深度相匹配，用上海话说是“刚刚好”。

睡不着，我又生出一个疑惑，就是他的笑声何以如此密集？我对棋不在行，但知道此物能给棋人——至少是赢棋的人带来喜悦。而“哈哈哈”无疑正在赢。依我的浅见，他收盘时“哈哈哈”一次就足够了，即使棋艺湛深，也不一定每步都“哈哈哈”。电视上，象棋大师胡荣华仿佛也没有“哈哈哈”，相反他常常是蹙眉苦思。国际象棋大师谢军以及与深蓝对弈的卡尔帕罗夫也没“哈哈哈”过。他们是思考者，思考者如哲学家一样，怎么会“哈哈哈”呢?

他下棋难道不思考吗？我有点儿“哈哈哈”了。

“哈哈哈”，声音穿过碧桃树密密的叶子传了过来。我感到他笑的时候气息从肋下向周围扩展，横隔膜有力地伸缩，有美声所说的“面罩感”。一个人频繁地在林间“哈哈哈”，对身体实在很好——内脏体操。

抑或他想把对方的思想搞乱？也不像。笑声是无法伪装的，如果不是发自内心的愉快，产生不出正确的发声方法，声音会干涩、瘪、缺少光泽。

“哈哈哈！”

我想起大师关于歌唱的名言：

“简单地说，歌声就是具有能量的气息。”（艾地兹·布拉德）

“对歌唱者来说，出气的方法比吸气更重要。”（佐尔伯格）

“找出你声音中最好的部分，把它保持在头腔最高的位置，发音时感觉不出一点儿紧张。”（罗斯·班普登）

“哈哈哈”实在太快乐了，他根本用不着去赚大钱当大官而后得意。他的笑声里还有狂喜的意味，即意想不到的快适，如在棋盘上看到了喜剧演员的表演。用老赵的话说，真是“没办法”。在他的笑声中，我回想自己值得“哈哈哈”的事情，委实不多。笑，无论出于成功因素或喜剧因素，对我们均很吝啬。而生活以其严峻面对人们时，为了什么发笑甚至是可疑的，如同轻薄。而有的人早就脱离了快乐。

我一直想见“哈哈哈”一面，但他并不常来。有一天，他从下午四点一直“哈哈哈”到午夜一点。说实话，这已近无厘头了。我妻子被吵得睡不着觉，后来竟也大笑，因为她终于遇到一个在深夜里大笑的人。那天夜里，在他“哈哈哈”的间隙，附近一条狗应声吠和，但终于坚持不住，吠声弱下去了，带有一些委屈。

我想象“哈哈哈”是个满面红光的中年人，穿敞怀儿的短袖白丝绸褂子，摇蒲扇。他的牙齿和肺功能都很好，这从笑声中就能听得出来。

飞越故乡上空

我乘飞机出行，遇靠窗座位，每每向下瞭望。山河大地，白云朵朵，如此而已。前不久，从飞机观望下方景象，使我激动异常，只可惜时间太短了。

我从沈阳飞呼和浩特，在飞机上一直写稿，没注意经停的地方。飞了大约一小时，飞机广播："我们……"——飞机广播最喜欢用的一个词就是"我们"——"……的飞机即将降落在赤峰玉龙机场，请旅客做好准备"。

赤峰？我以为我听错了。我老家在赤峰，但从没有在赤峰起飞或降落过。我问空姐：我们要在哪儿停？她曰：赤峰。我问：不去呼和浩特了吗？我以为有赤峰猛人把飞机劫持到赤峰了。她曰：停二十分钟再飞呼和浩特。原来是这样子，网络用语曰"酱紫"。原来我们酱紫飞到了赤峰。

我趴在窗口往下看，太好看了！人有机会在自己故乡上空俯瞰一下是福气，虽万户侯不能易也。小时候我从来都是站在地面上仰视红山，这回竟从红山的后屁股飞过去，加以全面瞭望。我一直想知道红山后面有什么，好多年前，那里是禁区。我头两天还在想这件事，红山后面是什么景象呢？是村庄还是沙砾地带？童年时光，红山后面为什么不让人进呢？人说红山被掏空了，装满了机关枪、迫击炮和弹药。假如苏联人从四道沟梁、五分地那边打过来，光红山内藏的军械就够跟他们相持一百年。我一算，仗打一百年，红山里面的机关枪至少有一万支，这支枪筒打红了换另一支，一百年用不了的用。但红山之闻名天下非军用仓库与机关枪，而在考古。1906年，日本东京帝国大学教授鸟居龙藏成为记录踏勘红山古墓葬文化第一人。1922年，法国神父桑志华赴此地考察红山文化。1935年6月，日本考古学家滨田耕作率日本东亚考古团对红山进行首次发掘，他们对红山北坡青铜墓葬和史前文化遗址进行发掘，三年后，发表“赤峰红山后”的发掘报告，轰动世界考古界。1955年12月，中国历史学家尹达出版《中国新石器时代》一书，书中专辟一章——“关于赤峰红山后的新石器时代遗址”，红山文化得以正式命名。

我们小时候不知道滨田耕作之流，兴趣只在攀登红山，企图偷几支机关枪，但每次都被暗中隐蔽并端枪的解放军士兵逐下山。红山距市中心五公里，海拔三百七十六米，山体为红色花岗岩。纪晓岚在《阅微草堂笔记》中称之为“乌兰哈达”，这是老名，蒙古语——红色的山峰。此山不雄不伟，有点儿怪，周围都是土山，唯其红石兀立。那时候说红山是花木兰从军之地。20世纪70年代，我当知识青年下乡的松山区当铺地村，有不少姓花的人，自称是花木兰后代。见到他们，我差不多相信了花木兰退伍后到赤峰定居的消息。这些人大嘴黄发，跟2002年迪士尼生产的动画花木兰形象相似。我问：你们咋姓母姓呢？他们答，这是母系社会规矩。倒也是，只是少见貂蝉后人姓貂，褒姒后人代姓褒。还有人说孙悟空去西天取经路过之火焰山即为赤峰红山，更荒诞。西天之天竺国在西边，赤峰在唐代为契丹属地在东边，编此说者岂可不顾常识乎？

飞机从滨田耕作所说“红山后”的上空兜过去。我看到红山像牙医做的模型一样，前排几颗牙是山峰，舌头部分是沙地，靠北边约有一小块民居。蜿蜒的英金河环绕红山，河流往北再拐向东。北岸是大片的树林，几十里宽。我对空姐说，你让飞行员开慢点儿。她一愣，顺口说，好的。但我感觉飞机开得还是没慢下来。飞机由北而西而南兜飞，我在空中俯察到头道街、二道街、三道街，这是赤峰在我童年全部的街；见到榆树林胡同，那边有第九小学，教学质量相当差；那有个剃头的老汉，满口牙全掉了，前面两个金牙不掉。金子就是金子，比牙结实。一瞬间，飞机到了新城区上空，路宽楼高，俨然小国首都。但我还是留恋旧城区，飞机无情，不复再来。可见飞行员不是赤峰人。我跟空姐说，你让飞行员在赤峰上空再转一圈。空姐这回没客气，说，对不起，我们不能满足您这个要求。此时我想起朋友爱说的一句话：咱们还是官太小啊，要是毛主席发话，让他兜几圈他就得兜几圈，敢不兜？

我们的飞机落在土城子机场，现在更名为玉龙机场，军地两用，确切地说是地方租用部队机场。跑道上，二人成行的士兵穿训练服走过。我在赤峰若干年，没来过此地。那时候，包括这时候，不允许老百姓进入军用机场。飞机在此停留二十分钟，并客。再上飞机，不复飞城区上空，驾祥云奔呼和浩特而去，我心里惦记看赤峰老城。南山、北沙坨子、北河套、卖黑枣的玻璃胡同等佳胜之地还没见到，甚可惜。在飞机刚刚临近赤峰上空时，我激动的连跳下去的心都有了。

公路边的多吉次仁

海螺沟三号驻地海拔四千米。早上醒来，我想：跑不跑步呢？海拔高，不敢跑，不跑又不甘心。

跑吧，沿公路慢慢跑。初跑，没什么事儿，我想象的头晕、昏厥乃至坠入山崖等事情都没发生。

跑了十五分钟，折返时出现困难。这段路坡度大，几乎感觉不到下坡。而返回即上坡时，简直抬不起腿，腿中血液的携氧量微乎其微。跑着，见路边一处简陋的寺庙，一个穿绛红僧衣、三十多岁的喇嘛在石块搭的灶上煮茶。

我上前问讯。喇嘛一愣，看看我，笑说："噢，蒙古人。"

他竟知道我是蒙古人，不一般。

"我叫多吉次仁，你呢？"他问。

"我藏语名字叫白玛顿珠。"

"噢，这个名字好着哩。来，领你拜蒙古人的菩萨。"

墙上有一幅矿物质颜料画的佛像，看不出什么民族。

"唐东结布菩萨，蒙古人，像汉地的鲁班一样，听过没有？"

"没听过。"

“噢，现在听过了。布达拉宫是他参加建设的。”

我向蒙藏人民的工匠之祖叩首。之后，多吉次仁递我一把菜刀：“把茶砖砍碎。”

我在老家干过这活儿，得心应手。

“噢，砍得好。”

他把碎茶放进沸水，从怀里掏出纸包，拈一小捏儿放进去，盐。再揣入怀。

一个藏族小女孩儿进来，坐板凳上。

“噢，卓玛来了。”多吉次仁从毡子底下拿出一本书，翻开给我，指一个地方：“昨天念到这儿，你接着念吧。”

这是一本极为破旧的童话书，插图汉字。我读：“大地母亲还在熟睡，像许多美丽的女人一样，熟睡的大地格外美丽。”我问多吉次仁：“她听得懂吗？”

“噢，就是这样学汉语。念吧。”

我看了一下书皮，《水孩子》，接着读：“高大的榆树在睡，树下的奶牛也没醒来。不仅如此，酣睡的还有几片白云，在林隙静卧……”

小女孩儿凑过来坐我膝盖上，盯着字看，仿佛怕我读错。她头上梳七八个小细辫儿，沾着干草屑，藏袍有酥油的气味。她边听边动脖子，像个小动物。

“……云雀唱起了晨曲，婉转的歌声盖过采掘机的响声。叫了整整一夜的矿坑鸟还在啼叫。”

“噢，就念到这里。卓玛，你回家吧。告诉你爸爸，给羊多喂一些盐。”

作为跑步者，我向多吉次仁告辞。

“噢，你明天来吧。活佛明天到这里讲经，活佛知道你来。”

明天，我所在的旅游团开拔了。多吉次仁看我犹豫，说：“那就以后来。你到北京吧？”

我点头。

他从箱子里拿出一只皮包，打开：“噢，这里面有钱和我不知道的东西。你到北京交给中国科学院的李××。”

“我……”

“噢，我知道你说不认识李××，见面就认识了。她去年把包忘在这里，你还给她。”，

我接过，心想，北京那么大，上哪儿找呢？

到了北京——此事复杂，简短截说——通过人事部门以及户政部门的帮助，主要靠电话，终于把东西交还失主。

李××是中科院×所退休人员，家住东城区红桥批发市场附近。我看了她身份证，她看了包里的东西。李××说自己并不知包丢在哪儿，旅游丢的。包里的美元、相机以及各样东西都没少。她说：“我怎么感谢您呢？”

我说：“噢，那就感谢多吉次仁吧。”

“他有地址、电话吗？”

“噢，没有。他住在公路边上一个寺庙里，连寺名都没有。”

寒　衣

头几天，沈阳气温一天内降了十度。才进11月，行人把寒冬腊月的衣服全换上了。我对冬天有个判断，耳朵尖被冻疼，冬天已至；鼻尖红而疼且淌水，像坏了的水龙头，寒冬至。

路边一条黑狗飞跑。天黑了，路灯照不到的地方全是黑的。我担心这是一只找不到家的小狗，希望前面骑自行车的人是它的主人。小黑狗跑得快，皮毛油亮，喂养得好。它身架长，如果是人，它属于腿短上身长那一路人。它瞪着眼睛往前跑，路人没一个招呼它，是找不到家的迷路狗。它水汪汪眼睛里的泪水马上就要流下来了。汽车轰鸣、人流汹涌都让它恐惧。狗有一肚子话要说却说不出来——迷路了、家、主人。我在德国暂住，迷路就这么惶恐，语言不通。小黑狗迈着碎步一路向西跑，我觉得它越跑离家越远。半夜跑累，不得不停下来，难挡郊外的寒风。

我要拐弯了，不能陪小黑狗，也没办法把它抱回家去。不是谁都有能力养狗，养动物是把它的命搭在你的生活里荣辱与共。得道的人说：要感谢引发了你悲心的那件事。悲心是水分，滋润越来越板结的心田。我拐弯去百鸟公园，给一个精神病患者送大衣。2003年，我刚到百鸟公园跑步就见过他。和我一起跑步的人（四十多岁）说从小就认识这个精神病。说，他怎么还没死呢？好像时光犯了错误，忘记带走他。他的疯是对着太阳论辩、唾沫横飞那种。这类患者同时是无家可归者，活不了太久。我今天中午跑步见到他，没袜子，露出雪白的脚杆，着单衣，袖手缩脖大步（挨冻的人小步行走）盯着地面走，想在地上找一个烧得红彤彤的火炉。那一刻，我想到给他送点儿衣服。

晚上记起这件事，天已黑了。百鸟公园没什么游人，转两圈，没见人。我沿灌木丛、墙根儿这些避风的地方找这个精神病。见到两个搞对象的，拥抱铁紧。还见一对野合者，白肌肤在寒风中经受考验，我差点儿把大衣给他们盖上。这个疯子不知躲到了哪里？我想我应该在明天中午太阳最暖的时候寻他，如果我是疯子也只有在中午才出来活动。我的一位医师朋友说：我们都有精神病，发脾气、沮丧、悲伤都是发病的表现。为什么我们算得上正常人呢？因为发完脾气就好了，痊愈了，也叫一过性精神病。如果一个人发脾气三年不停，肯定成了精神病。人的精神病了，神经没病，所以还知道冷热痛痒，这是我给“我的病人”（医生口头禅）送寒衣的理由。既然我们都是此类患者，短期患者理应照顾一下长期病者。

回家路上，我在桥洞子里发现另一个精神病（他有没有精神病谁也不知晓，只是衣衫单薄）。我把衣服送给他，一件大衣，一个毛线帽子，毛袜手套各一，还有一个护膝，是我穿剩下的。这人无喜无悲，把这一套衣服依次穿了起来，像演员穿戏服。当他穿上大衣、戴好帽子之后，把我吓跑了，我觉得这就是我。如果明天我在百鸟公园再送出一套，将诞生又一个我。慢慢地，会有人传言我已沦落到桥洞子和百鸟公园的灌木丛中。

好 人 证

秋天回家，我中学的同学真金找到我。面貌——不消说我们已经认不出彼此。我们的脸对我们的童年而言，早山寨了。但提起小时候的事，知道对方是真的。而且，没有人风尘仆仆地到赤峰冒充我，没利益。也没人以农民的相貌冒充真金。冒充真金能累死，他精力过人。

真金是蒙古人，他这个名字出自元裕宗，忽必烈汗的嫡子名真金。我的同学真把全天下的流敝全当作自己的过失改善，受人讥笑，被送进精神病院一次。

下雪，真金上大马路扫雪，这算不了什么。当雪结为冰，融化再冻上时，成为诱人摔倒骨折的小冰片，真金抗镐头上街刨冰片。听说有人在街上摔倒了，真金满脸都是恨自己的表情。有人以为他是环卫工人，其实他不是，他的工作奇怪极了，在发电厂当化验员。化验煤里的成分。

真金的邻居吵架，他上人家把吵架那个屋的墙和门钉了一层隔音装置，说不要影响孩子做作业。那两口子后来也懒得吵了。

真金阻止小孩子在夏季捉蜻蜓。他在自行车上挂一个牌子，上写“蜻蜓是人类的祖先，请善待”。

他嫌街上的跪乞人士穿得不够寒碜，找来更褴褛的衣服让乞丐换上，让他们头上扎一个白布标语：零钱归我，良心归你。

真金到敬老院当义工，怂恿鳏寡老年人搞对象。他设立一笔“夕阳红烂漫”基金，男女老年人搬一起住，可得到他赠送的一千元钱。有的老人假恋爱骗钱，他又修订章程：得此钱者必须维持夫妻关系三十年。

真金上桂林旅游，见一母亲把孩子打得满地跑，他举起母亲（南方人个子小）放在一米多高的孤石上。小女人下不来，蹲在石上哭泣。他到湖北某县旅游，见农民工聚众讨薪，县政府盖楼欠农民工薪水两年不还。真金于半夜把县人民政府牌匾的“人民”两字用漆盖上，填上“欠钱”两字。他被政府的人送进精神病院。在医院，真金偷出几只强力镇静药“氯丙嗪”，把医生护士捆绑起来注射之，他翻墙逃逸。

真金告诉我这些事迹时，很得意，也很诚恳。

他找我不为了汇报思想，是让我帮他办一件事。他说，你是写书的人，书在印刷厂印，你帮我印一个证吧。

我问印什么证？

好人证。真金告诉我，塑料皮烫金字，里面有姓名、性别、年龄，还有贴照片的地方，下边一栏印两大字：好人。

这个证由哪个单位颁发呢？

总政治部行不行？他问。

不行。我郑重地告诉他，伪造公文会被抓起来。

那就不印单位了，说你颁发给我的行吗？

我？我哪有资格颁发好人证，那不让人笑话吗？

那就不写谁颁发的。

我问：你做好人证干啥？

嗨！真金蹭蹭自己鼻子，说，我本来是一个好人，做了好多好事，但被人怀疑是坏人。我想来想去，原因是缺一个证。有一辆拉苹果的车翻了，苹果撒了一马路。我把散扔的苹果归成堆看守，警察来了说我哄抢苹果。你怎么证明你是好人不是坏人？除非你手里有个好人证。还有一回，一个醉鬼在马路上快被冻僵了，我费尽气力把他送回家，他老婆说醉鬼衣兜里的钱没了，怀疑是我偷的。现在干点儿事业太难，你帮我印个证吧。在咱们老家，地方太小，谁都认识我，没人给我印。

我答应真金，到印制牌匾证书的门市部给他订制一个好人证。样式我都想好了，尺寸55 mm × 75 mm，深蓝色封面，“好人证”三个字隶书，配拼音字母。我说给你做两个好人证吧，丢了还有备份。

两个哪够用？真金嗔怪我，最少做二十个。

做那么多干啥？我问

你别管了。

我想想也是，做二十个证书的制板费用跟做一个同价，做吧。在成品证书上，我把颁发人印为：金帐汗国大玉兹部落太阳可汗宣旨。这是12世纪左右，今天新疆巴里坤地方的一个古国的汗。证背面印一句阿拉伯谚语，是照伊斯兰书法辞典描的，苏鲁特体，意思是有知识的人用不着求人。

我把二十本好人证寄给了真金。他回电话，用神秘低沉的声音说：往后我的事业开始辉煌了！

很长时间，我没听到真金辉煌的消息。有一天他妹给我打电话责备我。他妹玛海莱说，真金有了好人证之后，进入了猖狂（原话如此）的状态。他强迫医院急诊室接受没钱的患者。他家附近的小学校如果不接受农民工子女，他雇拖拉机拉沙子堆在校门口。他到农村私下考核村委会，给他认为合格的干部发好人证，给不合格的发坏人证。

我申辩，我没给他做过坏人证。

玛海莱说，坏人证是他哥用纸壳做的，上面划一个王八。真金到网上寻找好人，跨越千山万水去颁发好人证。他最后一次送证在头两个月，到大西北给一个军人送好人证，军人照顾瘫痪的农民老太太十五年。送完证，他被公安机关拘起来了。

为什么？我问。

怀疑他是军事间谍。那个军人住在沙漠深处的基地，真金潜伏进去的。另外，他证上的太阳汗什么的也不像好人说的话。

我觉得我害了真金先生，硬着头皮问：后来呢？

放出来了，他算什么间谍？屁都不算。他说他要把剩下的好人证寄给外国的好人，准备找你做英文、德文、捷克文的好人证，你千万别给他做。

你哥现在干啥呢？我问玛海莱。

给农村学校挖菜窖呢，他退休了，说到八十岁给全国的农村学校挖一千个菜窖，装萝卜白菜。

谁拿真金都没办法，我感叹。他当好人的心念像过年的鞭炮一样，噼啪爆炸。

黑天使在他唇上安眠

敖鲁古雅乡鄂温克族居民的定居点由公家建造，村民免费入住。这些尖顶房子由粗拙的木料盖成，既简约又洋气。在这里，你说自己来到了北欧也不算胡思乱想。6月，长着小圆叶子的山杨树环绕着黑色调的民居和博物馆，像一群穿浅绿裙子的小孩儿围着棕熊跳舞。冬天这里会更好看，四五个月不化的白雪簇拥着这些笨拙的房子过冬，天空天天蓝。

我去一家访问，主人姓涂。他家的厅堂里面的瓷砖啊、电视洗衣机与城里无异，但都不是男主人用猎枪上山打来的，是政府发放的。老涂客厅供着一盏灯，摆放水果香烛。我对灯盏躬身施礼，身后传来一声大喝：“好！”

回头看，一位五十岁或九十岁的男人从长沙发上爬起来，身上挂着好几件衣服，这些衣服刚才他当单子盖在身上睡觉。面对鄂温克、鄂伦春、达斡尔山民，我看不准他们多大年龄，他们跟大自然一起生活，像树一样老，就像我看不出树的年龄。

“我爸”，老涂指老汉。

他爸牙床瘪了，皱纹像沟壑通向嘴角。如果雨水落在他脸上，会顺利流进他嘴里。他的眼睛与这些皱纹不相干，天真纯净，有棕色瞳孔。“以后你遇到的好处，比如有漂亮姑娘吻你，或者你吃的香瓜比别人的甜，都是因为你刚才祭拜了雷击火。”

“谢谢。”我欣慰地说，心想有最甜的香瓜排到天边等我。

同行的人立刻对灯盏点头，点了十几次。我说：“够了，香瓜太多，你吃不了。”

涂爸爸说：“以后，你还会有珊瑚戒指戴。”

“谁呀？”同行者问。

“不是你，是他。”涂爸爸指我。我不能太贪财，说：“我有香瓜就够了，戒指给他。”

涂爸爸说：“这个火是雷击火，我从森林里取来的。”

喔，天火，我向火再施礼，同行者连施六个。“您取雷击火做什么呢？”我问涂爸爸。

老汉非常惊讶，他走过来看我（涂爸爸身材不高，患有膝关节炎）。他看我的面孔，看一会儿，把脸拧过来看，他的鼻子跟我鼻子成十字形交叉。

“你连这个都不知道吗？”他问。

我摇头。

同行人乐了，说：“香瓜没了。”

“你的父母和老师没告诉你吗？”

我摇头。

同行人说：“吻没了。”

“唉”涂爸爸叹一口气“世界上尽是像你这样的可怜人。唉。我们靠什么生活？火。火用来煮肉、烧茶、取暖。但这只是火的一万个作用中的一个作用。火让人心里是亮的，男人把火种送进女人肚子里，女人把火种放在孩子血里。人活着，身上是热的。他爸给他的一点点火种始终在燃烧，他死之前再传给他的孩子，这个火种藏在人的肚脐里。跟你们说这个就像对蚂蚁唱歌一样，你们听不懂。”

我们恭敬点头，表示真没听懂。

“这是平凡的火和人身上的火”，涂爸爸说，“比不上我这个火。”他闭目念诵一段祷文，睁眼说：“前年6月14日夜里，山上打雷，咔、咔、咔，天雷接地雷，火蛇一根一根钻进林子里。多好啊，我穿靴子往山里走，孩子们不让去但拦不住我。林子里漆黑啊，那雨哗哗地抢着往山下流，坑啊凹啊都看不清了。我穿皮衫上山的，你看，我把油灯浸好柴油，放在桦木扁盒里，用绳挂在脖子上，正好让皮衫大襟护着。我找雷击火来了。”

涂爸爸从桦皮烟盒取一撮儿含烟放在下唇的齿根处。鄂温克人爱森林由此可见一斑——嗜烟人不使用明火，他们把烟草、炭灰和红糖搅拌在一起，放在嘴着含食。

“我盼着落地雷打下来，最好落在我身边。它会烧焦一棵树，但烧不了整个林子，有雨嘛。被雷烧焦的树都是被天神选中的树，唰——一股火贯满树干，它成了白珊瑚树。但闪电在远方入地，它怕落到我身边吓到我。这怎么会？我掰断过狼的腿，怎么会怕闪电呢？”

这时候一只滚瓜溜圆的大黄狗跑进屋，钻进床下，躺在冰凉带蓝花纹的地砖上，又有一只稍小的黑狗钻进床下，一只更小的花斑狗跟着钻进床下。三条尾巴在地上拍，但节奏不齐。

“我不怕闪电，喜欢的正是它。”涂爸爸站起身，指着屋顶说：“咔嚓——，我眼前一道白光。我想我可能晕过去了。等我醒过来，我躺在地上，雨水流进我的眼睛和嘴里。我上这儿来干什么？是谁把我抬到了这里？可能是孟广才把我灌醉抬到了山上。当我把手伸进怀里摸到了油壶时，嗨嗨，我是上山取天火来了。这时候看到，我眼前一棵兴安落叶松烧焦了，被雷劈倒，全株都变成了炭。我爬过去摸这棵树，摸到一个地方烫手。我扒开树皮，见到了暗红的炭火。我用它点燃了我的油灯。油灯的火苗儿半红半黄，像个婴儿眨着眼睛，我把它揣在皮衫里面，这就是我的孩子。”

“汪汪！”三只狗中的一只在床下大叫。涂爸爸用鄂温克语训斥它一通。

“我带着火苗下山了，这是天火。谁家里有过天火？方圆一百里也没听说过，它正在我的手里。我高兴呢，大雨还是哗哗下，脑袋撞到树上也不知道，漆黑一团嘛。雷声闪电东一下西一下地弄着呢。正走着，一下掉进一个坑里，直着下去的，站在坑里，坑有腰那么深。我听到呦呦的声音，声很小，你们肯定听不到，因为打雷。我弯下腰摸地上，一张皮子，又软又热乎，不是狐狸，也不是熊，我往它耳朵上摸，是驯鹿。一只小驯鹿掉进了坑里。我再往它腿上摸——我猜得一点儿也不错——它的腿被夹子打伤了，这都是外地人干的缺德事。我明白了老天爷为什么让我上山取雷击火，是为了让我救这只小驯鹿。它腿受伤了，跳不出这个坑，大雨下一宿就会把坑淹没，它也淹死了。我把鹿抱上来，用皮衫蒙着脑袋，一手夹着小驯鹿，一手端着油灯，跌跌撞撞回到了家，路上只摔过一跤，差点儿跟油灯贴脸，火苗把我嘴唇烧了一个大泡，总觉着有一个羽毛贴在我嘴唇上。这就是雷击火的来历，驯鹿你们看不到了，它们在山上。”涂爸爸说完躺在床上，盖上好几件衣服，他闭上眼睛，嘴唇有一块白斑。我想起查尔斯·赖特在《南方河流日记》里的几句诗：“石头闭上眼睛，鸽子在青冈树上呻吟，那黑天使总是在他唇上安眠。”说的正是他。

如蜜蜂一样雷鸣

古丽仙四十多岁，瓜子脸，端庄秀丽，神情里包含着维吾尔女人的羞涩和热情。把羞涩和热情放一起形容一个人好像不妥帖，但你看到古丽仙的眼睛就了解了这句话的含义。她专注地观察每一个人，眼里流露出友善与好奇。更多时候，她好像在心里编织词语，准备把欢迎客人的心意表达出来。

桌上的几位客人唱了几首歌，各地的民歌，气氛到达一个温暖的色阶上。古丽仙大大方方地站起来，说："我给大家唱一个爱情歌曲吧。"脸上又浮出羞涩。

她唱——"苹果丢到湖水里啊，熟透的苹果漂上来。爱情的火焰向上燃烧，一直烧在我心怀。"

大家鼓掌，因为爱情，也因为古丽仙是喀什市的副市长，一位漂亮的、大方的、羞涩的官员。如今找一位尚且羞涩的官员不太容易了。

古丽仙唱完歌，简短地说了几句话："我们喀什噶尔，是丝绸之路的经过地，是十二木卡姆的故乡。在喀什，从天山下来的雪水浇灌着春小麦和白杨树。沙枣花开的时候，满城全是香的。维吾尔族是聪明、友善和载歌载舞的民族，这一切都是因为爱情。"

没错，爱情让雪水千里迢迢寻找白杨树，让一个民族友善聪明。

在莎车县，我们进入一位维吾尔农民的院子。门外陆陆续续进来几位身穿长袍、头戴黑绿花帽、手拿乐器的艺人。手鼓一响，都它尔、热瓦甫弹起来，这是十二木卡姆的音乐。这几位乐手简直像坐在烧红的烙铁上，他们闭着眼睛、狂热地演奏与歌唱。他们全都变了模样，脸上有火燃烧。音乐能让人发生这么大的变化吗？他们是这个村的农民，突然从落着巴旦木花瓣的泥土上跨入天堂。已经不能叫他们农民，他们是坐在天庭碧绿石阶上演唱的音乐家。艺人们的额头血管隆起，脖颈通红。显然，他们身体里换了一种名为十二木卡姆的新血，血的主要成分是爱情。一位维吾尔老汉迟钝地跳起舞。他有八十岁了吧，花白的胡子从下巴向上翘起来，眼里深邃中含着笑意。他邀请维吾尔女作家帕蒂古丽与他共舞，两个人跳起来，衣袂翩翩，老汉一往情深地望着帕蒂古丽。她事后对我说，“在这样的目光注视下，我的脸都发烧了。”

我一直注视着这位维吾尔老汉的眼睛和他的舞，他的眼里飞逸着热辣辣的爱情，虽然腿和肩关节有些僵硬了。可是爱情一定要跟关节和年龄有关系吗？可以有也可以没有。没人阻挡爱情的火苗从八十岁的人胸膛向上烧起来。老汉的眼睛纯真，这是许多人在二十多岁有过一阵儿就跑掉的纯真，还在他八十多岁的眼睛里闪耀。这位老汉的爱情之火可能没熄灭过，如长明灯一直燃烧。尽管他起舞的双手是握坎土曼的手，他的长袍已经破旧。

田野上，大片的巴旦木树叶露出新绿，花瓣撒落树下深绿的春小麦里面，落在金黄的油菜花里。我低头看油菜花里的巴旦木花瓣时，耳边传来雷鸣——如果蜜蜂的嗡嗡也可称为雷鸣的话。弯腰看，油菜花地不知有多少蜜蜂在忙碌，比喀什人口多得多，我的耳畔不胜其鸣。这时，我想起古丽仙的话——这一切是因为爱情。

入夜的喀什街头，矫健的维吾尔小伙子和包头巾的维吾尔姑娘在喀什街头大步行走，脸上飘过甜蜜。他们的心情与蜜蜂在油菜花地里的心情一模一样。我住在铁匠街，看到从上面一条街涌来人流，一群维吾尔男人穿着西服和发亮的黑皮鞋，脸上喜气洋洋。我以为是做礼拜的人，一位中学生告诉我，他们来参加婚礼。接着，街上出现来参加婚礼的维吾尔女人，衣装庄重。喜庆的气氛灌满了铁匠街，铁匠们停下工作，朝他们张望。

我参观莎车县一座敬老院，这是上海援建的县福利中心的一部分，福利中心还包括孤儿院和特殊教育学校。它的楼房绿地，以及内部设施放在沿海城市也是一流水准。在敬老院里，我看到了最老的一位老人，背驼得厉害。我问他是这里年纪最大的老人吗？工作人员回答：是的，他上个月才结婚。

我惊讶了，请他和他的妻子坐在一起，为他们照一张相。在镜头里，这两位维吾尔老人安详宁静。妻子七十六岁，坐着输液。丈夫八十二岁，他眼里分明透出享受爱情的喜悦。不知为什么，我突然流下眼泪，为见到八十多岁人的眼里还充满爱意而流泪。一个人能活到八十岁已经不易，而八十岁之人的眼里葆有纯真的爱情近于奇迹，这比获得诺贝尔奖还要难。在这样的爱和这样的眼神面前，什么钱、什么阴谋诡异全都不值一提。

我到新疆来，是看新疆的大地，并非寻找爱情，但我处处遇到了爱情。古丽仙说的爱情，包含了大自然的和谐和各民族的相互交往与尊重，这些爱像红红的苹果在清澈的湖水里漂着。苹果藏了一肚子的甜蜜，这些甜蜜从苹果的肚子转入了我的肚子，让我见证到爱情——雪水与白杨树、巴旦木花与油菜花，还有人类相爱。这里还有数不清的、我们没见到的爱情的花与果。我觉得我也快变成演唱十二木卡姆的艺人，疯狂地歌唱，如蜜蜂一样雷鸣。这一切都因为爱情。

花　朵　记

入秋，我跟友人登青藤山。因泥石流路阻，借住半山腰的兵站。

兵站有十个小兵，每天跑步唱震耳欲聋的歌，饭前唱震耳欲聋的歌，临睡也唱震耳欲聋的歌。友人说，这地方没蚊子，是被歌声震跑了。回家后，电视里传出不震耳欲聋的歌，我竟受不了。我媳妇说，你跟火车司机的习惯一样了。

这里苍山环抱。我站在院子里望天空，盼望飞过一架飞机，好跟它招招手，太寂寞了。然而打破这寂寞的，是一小片花园。

营房南侧还有一幢房子，住着一个女军官。她穿蓝制服，是空军，跟穿绿军服的小兵不一样。她在这里做什么，咱们不能问。离房子不远，是她的花园。

这小片花园，花开鲜艳，有盆栽也有土栽。我发现女军官看花会用很长的时间，以手抚弄花朵，像摸小孩儿脑袋。最奇怪的是，她好像跟花说话。

一次，女军官迎面走过来，身材修长，面带笑意。“你在跟花说话？”我问。

“是的。”她回答，“花需要有人夸它。”

我竟不知怎么回答，这个话题很陌生。

她走到花畦边上，“对正开放的花，你要挨个表扬它们，花才高兴。你认识这些花吗？”

我不识鸟兽草木之名，只知“红的花，蓝的花，黄的花。”

她谅解地笑了，“这是绣球花，像一捧雪，忍冬科。东印度公司的医生希鲍德在日本发现了这种花，在拉丁学名后加了他恋人的昵称OtaKsa。”

“他恋人在日本？”

“对，叫楠木潼，日本女孩儿。你不是作家吗？你没读过皮埃尔·罗迪的小说《菊子夫人》吗？以这个故事为原型。希鲍德是《日本植物志》的作者。”

我只好说闻所未闻。

女军官并不在意我的无知，接着说：“这个花是单药爵床，开黄花，叶子是轮生，玄参科。这个大喇叭样的花是木本曼陀罗，它的长脖子叫距。这个花叫红千层，顶端叫花药，下面是花丝。开紫花的是地丁，堇菜科。这个你见过吧？马蹄莲。”

“见过。”我说，“马蹄莲。”

“它是埃塞俄比亚的国花。你知道吗？它的首都亚的斯亚贝巴，就是马蹄莲的意思。1887年，曼涅里克二世请皇后给新首都起名，皇后就用漫山遍野的马蹄莲为首都命名——亚的斯亚贝巴。”

真是花里乾坤大啊！这个通植物学的女军官跟我说话时还夹杂对花说的话，如“你太柔美了、你太骄傲了”等等。

离开这里后，我对女军官和她的花园有一些萦绕于怀。女军官名字叫瞿麦。我查资料，这也是花的名字，在日本叫“抚子”，指纯洁美好的女性。

小小的一朵花，藏着人间的秘密。如果悉心欣赏，可以沉醉其中。人何必跑东跑西呢？我对花竟连一分钟都对视不住，辜负多少造化的美意。瞿麦脸上一直带着笑意，那是从花上传染过去的“意”。

冷　幽　默

凯瑟琳·安，来自加拿大。她来沈阳留学，研究“中国式的幽默”。有人介绍她当我的客座学生，助其学业，我婉拒。安拎着黄瓜、柿子、茄子、辣椒、小葱、大蒜来拜访我，极为诚恳。我说，咱们可做谈伴。我算快译通，帮你了解中国话，别无可授。安同意。我俩约定：一、不拜师，故不用她交学费。二、不谈政治。三、不谈不利于两国关系的话题。四、不留饭也不吃她请饭。五、不谈幽默。

第五项约定，我说这是很重要的一条。介绍人说我是幽默作家，是客套话。幽默太深奥，由于民族、语言和语境不同而扑朔迷离，不可言。我劝她多听导师讲其“中国式幽默”。行有余力，读马克·吐温英文原著和中文译本都是最好的幽默课，当然是美式幽默。海明威说：“没有马克·吐温就没有美国文学。在他之前没人这么写，在他之后没人写这么好。”

安说她不知道谁是海明威但同意我的话。我说我这个人一点儿都不幽默，是刻板的人，但也有优点，认真。安说好。

之后，安小姐上门聊天。她第一回来时，眼中带着发现珍宝的神秘，说：“我有一个发现，市场上一个人卖短裤，喊，快来买啊，带兜。我一看，裤衩里面真有一个兜，并没开玩笑。为什么？”

我告诉她："这是装钱的。"

装钱？安哈哈大笑，中国人把钱装进裤衩里？哈哈哈，太幽默了！

我说，不为幽默，怕偷。

怕偷就把钱装进裤衩里？手伸不进去？哈哈哈，中国人太幽默了！

第二次，安问我什么叫"注水肉"。

我说把水注射到猪肉里面。

猪得了什么病？什么水？

猪没病。猪被宰了之后，销售商把普通的水，比如自来水注射到猪肉里，压秤。

什么叫压秤？

让这块肉增加重量，多赚钱。

哈哈哈，不可能。但你的解释太奇妙了。在加拿大你可以上脱口秀节目。哈哈哈，给猪肉注射水！

我告诉她：安，我们不谈幽默，我只告诉你这个词的含义。

第三回，安问我：沈阳的公共汽车车体上有一幅广告，叫"防撬门"。什么是防撬门？

我答：这种门撬不开，只能用钥匙开启。

为什么要撬这个门？丢掉钥匙了吗？

不是主人撬，是盗贼撬门。盗贼用工具撬开这个门，进门偷东西，盗窃财物。

什么工具？

扳手、钳子、撬棍。我没撬过，不知道用什么工具。

安问：结果，这个门没撬开，白费劲儿了。

对。

哈哈哈，防撬门，哪有人去撬别人家的门？太离奇了！老师，我知道你的用意，你在培养我的想象力。我知道，汉字里有多重意思。比如手纸在日语里就是书信的意思。老师，防撬门是什么意思？

我认真地说：就是撬不开的门。

哈哈哈。可是，哪有这么笨的贼？用工具撬门。哈哈哈，太幽默了。

我摆手，不信则罢，不说了。

第四回，安问我：如果有人告诉你，古阿拉伯的君主出现在鸭蛋里，你信吗？

我明白，她说的是苏丹红的事儿。苏丹是古阿拉伯君王。我告诉安，把一种学名为“苏丹红”的工业染料放进饲料里喂鸭子，它产的蛋的蛋黄像用盐腌的最好的蛋黄，红。

哈哈哈！安大笑不止，太有想象力了！老师，我越来越喜欢中国人，你们经常用这种方式幽默吗？防撬门、注水肉、红心鸭蛋，虽然它们在现实生活中不可能出现。但是，你们的报纸登这些消息让大家快乐。而且，我认为中国人的可爱正在这里，他们听到后并不笑，装成忧心忡忡的样子。哈哈哈，这正是幽默所需要的。哈哈哈……

第五回，安问我什么是假唱。

我答：首先，我要提醒你，我在解答你的疑问而不是在搞笑。我不想看到外国留学生学得油嘴滑舌，像丁广泉教的那些学生。中国文化中有庄重和诚恳的一面，你注意多学这些东西。你听好。

假唱，指歌手在演唱会上并没有真唱。是放MD，事先在棚里录好的歌声和伴奏。

哈哈哈！安看出我对她的笑声不满，严肃：老师，我觉得不可能。如果不是马戏团的表演，谁会放录音、对口型呢？

我说会的。

她认真地问：歌手同意吗？是不是被逼迫的？

我说：没人逼，歌手愿意这么做。在一百场演唱会里面，真唱的歌手和歌唱家超不过十个。

她问：是为了节省嗓子吗？不会呀？她呆呆地想了半天，哈哈大笑，指着我：哈哈哈……

第六回，安问我，为什么电视上播放政府部门举办的文艺晚会。

我答：用文艺节目展示工作成绩。

她懵了，用文艺展示工作成绩？如果是税务局，那怎么展示？

用歌曲、小品、舞蹈展示税收成绩。

安哈哈大笑，用舞蹈展示税收成绩？太幽默了！谁给他们作词作曲？

花钱雇人创作。

哈哈，要是法院呢？用舞蹈和歌曲展示审判？

不能这么说，是用歌曲及一切文艺形式展示他们的思想境界，检察院、土地局都可以展示。

哈哈哈，检察院、土地局？哈哈哈……老师，你就是马克·吐温！你太幽默了！

我正色：安，你要严肃对待我们的聊天，你父母花钱让你到中国是来学习知识的，不要嘻嘻哈哈。

安答：我没花父母的钱，是自己的钱。

你自己的钱？但我并没有跟你说笑话。我会说笑话，但现在没说。

好的，老师，您息怒。比如，医院办文艺晚会展示他们的手术，电视台为什么播出呢？

医院花钱让他们播啊，这是商品。

哈哈哈，你说这是商品？他们的节目是员工演的，不是艺人，怎么会是商品？你应该承认自己说错了。

不承认。晚会的承办单位拿一笔资金让电视台播出，这是没错的，所以叫商品。

为什么呢？

展示他们的成绩。

这难道不是他们应该做的吗？安不作声了，她终于沉默而不再哈哈大笑了。少顷，又大笑起来，工人做工、农民耕田、士兵站岗，都用文艺节目展示？花钱播出，哈哈哈……

过了一段时间，我告诉安：安，你是个开朗的人，对生活充满好奇心。然而，我要出门旅行，不能和你聊天了。和你在一起令人愉快，你的谈吐启发了我对幽默的重新理解。

安说：老师，我要郑重地感谢您。不管别人怎么说，我认为您当之无愧是一位幽默大师。您对我的提问，回答得那么巧妙，几乎不假思索却非常幽默。而您保持严肃，这就是中国式的幽默，是冷幽默。每次跟您聊天，我都忍不住哈哈大笑。老师，真的，我太佩服您了。哈哈哈……

我用大师那种悲悯的目光看着安，安笑得前仰后合，哈哈哈……

鹿 甲 勺

维拉索姨妈见过很多人。很多人从不知什么地方来到鄂温克人居住的山上看她。维拉索姨妈不知这些人是看她还是来看驯鹿。

她已经八十二岁，这是官方给她命名的岁数。维拉索姨妈不知自己有多大年龄。许多鄂温克老人都不知道自己的年龄。她也不是皇帝，记忆自己的年龄有什么用处呢？人应该忘记许多事情，最该忘记的首先是年龄。维拉索姨妈的眼睛藏在像岩石纹路一样的前额下面，牙床萎缩了。她从床上撑起身子需要很长时间，需要胳膊和腰完全不称职的合作。她的眼睛仍然锐利，包含着在山林里得来的清澈的光亮。

乡里的干部领人来参观，并带来一些生活用品。干部说出她已经多大年龄，并送她野战色彩的户外衣服。现在她正穿在身上。

维拉索姨妈见到了许多人，没发现哪个人比驯鹿更好看。她这辈子，眼睛里只有驯鹿。她在心里腾出一块很大很干净的地方，用来想念驯鹿。

5月份，山下的积雪融化了。维拉索姨妈领着驯鹿上山。一些大胆的花朵在冰的缝隙开花，像一颗粉色的、儿童衣襟上的纽扣。驯鹿去吃这朵花。它只吃新鲜的苔藓，驯鹿用嘴唇碰花，是跟花玩儿。维拉索姨妈用手给驯鹿搔背，这些驼色的绒很快像破毡片一样脱落，进入夏天了。驯鹿惊奇地看维拉索，用窄窄的面颊蹭她的手。她手背的脂肪消失了，一层皮包着骨头和静脉。驯鹿吃过苔藓，喝过刺骨的泉水后，抬头向四周看。维拉索知道它心里高兴呢。驯鹿微张着嘴唇，眼睛看远方的样子好像在唱歌。维拉索姨妈真的认为驯鹿在唱歌，只是人的耳朵听不到。她曾经闭上眼睛，把耳朵贴在驯鹿的嘴巴边上，听它唱什么歌。什么也没听到，维拉索姨妈认为这是人的耳朵失灵了。人的耳朵听过谎言之后，就不灵了，从此听不到驯鹿的歌声，松鼠的歌声，更听不到蓝莓开花时唱出的歌声。

维拉索姨妈姨妈总看驯鹿，见到人反而不习惯。两条腿走路的人走过来，问各种各样愚蠢的问题——比如鹿茸多少钱一斤等等。人穿的太奇怪，裙摆拖地却要把胸口露出来，打手机时莫名其妙地笑。但维拉索姨妈姨妈没办法不让他们来。他们为什么不好好待在自己家里呢?

维拉索姨妈姨妈有一个宝盒。这个盒也不算什么宝，是军用压缩饼干的绿色铁皮盒。不知道这是哪一年什么人送给她的东西，压缩饼干早吃没了，剩下这个空盒。盒子上有很好的扳扣，东西装进去丢不掉。这个绿铁皮盒里装过许多好东西，模范证书，海拉尔公园门票和孩子小时候的作业本。后来，维拉索姨妈把这些东西都烧掉了。孩子早已长大成人喝酒死掉了，作业本留下有什么用？证书和门票更是没用处。维拉索姨妈的宝盒里只剩下一样东西，从床底下搬盒子时，它在里面叮当响。这是一只勺子，配银柄。勺子是驯鹿蹄甲做的，像山杏那么大，给驯鹿喂盐用。勺子的银柄刻着东正教的圣母和圣子像。维拉索姨妈不知道这个勺子在世上待了多少年，比她年龄大得多得多。这是她父亲的父亲的父亲留下的东西，年头可能比这还要多。她父亲说，祖先们从俄国的勒拿河边来到这里时，就带着这个勺子。维拉索姨妈只知道勒拿河是一条大河别的什么都不知道了，因为她没见过她的祖先。有个旅游者说列宁的名字取自勒拿河，他本名叫乌里扬诺夫。维拉索姨妈的父亲说勒拿是古鄂温克语，意思是大河。它发源于中西伯利亚高原的贝加尔山脉，那里是鄂温克人最早的故乡。

维拉索姨妈常常拿起这个勺子发呆。驯鹿蹄甲磨光之后透出褐玉式的花纹，当年这只蹄甲在山林里奔跑，踏过苔藓、岩石和冰冷的泉水。但勺子不说话，虽然它知道一切。夏天，维拉索姨妈把勺子揣进怀里，上山看驯鹿。她拿勺子舀纸包里的盐喂驯鹿，看驯鹿舔这个勺子。维拉索姨妈咧嘴笑了，露出光秃秃的牙床——呵呵，驯鹿在舔自己的脚趾。

一天，维拉索姨妈姨妈的木头房子里来了一位俄国旅游者。他是一个年轻小伙子。分的很宽的眉毛眼睛像鄂温克人，鼻子和腮上的浓胡楂儿像俄罗斯人。他叫雅德。雅德递上了送给维拉索姨妈的礼物是木套娃和锡制小珠宝盒。维拉索姨妈回赠他一双桦树皮做的婴儿鞋。

雅德从怀里拿出一样东西，维拉索姨妈吓了一跳，她连忙从床下搬出绿铁皮盒，找出了鹿甲勺。雅德手里拿着一模一样的鹿甲勺。维拉索姨妈姨妈以为雅德偷走了自己的勺子，从盒子拿出自己的勺子后，才发现他拿的是另一个。雅德看到维拉索姨妈的勺子后很激动，像演话剧一样说了很长一段独白，眼里含着泪水，连俄语翻译也没听懂他在说些什么。雅德指给她看——这两个勺子背后都刻着年代——1783，它们是同一时代的产物。

雅德说，这是他祖上留下的部落标记，他正在全世界范围内寻找这种鹿甲喂盐勺的持有者，找到了，就意味着发现家族河流的经过地。他拜访过不少鄂温克和鄂伦春家庭，拿出这只勺子，对方却没反应。今天在呼伦贝尔发现了这只勺子，他太激动了。雅德说，维拉索姨妈姨妈的勺子是他在世上发现的第四只喂盐勺。他手里有一只，白令海峡对面的印第安人手里一只，莫斯科民间博物馆里一只，还有维拉索姨妈这只。

“让我做什么，把勺子送给你吗？”维拉索姨妈问雅德。

雅德脸红了，说：“不会，那怎么会？您自己好好保留吧。我邀请您去我的故乡也是您的故乡勒拿河流域去访问。”

“去不了，我老得已经记不住岁数了。”维拉索姨妈说。她要为雅德唱一首歌，说这是跟驯鹿学的歌。

“驯鹿会唱歌吗？”雅德非常惊讶。

“会的”维拉索姨妈说。她唱到：“如果春天不回家，鲜花就把窗台挡住了。如果夏天不回家，青草就把道路挡住了。呦——，呦——，快回家吧，我的驯鹿孩子。”

歌声好像驯鹿在山谷里鸣叫的回音，雅德一边录音一边擦眼泪。维拉索姨妈姨妈越来越老了，她坐在门口，永远凝望着远方。美国诗人唐纳德·霍尔在《秋思》里写道：“人们凝望着，继续凝望。在这里住了一辈子的人，对此地的景色仍然百看不厌。除了爱，他们的凝望没有其他理由。”

取 款 记

我到岐山路邮局取款。排队，排在我前面的姑娘汇款。她左手攥着钱，钱折叠攥在手里，露出一条红边。她一会儿把钱揣进牛仔裤兜，用手捂着，一会儿掏出来攥着。手攥着踏实，这是我在心里说的话，没告诉她。她忽然回头看我。看，是看你是不是偷钱的人。我在她目光之下，尽量做出非偷钱人的表情。我也不知道偷钱人该是怎样的表情。而从她表情看，我正是偷钱而且是偷她钱的人，因为她把钱从左手转移到右手，攥得更紧。我眼看远方，嘴里哼歌，哼的旋律是《阿里郎》。然而，你被认为是偷钱分子，哼什么歌，就算哼《东方红》都不能让人放松警惕。

这个姑娘交办汇款手续，钱三百元交给营业员。她回头看我，松一口气。我也松一口气。

她办完，该我办了。我递上取款单，取三百元。营业员给三百元，钱皱巴巴、汗津津的。

我拿钱刚要走，姑娘问营业员："你怎么把我的钱给他了？"

营业员和我都被问愣了。

营业员说："这不是你的钱。你的钱已经汇过去了。"

姑娘说："我明明看你把钱给他了。"

她脸涨红，把钱从我手里抢过去，说："每张钱上我都做记号了。你看，这个、这个，这个，三个铅笔画的五角星，你还不承认这是我的钱。"

营业员无奈，闭目想了想，说："这是电子汇款。我一点鼠标，钱就过去了。已经到你汇款的地址：朝阳县西牛波罗村二组王金才名下了。邮递员把汇款单送给王金才，王金才拿单子在乡邮政所就把钱取出来了。"

姑娘举着已经是我的三百元钱，问："是这三百元吗？"

营业员："不是。"

姑娘："不是？那你把谁的钱汇去了？我们家不要别人的钱！我们汇自己的钱。"

营业员："哎呀！怎么跟你说呢？钱是个概念。怎么才能跟你说明白呢？"

姑娘："钱就是钱，怎么能是概念？你领工资能领概念吗？"

营业员被问住了。

姑娘说："这钱我不汇了。她把钱揣进牛仔裤兜里，往外走。"

营业员站起来："哎、哎！钱是他的，把钱给人家……"

我拦住她——不管怎么说——这钱是我的。我不是吝啬的人，但这钱是我的。

姑娘说："大叔，他（指营业员）刚才一派胡言。你说说这个理，我的钱，他不给汇走，私自留下，又给你了。你俩是不是一伙儿的？"

这件事牵涉到货币的流通性以及汇兑性，说不明白。我说："姑娘，你上商场买一台电视，花两千元。你把钱给收银台的收款员了，对不？"

姑娘点头："对。"

我接着说："你交完钱把电视拉走了。你那两千元钱到了收款员手里之后，又上哪儿去了？"

姑娘："不知道。"

我说："对！你手里有了一台电视，就可以不管你交的钱了。一样，你把钱交给邮局营业员之后，你手里有一张收据。如果对方收不到款，你拿这张收据找他，对不？”

姑娘：“对。”

我告诉她：“所以，这钱是我的。”

姑娘惊讶：“什么？”

我说：“我的话省略得太多了。这么说吧，你拿了收据就不用管你的钱了，这钱跟你交给商场的钱是一样的。”

姑娘不作声。

我跟营业员说：“你另外再找三百元给我吧。”

营业员：“我没钱，就这三百元。”

我说：“这钱我不取了，我明天来。姑娘，你把钱交给营业员。营业员，你务必把姑娘这三百元钱汇到指定地方，行不？”

姑娘和营业员都同意，营业员大笑。

我走出邮局。不一会儿，姑娘追上来。她说：“大叔，我觉得你是好人，跟他不是一伙儿的。”

我说：“姑娘，你冤枉人了。不说了，你放心走吧。”

再解释我也迷糊了。

姑娘：“大叔，你别生气。这点儿钱在你们城里不算啥，可我们挣得不容易。我在小饭店打工，早上五点起来买菜，接着摘菜、洗菜、切菜、和面、包饺子，晚上十二点上床睡觉，手脚都是肿的。老板娘说打就打，说骂就骂。讲好每月给六百元钱，找个理由就扣，到手不足四百元。平时连矿泉水都舍不得买。我爸病了，给他汇三百元，想多汇也没有……”

这姑娘双手粗糙红肿，眉心出了皱纹，刚强的眼神仿佛看到了病床上的父亲。

我能说什么呢？我说：“你的钱一定能汇到你爸手里，一定的。”

姑娘朝我鞠一躬：“大叔，谢谢你！”

去加格达奇的火车

我在沈阳北站等候进站，去加格达奇。

要检票了，排队的人开始膨胀。人往前凑，秩序有点儿乱。

这时，一人走到检票口，说让我先上车。别人说，排队去。这人背一个双肩包，四十多岁，头发全白了，神色诚恳。他说，我时间不够了。

别人说，谁时间够？都一样。

这个人说我时间不多了，省一点儿是一点儿。他掏出一个病历本，打开给人看，说我是癌症患者。

人们沉默了，庄重地给他让出一个位置。

他挤出一点儿笑容，说谢谢。

广播说前往加格达奇的列车晚点三十分钟。倒霉的火车把癌症患者的时间又侵占三十分钟。

这人上身穿一件蓝衬衣，他目光遥远，无奈和渴求的情绪在脸上奔走，像河上无人掌舵的船，做不了自己的主了。

开始检票。人群像渔网倾泻的鱼，众人没费劲儿已被推到站台上。

我在九车厢。上车后发现对面刚巧坐着那个患者。

他靠窗，眼看窗外，显然在想别的事。过了一会儿，他从包里拿出一个细长的塑料盒，打开，里边摆十几种药。他每样挑出两或三片吃下，用泡着不知什么药材的蓝塑料杯里的水把药冲下。

没用，他对我说，仿佛看到我在观察他吃药。他指着药：都很贵，但吃了没用。

有用，我安慰他。

也许吧。他拧上塑料杯的盖。这些药，核成钱的话，是我过去没舍得实现的愿望的多少倍。他指着药，买一副蝴蝶牌乒乓球拍，一千多，没舍得。去丽江，没舍得。上五星级宾馆开一个生日派对，没舍得。给穷孩子买书包更没舍得。现在舍得了，吃药。

他露出自嘲的笑容，癌症患者有舍不得钱吃药的吗？没有。

我没敢陪他笑。他可以轻蔑这些药，但我不能，不知道是啥药。

你看什么书？他问我。

我吓一跳，因为我正在心里揣摩他还能活多长时间，我不小心说出：半年。

半年？他指着书的封面说，这不是《卡拉马佐夫兄弟》吗？

对，我点头，这是陀思妥耶夫斯基的长篇小说《卡拉马佐夫兄弟》，上册。

陀斯妥……耶夫……然后还有斯基，这名字太长，说一个名字就要用这么多时间，哪有时间啊？

时间。他脑子想的都是时间。

我知道这本书。他说，这是陀什么妥最有名的书，被西方列为人类最重要的一百本书之一，但我没时间读啦。你能用二十分钟给我介绍一下这本书吗？

我……我想起书中的人物——阿辽沙、佐西玛长老、德米特里大哥、卡嘉、格鲁斯卡，以及他们错综复杂的关系。我说我不能，它很复杂。

这本书说什么？

人的信仰、罪恶、诱惑和纯洁，更多的是苦难的俄罗斯。写人心深处最隐秘的东西。

他摆手，没用。说这个有什么用？活着已经不错了，说别的没用。

啤酒、白酒、香肠、烧鸡、盒饭啊……推车卖食品的人过来了。

我买一个盒饭。他说。

把盒饭给我，过道对面一个壮汉说。

卖盒饭的停下小推车，说就剩一个盒饭了，你们俩谁要？

我的邻居说，我先要的盒饭。

壮汉站起身，把盒饭拿走，说，别跟我扯这个，你还想抢啊？

他懵了，说，你这不是不讲理吗？

壮汉不知哪来的火，“啪”地把盒饭摔桌子上，脸紫红，讲什么理？检票时候你就说时间不够了，占大伙便宜。这火车定点开车，加塞有什么用？你时间比别人多了吗？

你……我对面的患者站起来，脸白了，说不出话，他没想到对方拿他加塞来说事。他哆嗦着，说盒饭归你。

什么归你不归你？壮汉把盒饭又摔了一下。他身体约有一百公斤，脸上尽是筋包。

我说，都消消气。

驴，他低头说。

壮汉耳朵真尖，他腾地站起来，你说谁驴？说着把盒饭摔过来，但盒饭摔在我左边穿毛衣的乘客身上。

这乘客用手抹脸上的米粒和粉条，手指胖子，你他妈找死啊？一通大骂。壮汉很奇怪地不敢出声，颓坐于座。

骂他的乘客很魁梧，年轻，表情里带着冷静的凶狠，好像随时可以捏死壮汉。

突然，壮汉从座上出溜下去，脸对着地板。这个情景挺滑稽，像装的。

接着，他开始呕吐，吐出许多白沫。

找医生！不知谁喊了一声。乘务员跑过来，然后广播找医生。一帮人把壮汉抬到了卧铺车厢，才几分钟，他下垂的双手已成紫黑色。

痛骂壮汉的乘客继续在衣服里、肚子上挑粉条、芹菜和米粒，脸上仍有怒气。“时间不够”的人木然看窗外。

这场突如其来的争斗结束了，没人说话，车轮咣当咣当响。

车停在了一个什么站，站台的灯已经亮了。

火车再次开动时，一个人走过来几乎兴奋地说，刚才那个胖子死了，脑溢血。

啊？！大伙儿吃惊。

真的，这人指窗外，抬下去了。

我身边的乘客愣一下，拎起包离开了座位。癌症患者惊讶地问我，他死了吗？

我说抬下去了。

他迷惑不解，死了？一点儿预兆都没有啊。他拿出另一个药盒，拣几片药丢嘴里，喝水冲下去。又说，到底怎么回事？

车轮咣当咣当，没人回答他，好像在想各自手里的时间。

让　娜

让娜是我在乌兰乌德认识的法国女人。当时我在布利亚特国立博物馆游逛。见到一件19世纪的铜雕：一位大胡子冲天撒尿，另一位蹲着掬尿洗面。

我偷偷打开相机，拍。闪光灯没弄好，出亮，馆员上前勒令我删除，删了。我还是对铜雕流连忘返，打算偷着拍。还没操作，女馆员大喝："中国人，不好！"

博物馆的人都会说这句中国话。对用词细密的俄国人来说，这么粗鲁的语气表达他们极端愤怒。我投降，微躬示歉，问她怎么知道我是中国人。她回答："中国人门牙有豁，嗑瓜子。"

这时，身后有一位女人笑出声，她的卷发由金过渡到棕色，波浪于肩上，三十多岁，脸上有笑窝。她用中文说："你很有趣。"

我指铜雕，模拟洗脸，说："养颜。"

她仰面大笑，伸出手："让娜，Jeanne，法国人，电视台文化观察员。"

我握握让娜的小手，说："鲍尔吉，中国的蒙古人，生活观察员。"

在门口，我和她交换了email，她站在那里想了半天，说："我可能下个月去中国。我是说，结束这里的考察，可以由伊尔库斯克转签沈阳，然后去法兰克福。我会拜访你，用一天的时间看你的城市，如果得到你的允许的话。”

“欢迎你。”

“谢谢！我第一次去中国，当然第一次去沈阳。”

“进一步欢迎你，让娜。”

这么着，我认识了让娜。尔后她发邮件，真到沈阳来了。外国人爽直，说来就来。让娜变成黑发。她穿一件干草色的风衣，脖子系湖蓝纱巾。那纱巾真是小，系结微露小角。

之前我跟懂法语的朋友学了一套欢迎辞，正想背诵，让娜用中文说：“保罗，我只有六个小时，晚上飞北京。游览开始吧。”

“不是保罗，是鲍尔吉。那就开始吧。”

让娜没来过中国，但懂不少中国话和一些汉字。法国人——据让娜说——尊重所有异质文化。如果看到他们拼命学汉语、学缅甸语超过学自己的母语，不用惊讶，这是时髦。让娜说，也是对殖民时代的赎罪。让娜实际叫“让——娜”，也可以叫“让”，英语国家称“简”。她是里昂人。

我要让“让——娜”看到一个美丽的沈阳，超过世界上任何地方。

第一步，我和让娜乘出租车来到北京街，在北站地区。下车，让娜看高耸的招商银行大楼。

“让，往地下看。”

在我们脚下，刚铺好的乌黑沥青路面嵌入金黄的银杏树叶，落叶被轧道机压实。风吹秋叶，不规则撒在路上。昨天下过雨，黑黄两色醒目。

“呀！”让娜手按胸口，抬起脚，后退再后退，对这一超级路面珍怜不已。她摇头：“我不知道世上竟有这么美的路面，上帝！”

这段路我昨天才发现。

让娜蹲下，站起拍照，舍不得在上边走。她看行人“咣咣”走过来，根本不稀得看脚下，想制止又不敢。

“这样的路面有多长？”

我手指前方，“全都是”。这段路全压沥青，路旁全栽银杏树，全落叶。

“噢。”让娜点头，“谁设计的？”

“市长。”我低声告诉她，“我们的市长毕业于伦敦圣马丁皇家美术学院，比范思哲低五届，比迪奥低七届，是一位罕见的行为艺术家。”当然这是我瞎编的。

“是的，我从这条路上看得出市长很浪漫。”

我们还有第二个地方——克俭公园，离十二线不远。克俭街的名是蒋介石在沈阳光复后起的。这是个后造的休闲公园，盆地形，四周栽树。有几节废车厢停在工厂遗留的旧铁轨上，几年前有人用它开餐厅，后起火，目前是乞丐的宿营地。

我带让娜看这几节车厢。在秋天红色的槭树的包围下，孤零零的车厢立在那里，如二战电影的外景地。当年的火烤化车厢的绿漆，淌在碎石上，更沧桑。我扭开车厢门的铁丝，费劲巴力把让娜拉进车厢。脚下是过火的硬橡胶，让娜说太像电影了，意大利风格。我们俯车窗往外看，一群穿红袄、扎绿绸子、平均年龄七十多岁的老太太在盆地扭秧歌。让娜不想走了，说这比沥青银杏路面更有历史感，沈阳到处都是艺术品。

再往后，我请让娜到我家喝会儿奶茶，吃点儿榛子核桃，送她蒙古音乐CD。她该去机场了，我说：“还有一景，你要看一下。”

这一景在我家门口小街，也刚压沥青路面，新涂白黄交通标志。我领她在这条街上走，走着走着，指地下一个黄色的大字问她：“你认识吗？”

这字两米宽大，她歪头看一会儿，小声儿念出口：“让。”

“是的，Jeanne，让，就是你。”

“我？”让娜脸都白了，“怎么会是我？”

“沈阳人民喜欢你，在马路涂鸦。”

让娜倒吸一口气，一声不吭再走，又见一个“让”字。一般说，沈阳街道在学校幼儿园门口都有这个字。让娜看到这个字，抓紧我的手，她指尖冰凉，抬眼看我。她眼珠为灰色，迷惘而晶莹，说：“沈阳人喜欢我？”

我默默点头，继续走。路口，也就是我露天理发的碧桃树下，立着三角形交通警示牌，黑边黄地，又写“让”。

让娜扑入我怀，双手抓住我肩膀衣服拽，哭了。我知道玩笑开大，说：“让娜，你听我说。我是个爱开玩笑的人，地上的‘让’……”

“是你写的！”

“不，不是我写的，我只是开开玩笑。”

“一定是你！沈阳人不知道我是让，也不知道我来这里，况且离你家这么近。是你！”

“让娜……”

“别说了，保罗，不，鲍尔吉，想不到你这么浪漫。”

“让是个汉字，沈阳许多街道都有这个字。”

“都是你写的！”

“嗨。”这已经不是玩笑了，我忧伤地摊开手，“我只想让你对沈阳留下一个好印象，这些字早就有。这是个玩笑。”

让娜轻轻摇头，看我，灰而晶莹的眼睛看不出她在想什么。我俩一时竟没有话说。我招手要一辆出租车，让娜进车摇下车窗，凝视我。车启动，她看一眼地上的“让”字，含泪微笑。

认识一万人

十多年前，我在饭局上认识一个人，对他印象深刻，至今也没有忘记。

这个饭局是谁请客、这些人为什么到一起，现在已经记不清了。饭吃到半道，一人进屋，他站定，如戏曲中的亮相。看我们这些人的时候，他眼里露出宽厚的轻蔑，好像看一帮小学生下馆子。

众人见此公皆起立，如见到了救星。趋前拉手的、帮助卸下背包的、挂衣服的各自忙乎，像有分工一样。

他坐定，扫视一圈众人，对他们微微点头，看来彼此都熟悉。眼光最后落在我身上，问："老弟，你干啥的？"

我答："我是……啥也不是，不是干啥的。"

没事，他对我笑笑，说有事找我，肯定办。

这时，朋友对我介绍来客，说他认识一万多人，啥事都能办。

我笑了，这人才四十多岁，就在人间认识一万多人，不可思议。

不信是吧？他说，你说你啥单位的，我立刻和你们单位一、二把手通话。说着，他掏出手机，等我报单位名号。

信、信！朋友急忙打圆场，哪能不信呢？

我接话头说，信。我心想，他为什么（怎么会）认识一万人呢？他认识这一万人干啥呢?

这个人（这里管他叫老徐）拨通电话，说自己在某某饭店，送十瓶五粮液。不到十分钟，有人把十瓶五粮液放在桌上。

这时有人请托，找他办的事好像是给孩子安排工作。老徐问：孩子想上哪儿？这人说铁路。

老徐拨电话，不是一个，拨了两三个电话，找到一个领导，说一会儿话，放下电话告诉这人，让你儿子明天上×铁路局找×局长，到×处上班。

老徐夹口菜，问大伙：“谁还有啥事？”

我记得那天每个人都向他提出一个要求，儿子当兵、儿子复员、小姨子办医保、小舅子办工伤证明、小姑子割双眼皮等等。老徐在桌前腾出一块地方，摊开三个电话号码本，打电话落实这些事。他说话干脆利落，能听出跟对方关系都不错。他连打了二十几个电话，把这些事一一落实。对，我记得还有人找他安进口假牙，有人做卫生间防水，老徐全安排妥当。众人起立、欢呼，称赞老徐战无不胜，神仙下凡。敬酒。

老徐不卑不亢，对所有的赞美都答同样的话：一样，这些事你也能办，就看你办不办。

朋友向我解释，老徐其实不必要认识一万人，但别人找办的事，他不一定亲自认识那个单位的领导，要间接迂回，通过别的人找接洽人，所以认识了一万人。而且，他为别人办一件事，为他办事的人一定找他办一两件事做补偿，于是他再找别人给这人办事，认识一万人一点儿不算多。

一万人，老徐接过话头说，是我打电话对方知道我是谁的，是我能记住他名字的，光打电话没见过面的更多，有两万人。

两万人，可以装备两个陆军甲种师或三个陆军乙种师零一个团，都是满员师。而我从小到大认识的人到不了一个连，也许还说多了。十年前，老徐三部手机轮流打，这部打烫了换另一部，每月话费七八千元。朋友说，老徐没单位，靠这谋生，奔驰什么早都有了。

这就像开麻将社一样，有一万人分别上老徐的社里赌钱，他抽成。我之惊讶不在他能办多少事，而是他超常的记忆力和处理事务不穿帮不乱套的能力，他是名副其实的能人。如果赤峰同乡会的人认识老徐，一定把他尊为神灵。赤峰同乡会会员最推崇能办事的人，也就是有官职有权力的人。不能办事，就不承认你是赤峰人。

对老徐的介绍告一段落，下面说一些感想。

从心里讲，我并不相信有什么能人。能人的产生需要有三个条件，一是他手中有权力或借用他人权力（老徐属后一种）；二是政府部门该办的事不办，迫使老百姓从民间渠道寻找掌权的人；三是能人生长于大政府社会而不是小政府社会。老徐说得好，"一样，这些事你也能办"。只不过我们不打算变成这样的人。这三条凸显了老徐这样的能人的能量。

在一个法治政府而非人治政府的管理下，老徐一定啥能耐都施展不出来。如果政府办事效率高，老徐也显不出神通。政府的人希望政府权力无限大，让所有人求他；而社会发展要求政府简政放权，提高效率，这种博弈始终在进行。老徐显然希望政府是一个大政府。我参观过的斯图加特市政府只有三十多个人，看着不景气。那里也不会有认识一万人的人。

头几天见过朋友，突然想起老徐，问他怎么样？朋友答老徐死了。

我说办事累死的？

他说不，是喝酒喝死的。

喝死也算累死的，老徐作为"总理各国事务衙门"大臣，死在了自己的岗位上，使一万人失去了一位勤勤恳恳的好朋友。

我觉得认识一万人还是有一点儿多，当然也没有一万人打算认识像我这样无能的人。人——不管什么样的人——也就是有两三个管你的直接领导、六七个同事、七八个亲属，而所谓朋友，往多说有一二十个，好朋友也就几个。人这辈子算来算去，经常打交道的人只有二三十个，知己也就三五人。一万人？老徐认识了我们五百多辈子才能认识的人，超支了，老天爷不愿意，把他收走了。

一个人认识的人越少，他拥有的时间越多。我们活着原本不是为了办事，而是活时间，对吧？

莎朗·斯通的邻居

我认识的美国人特少，有一回认识了一个，成了朋友。说是我有一位女性朋友M，开朗活泼。她向我显摆，说交一美国男朋友。我说你不是交了吗？她说不是那个了。“那个”是她前任男友，美国海军陆战队士兵，大使馆站岗的，穿黑制服带红牙子，帽檐压得很低，后来上印度站岗去了。

M说这个你见不见？我说见啊。“这个”高大英俊，二十多岁，叫麦·约翰。小麦上来就让我起中文名，我说叫“卖姜”吧。M不干，说这叫什么名。我正色言之，姜是什么？是好东西，冬吃萝卜夏吃姜，明白不？姜可以去湿、清热，卖姜有什么不好？麦·约翰通过M翻译，大喜，说好好。后来名片印上“卖姜”。我说，汉字也可以写成“卖疆”，还可以写“买买提江”，都行。

说第一次和卖姜见面，在小酒馆。我成心难为他，说喝二锅头吧，他面露喜色，说：“耶”。卖姜就这样好，什么提议他都大喜，可谓满心欢喜。饮际，他问我是干什么的，我用手在桌上比画，意思是写字的。他说：“会计？”我说：“不对。”又比画一遍，他说：“土地测量员”？我无计可施，指着自己说“马克·吐温”——冒天下之大不韪。他又大喜，好像见到真马克·吐温。还告诉我，“吐温”应该读如“吞因——”，鼻腔发音。他怀疑我是否读过马克·吐温，起身，模仿手拿刷子刷漆，我当即指出：《汤姆·索亚历险记》开头那章。他喜，和我碰杯。后来的祝酒词是：

“吞因——，吞因——。”

卖姜说：“我会到沈阳去看你。”我说：“吞因——”。我还说，你们老麦家在美国是旺族，麦当娜、麦克·杰克逊、麦克·乔丹。小卖乐得说一个人喝一盅酒。我说，还有麦道。卖姜纠正：“麦道是飞机。”我说：“麦克唐纳——道格拉斯不是飞机设计师吗？”小卖吓得又喝了一盅。还有麦克阿瑟、麦克拉马拉。小卖不识后者，我告诉他，这是你们越战时期的国防部长。小卖钦佩之极，说：“吞因——”。

隔一年，卖姜真来了，还那么纯朴天真，身上带一股香水味。上我们家，看桌上有水果（这是为他准备的），二话不说先吃。草莓、苹果、香蕉、西红柿，挨盘尝遍，把不好吃的推开，好吃的放在眼前，他胳膊上的金汗毛历历可数。吃过，大喜，红脸膛堆满笑容，递给我一份包好的礼物。我说谢谢，放下。他示意我打开，一看，马克·吐温选集中文版，是盗印本。我说：“吞因——”，他比我还高兴，说：“吞因——”。

卖姜爱说和莎朗·斯通是邻居，邻居的概念是相距五十多英里。有一回，他父亲来到沈阳，也叫麦·约翰，我管他叫老卖姜。他是一位市长，在洛杉矶附近的佛列斯诺市。吃饭时，我对他说，您儿子朋友多，中国话叫“人缘好”。朋友于梅把这话翻译给他们父子，小卖伤感地说，只有朋友没有钱啊！老卖放下脸，说：“在你这个年龄仍然贫困是一件可耻的事情。”小卖脸更红了，低头不敢言语。老卖特有钱，但从不援助小卖。他看小卖到处吃蹭饭喝蹭酒，不仅不心疼还要痛斥。席间，小卖说最喜欢莎朗·斯通，又被老卖训了一顿。老卖说，他才喜欢莎朗·斯通，好像小卖不够级。其实这爷俩谁也没见过莎朗·斯通。小卖说，他见过莎朗·斯通停在比华利山上的私人直升机，说完环视四周，很自豪。

小卖姜后来给我来过几次电话，希望到沈阳与我“吞因——”。我因为忙，未邀他来“吞因”。

四十六团的军马

有人说生活太庸常，因而无聊。我不这样看，我觉得生活里藏满了秘密，有秘密就有趣味，证明生活的每一天都不相同。

我说的秘密不是他人隐私，也不是珠宝商船的海上沉没地，而是生活。有一次，我和我二外甥阿斯汗登赤峰南山，山上遗留许多1969年挖的防空洞。在一个榆树遮蔽的洞口前，我和阿斯汗互相壮了壮胆，爬进去探访。我们用手电筒照洞壁、地面和头顶，没发现异样情形，当年铁锹的铲迹过了四十多年仍清晰如初。这里看不到特务、革命者或小流氓来过的痕迹，但我看到有一卷牛皮纸像钉子一样塞在洞壁的缝隙里，我拽出来。这时阿斯汗兴奋极了，说这张纸上可能标着日本弹药库的入口。我打开看，这是一个旧信封，名头为“阿鲁科尔沁旗革命委员会缄”。上面写一句话：“你看到这封信的时候，我正和四十六团的军马在一起。你唱‘抬头望见北斗星’吧，睡觉一定要开窗”。

阿斯汗急切地等待我解释这些话的含义，可是我没这个能力。

这些话没有爱啊、吻啊，而是“和军马在一起”。赤峰北部当年有一个北京军区的军马场，这也是四十年前的事了。

我们钻出洞，在玉米地边上，我开始唱——抬头望见北斗星，心中想念毛泽东……我所能做的也就是这些。我把牛皮纸信封卷成筷子粗塞回原处，期望再过四十年有人看到它，不过看到的人唱不出这首具有悲壮意味的红歌了。秘密仍然被保留在牛皮纸封上，完好而沉重，外人不得其门而入。

当然，对掌握真正秘密的人来说，这个信封根本算不上秘密。有人知道平型关战斗毙敌确切人数，有人知道女作家萧红生的儿子后来送给了谁，有人知道布哈林真实遗嘱的内容，这些秘密把人引向计谋或暗算之中。而真正的秘密不一定跟阴谋有关，秘密的魅力只在于未知。譬如，北极熊积存大量脂肪但甘油三酯并不高，这令医学家百思不得其解。人的大脑何以在睡眠中解析一个复杂的数学题？巴赫的音乐中哪一部分是旋律，哪一部分是复调？或者说他如何把旋律和复调交织在一起。这都是秘密，秘密就是有一件事明明白白放在你面前，可见可闻可感却不知其所以然。服不？服。

我们在童年积攒了无数秘密，等待长大之后逐一解答。而长大之后，我们对这些秘密已无兴趣。没有哪个濒死的人对自然界、科学或童年的秘密难以释怀。所谓老年，就是他对秘密不再有兴趣，对自然界或科学尤其兴趣索然。他童年怀抱的秘密被他丢掉了，丢得一个都不剩。

四外一圈儿滴溜溜的眼睛

我从海拉尔坐火车往赤峰赶，航班因为雷电天气被取消了。晚六点多，我坐在火车卧铺过道的边座上。

开车，我面前有两个人。一边卧铺坐着三十多岁穿大裤衩的男人，面有呆相。他双手按着光溜溜的膝盖，看对面坐着的女人抚弄一只狐狸皮筒子。女人约四十岁，穿长裙、戴棕色假发（发际露出真黑发）。她用胳膊托着一只白色的芬兰狐皮筒，用手抚毛，往狐毛吹气，然后端到眼前看。

她的动作把对面男人看愣了，我看他的表情越发痴呆，眼里都没神了。

“大姐”，男的说：“我给你十块钱，别摆弄这个狐狸皮筒子行不？”

女的吃惊地看他一眼，说：“二十”。

男子从裤衩兜往外掏钱。

“哎”，女的说：“谁要你钱，我摆弄狐狸皮筒子碍你啥事？”

“唉”男的痛苦地挤眼。“你理解不了我呀。世上的玩意儿，看看原子弹都没事，我就怕看狐狸呀。”

“咋的啦？”

“大姐，心潮澎湃啊！”男的说：“你收起来我告诉你咋回事。钱还要不？不要了，过一会儿我给你买瓶汽水。”

男的看女的把狐狸皮筒子塞进提包放在行李架上，拍一下大腿说："你们可是太不了解狐狸啦，他老人家不得了哇。2008年，我上莫力达瓦旅游，在一个镇上发现一家养狐狸的。那个镇周围都是树，还有山上下来的河，老乡说他们那儿熊成灾了。熊上玉米地噼里啪啦祸害一气啥事没有，人要打熊就犯法。我们是个旅游团，一起上车，一起吃饭，一起参观。大伙儿去了这个狐狸养殖场，看小狐狸在笼子里出溜出溜转。夏天，它脊背毛是黑的，冬天变白。狐狸笼子不能大，刚刚转过身正好，要不它踡着不动弹了。大伙儿谁也没买这家的狐狸皮筒子，养殖场老板生气了，说你们赶紧走吧，别给狐狸吓着。我当时不乐意了，说我们沾一身臊气还没跟你说呢，撵啥？我说这话也多余，中午喝了点儿酒就把握不住自己了。老板拽我脖领子给我拽到了屋外。我一看把我新买的T恤衫都拽坏了，就照他肚子给他一拳。他抬脚踢在我腿上。这时候，导游把我俩拉开了。我回到镇里招待所，一撩裤子，腿给踢青了。我越想越憋气，打上出租车就到了狐狸养殖场。"

男的说着，掏出一大块毛巾擦腋下的汗，说："那都晚上十点多了，况且晚饭我又喝了不少酒。这个养殖场没养狗，不知咋回事。要有狗我就没法下手了。你说咋的？我把二十多个狐狸笼子的铁丝全给解开了，我把狐狸全解放了。那家伙儿，狐狸嗖嗖下地溜了，在月亮地，一条一条没影了，跟鱼进水里一样。我把笼子里的狐狸全放尽了，咋的？谁能把我咋的？我在月亮地还站了一会儿，想唱一首跟狐狸有关的歌。一想，这辈子没学过狐狸的歌，我就溜达。我觉着我做得对，你没看过剥狐狸皮。小狐狸还活着呢，血淋淋皮没了。皮筒子放一边儿，躯干放一边儿，还抽搐呢，不敢看。出了养殖场，我见到一片玉米地，不对，这不是我来的道。又走，见一片瓜地，吃了一个西瓜，没熟。再往前走就迷路了，酒劲儿也上来了。反正就深一脚浅一脚地走，走到哪儿都无所谓。"

"我也不知道什么时候趴地下睡着了，我估计是我绊倒后顺势睡着了，因为我躺在一个坑里。后半夜，凉风一吹冻醒了，莫力达瓦那地方昼夜温差大，凌晨也就十来度。我醒了站起来撒尿，哎呀妈呀，前面十多米远的树底下站着一个狗熊，手把树杈看我呢。我一想完了，一瞬间，我脑子里把我们家亲人的脸全过了一遍，掏出手机想打电话。再一想，这时候打电话有啥用啊，谁能来救我啊？手机显示后半夜三点。完了，我就等狗熊收拾我吧，浑身骨头跟脱节似的，想跑都跑不动了。这时候，我发现我睡觉这个树坑围一圈儿小亮眼睛，狐狸，一圈狐狸趴在草棵里保护我呢。明白这个之后，我闻到身边全是骚味儿，狐狸用臭屁保护我，狗熊没办法靠前。我立刻给狐狸磕了几个头，说这回跑吧。我爬出坑，边跑边回头看，见草叶唰唰动，狐狸跟着我呢。狗熊慢条斯理跟着我走。我嗖嗖往前跑，前边就是一条白光闪闪的大河。这回好了，我自小水性好，跳河里就摆脱狗熊了。”

男的说到这儿，感慨地点头：“我刚要往河里跳，四五个狐狸站在我前边，咬我脚丫子，我鞋都跑丢了。我一看狐狸这是不让我下河啊。它们兜了个半圆的圈子，接引我，我随着它们跑。三跑两跑到了公路边上，狐狸站住了，离我挺远，像告别似的，也看不见狗熊了。”

“我呼啦想起来了，我要是下河就完了，狗熊水性比我好，肯定弄死我了，而且狐狸也没法用臭屁保护我了。我太感激狐狸了，它们把我引到公路边上了”。

“说着，公路来了一辆农用三轮车。我拿出一百元钱比画。车停了，拉上我，我就算得救了。可是没走多远，司机把我撵下来了，说我身上都是骚味。我把T恤衫和裤子全脱掉扔了，问司机这回行不？你也不能把我扔到荒郊野外啊？”

“司机说这也不行，他被熏得一劲儿吐，他让我上车厢站着。到了镇里，我悄悄进了招待所房间洗澡，发现身上的骚味去不掉。你说咋的？狐狸怕狗熊吃了我，在我身上撒尿啦”。

“第二天早上，我上餐厅，把客人全熏跑了，旅游团把我开除了。他们说，我身上的骚味不仅骚，还熏得人眼睛疼。我坐火车回家，道上把一车厢人全熏跑了。到了家，老婆受不了我身上的味，回娘家不回来了”。

“我本来是卖童装了，也不敢去卖了。天天在家待着。后来，经人介绍，我去了阿尔山泡温泉，泡了两个月才把狐狸的骚味从身上去掉。”

男的讲到这儿不讲了，意味深长地点了点头。

“你老婆回来了吗？”女的问。

“回来啥？离婚了，她说让我熏得都虚脱了，卖货的——”，卖货的小车这时候过来了，“给我大姐拿一瓶饮料，凉的啊——”

孙 艳 梅

有一天，在辽宁大学跑步的哥俩儿在篮球馆前跟一女孩儿说话。我刚跑完，正落汗，过去跟他们拉呱儿。

女孩儿十七八岁，身矮，相貌如县级市饭馆服务员。她一看我就说："啊，好看的胸脯。"

我想，怎么跟日本人说话似的，笑笑未语。

夏天在辽宁大学跑步的人多光膀子，汗大，穿不上衣裳。

她又说："啊！六个肚子。"边说边用手指我腹部。

众人大笑，我糊涂了，哪来的活宝？

老白告诉我，这是日本留学生，叫什么什么子。

噢，怨不得。我告诉她，不能说别人六个肚子，叫六块腹肌。

"腹肌——"我告诉她，不是烧鸡的鸡，也不是肯德基的基，更不是手机的机。

大伙儿起哄，让我教她汉语。"好，好！"我应允。跑完步的人，大都精力充沛，焉有不好为人师之理。

"先起个中文名，"我告诉她，"你那个名字老师记不住。"

"好的。"什么什么子说。

“就叫孙艳梅吧。”

“好的。”她谦恭地说。

为显示中华文化深不可测，我挑点儿难的教她。

“这个中华文化呀，艳梅——(梅拉长声，显出中肯)啊，博大精深。拿老师的名来说，原野，这个野字在唐朝读墅，星垂平野（shu）阔，懂不懂？”

“耶！”孙艳梅应和，又说：“你就是袁术？”

“还曹操呢。”我接着说。

“这是野，而夜，读玉，随风潜入夜(yu)，读夜就丢人了，别人说你在中国没好好念书。”

“耶！”孙艳梅有点儿害怕了。

“这个这个，发轫之作，这成语听过吧？”

“没有。”

“没有我也讲。这个轫，是古代挡车轮的方木。大干部坐车上说：发轫！车夫赶紧把轫搬开，走也。”

为使艳梅思绪进一步乱套，我说：“古代的少讲点儿，讲身边的吧。打仗懂不懂？”

“吵架。”孙艳梅回答。

“哎，对了。但我军将领管战争也叫打仗。这个仗怎么打呀？小鬼，等等。还有打车，是招呼计程车，跟打没关系。”

“打车？”孙艳梅委屈地重复。

“还有，打酱油，跟暴力也没关系。打酒、打油，凡液体物品之购买行为，均可称之为打。”

“你们为什么不说买酒？”孙艳梅以为这么说是专门欺负外国人的。

“说呀，买酒，但也说打酒。”

孙艳梅边翻白眼边默记，嘴里嘟囔。

“还有，打扮，指化妆；打赌，是两个人预先推测事情结局的誓语，也和打没关系；打盹，指人发困。”

“睡觉？”孙艳梅问。

“不是睡觉，是说人坐着欲睡未睡之混沌状态。”

“还有，上海人说打毛衣，是织毛衣。小孙同学呀，别着急，多虚心，好好学。”

我看差不多了，搓搓手，说老师先讲到这儿，撤由那拉。我回到操场练蛙跳和俯卧撑，看见孙艳梅还孤零零地站在篮球馆前，直眼望着天空。

过了几天，孙艳梅悄悄走过操场。边走边偷着瞅我。我喊：“孙艳梅！”

她撒腿就跑，跑得比我还快。我一看，师生关系已至此地，就不追了。跑出一百多米之后，她才停下，还回头看。我估计，她以后不敢从操场走了。

图　门

“我就是举世闻名的图门吉日格拉！我的领地东起渤海国，西到乌鲁木齐以西的花剌子模与设拉子……”

这段话为我原来的同事图门所写，是他厚厚手稿的开头一章。这时图门已患有精神分裂症。图门写作不为发表或改编电视剧，像患有此症的俄国芭蕾舞演员尼任斯基连续不停写日记长达六周而后发作一样，图门说要把“一切真相都写出来”。

当时我和朋友王家俊（他和图门同住一间宿舍）不清楚图门已得病，读后对他的文风十分敬佩。我说这简直是格萨尔王的风格，家俊说什么格萨尔王，这是纯正的希腊史诗风格，比但丁还阔大。图门阴郁地、缓缓地看了我们一眼，说：“胡扯！”

我们请求图门把新写的“真相”给我们看看。看完全文，我感到图门已经疯了。这不是创作，也不是心灵史，是一种神秘的、找不到出口的力量在他脑海里面的纠葛冲决。图门用两个月时间写完这些东西后，变成另外一个人。他不停地走来走去，双臂弯曲，伸不直。他干燥的嘴唇带着白印，像阿拉法特的嘴唇一样发抖。他在夜里把办公室的红灯牌收音机埋在花坛里，大家费了很大劲儿才找到。

问：“为什么埋收音机？”

图门轻蔑地说：“不是埋，是种！”

台长顺着他的话问：“为什么要种收音机？”

图门望着天空，不言语。过了一星期，图门俯在台长耳边说：“种收音机可以长一个半导体。”

家俊听说图门疯了之后，吓得想结婚，好搬出去。图门是“文疯子”，没有暴力行为，半夜里滔滔不绝地跟佳俊讲述，内容无所不包，荒诞离奇，但语调严正，无可置疑。一次，家俊急了，拿一把菜刀放在自己脖子下面，说：

“图门，你再说我就自杀！”

图门不相信，继续说。家俊气愤之极，稍用力，白皙的脖子竟淌下了血。图门见到血害怕了。准确地说，家俊的自残加重了图门的病情。他再也不说话了，自闭。失去了讲述的出口，就没有出口了。图门特别怕王家俊，具体说怕他自杀。他一见家俊就想起自杀这件事，想象家俊的脑袋像鸡头一样耷拉到肩膀上，流很多血。图门开始藏菜刀，我估计埋在了南山。家俊本来自己做饭——他讲究膳食，没菜刀做不成饭，只好吃食堂难以下咽的饭菜，或赴吾家进餐。他一边吃一边埋怨图门，好像是图门浪费了吾家的饭菜。

有一次，开车的李大爪子在球场拿着一把水果刀准备修萝卜。家俊从那走过，肋下夹一本黑格尔的书。图门见状，一把抢过李大爪子的刀。大爪子懵了，说：“干啥？干啥图门？”图门攥着刀，目睹王家俊走进楼里，才把刀还给李大爪子，说：“不能让家俊自杀”。

我们劝慰图门，说家俊不会自杀。家俊自己也说不自杀，还写了一份保证书给图门。图门不信，用怀疑与鄙视的目光看我们。我举了许多家俊热爱生活的例子开导图门——你看，家俊喜欢跟女孩子眉来眼去、爱洗澡、爱抹香水、爱写诗、爱吃烧鸡、爱背莎士比亚的台词、爱擦皮鞋，这样一个人怎么会自杀呢？活都活不过来，哪顾得上自杀？家俊越听越乐，说：“就是，就是”。

图门缓缓说出一句话：“全是胡扯！”

图门是牧区孩子，从牧羊人到传媒编辑，并不容易。台长很焦虑，送他去精神病院治疗，但治一次厉害一次。当时他只有三十岁，周遭的快乐跟他没有关系了。别人吃、喝、玩、大笑，而图门生活在另一个世界里。精神病人的确生活在另一个世界，他们放弃或者说遗失了原有的语言系统，却建立不了新的系统。他们迷路了，任谁也喊不回来。中医里有一个词，曰神志。神志不只是灵魂，还是精神与神经系统。精神病是神志出了毛病。

有人说，精神病人没有痛苦。这是大的无知和偏见。人们把痛苦理解到“疼”的基础之上。在疼之外，还有其他的痛苦。精神病人生活在恐惧之中，心缩到了一起，松不开，怎会不痛苦？台长见图门的病不见好，劝他家人为图门说个媳妇。媳妇娶回来了，图门与她形同陌路。他媳妇也是牧区孩子，丑不说，还冷漠，每天坐在台阶上嗑瓜子。图门的钱被她收了起来。除了嗑瓜子以外，她还吃西瓜、吃火腿肠，吃一切没吃过的东西。图门每月六十多元钱，半个月就被媳妇吃尽了，好在图门不在意钱，还丢钱。大家说，也行，吃了比丢了强。后来图门回到阿鲁科尔沁老家，草原的苍茫也许利于疗病。另外，干一些体力活也助于精神康复。

许多精神病患者具有非凡的创造力，电影《美丽的心灵》的原型纳什即其一。他是数学家，因博弈论获1994年诺贝尔经济学奖。凡·高如此，马勒如此，尼采和莫泊桑也如此。而契诃夫与陀思妥耶夫斯基是与神经症顽强斗争没有形成精神分裂的人。他们承受不了自己的巨大的创造力，这如同计算机运算速度与内存之间的冲突。当然图门不是大师。神经病的发病机制极为复杂，有社会与角色的冲突，有遗传因素，也有心灵与人格的背悖。西班牙诗人希梅内斯当年走过莫格尔的村庄时，孩子们在他后面边投石子边喊：“疯子！疯子！”希梅内斯如实地记录了这一切。他在不朽之作《小银和我》的献辞中写道："献给索尔街的阿格迪亚，她常送给我桑葚和石竹花。"阿格迪亚也是一个疯子，希梅内斯说她是一个"可怜的小疯子"。然而对另一些作家而言，他们永远写不疯，平庸的创造力容易与心智获得平衡。

土耳其二流子

我在斯图加特生活过一个月，这是南部德国最富庶的城市。我住在山上，那里到处是苍莽如古代的森林，下山只有一趟车——92路公交车。

乘坐德国公共交通工具出行比较奥妙，说复杂也可以。比如，乘公交车分为月票、年票和区票。我用德国方面发的生活费买了月票，六十欧元坐一个月，不限次数。

我没怎么进城，每天只在森林里逛。有一天，翻译对我说，你买了月票不坐车不划算。你的月票每天核二十欧元，如果每天进城少于两次，就提高了单位成本。从这里买单票进城，往返十欧元。

我不会算账，但比较吝啬，听他这么一说，觉得是应该进城，越坐车越划算。可是，我不懂德语、英语（懂波兰语、匈牙利语也凑合，但德国人几乎没人懂汉语），进城干什么呢?

翻译说，你随便逛嘛。

我减少了去森林跑步的次数，每天进两次城，心想赚了赚了。

我去黑格尔和席勒的故居装模作样参观了一下。不懂德文，什么也弄不明白，只觉得黑格尔的帽子很怪，黑大绒掐褶，如厨娘看戏戴的帽子。参观完一两个景点，回山上，下午再坐公交车出来。人就是这样被异化的，脑子被钱或者说成本核算的理论统治了。

有一天，我上午参观植物园，回山上喝点儿小米粥，睡一觉；下午又到市里转一圈，再回山上休息，晚七点第三次溜进城里。晚上进城需要搞清楚92路公交车的收车时间。我在山上仔细查看站牌子，阿拉伯数字的时间表写道：六点至十一点。我晚上十一点前搭上车就可以回山上了。

斯图加特的治安环境好。在新闻自由的国家，打开当地报纸就知其烧杀抢掠，不必懂外文，图片会告诉你一切。斯图加特的报纸很不幸，几乎没有新闻得以存活的负面消息。他们的报纸绝望地刊登世界各地的灾难消息以及柏林等地的犯罪案件，本地无新闻。话虽如此，一个不懂外语的外国人还是不敢在陌生的城市漫游，还是害怕。

斯图加特经常下雨。我去的时间是6月，城市里到处覆盖着森林。在此我使用“森”这个词的意思是：即使城市中心地带也长满胸径超过五十厘米的大树，松鼠、野鸭到处乱跑，鸽子在地下三层的地铁站散步。在林区生活过的人都知道，这样的地方夏天总在下雨。森林像一个蒸锅，叶面把水分蒸发到天空，低垂的云层接不住这么多水，“啪唧”——雨水倾泻下来。六七月份，斯图加特的雨，一天下几次到十几次，一次下十来分钟。马路上艳阳高照，森林里仍然寒气袭人。这里的人，随身常带一把伞。斯图加特无论如何称不上是一个城市，它是被森林切割并包围的一些街道，一些居住点和一些工厂和学校。宝马、大众、博仕都在这里。斯图加特街道、火车站、博物馆之建造与美化均由这几个企业承担。

如果傍晚无雨，餐馆会把无穷多的白色餐桌椅和白遮阳伞拿到露天。餐客手执一杯啤酒——洁白的餐桌布上没有菜，只有一杯酒——看落日与天气，看时光怎样一点点消失。我奇怪这些门面很小的餐馆里竟装着这么多的餐桌椅，好像每个餐馆只是餐桌椅的仓库。多数德国人喜欢在室外用餐，灯红酒绿的包房是中国人的所爱。

我不喝酒，只东溜西逛，尤爱看二流子。二流子分两种，老二流子攒集于地铁站与桥洞子，年轻二流子喜在草地上打滚。“二流子”是方便的称谓，我不知怎样称谓他们。他们是无职业者，但并非无业可就。在德国，为民众创造就业机会是政府的第一项工作，否则就要垮台。这些人只是不喜欢政府提供的工作而已，他们不是穷人。失业人员在德国每月享受五百欧元的低保，免税，约合四千八百元人民币。按世界银行与国际货币组织划定的标准，他们都不穷。这些人也许是无家可归者（老年人）、有家不归者（年轻人）。我所说的“二流子”，指他们身上所具有的四海为家的不羁气质，这在有工作的严谨的德国人脸上根本见不到。他们的衣服多日未洗，被雨浇过，这是指老年人。年轻的二流子衣着暴露，剃光头或莫希干头，光膀子露出一身真皮更是他们的特征。他们男女混杂，常带一条比他们更整洁的狗，草地就是他们的家园。

我在斯图加特的夜色里逛了皇帝大街，逛了几家商店，在运动自行车商店待了一个小时，听一位流浪艺人用手风琴拉巴赫与维瓦尔弟的协奏曲（无谱）。在国内，手风琴技艺到达这种境地，可获中央乐团首席。后来这人被警察带上警车，他没有失业证，违法乞讨。

等到我返回92路公交车站时，眼前开过的一辆又一辆大奔驰公交车都不是92路。我用哑语请教德国人，他们很乐于帮助别人，但帮助的语种是德、英之语，我仍然迷惘。终于，我盼来了一个中国人。斯图加特的中国人少，多数是大学生，很少有像我这样半夜闲逛的人。

这个人叫张童（音译），小伙子。他说92路已收车了，六点至十一点指的是学生放假的时刻表。完了，我回不去了。斯图加特没有出租车这一说，招出租车要提前一个星期预约。我没有信用卡，身上的钱不足以住旅店，不知道怎样度过这个夜晚。草地上全是露水，长椅已被二流子占用了。这里的火车站直接上车，没有候车室。

张童看出了我的心思，说领我去一个地方过夜。他带我上了地铁车厢，当时是晚上十点四十分。坐下，张童脸上浮出胜利的笑容。他说，再过二十分钟，地铁就收车了。车进库，咱俩在车上住一宿。

我一想，也行。地铁到达终点后，所有旅客自动下车。司机把车退回库里，车厢就是我们的天下。北京的歌德学院总院长阿克曼——我的德国之行的派遣人——希望我在德国搞出点儿冒险名堂，这就开始吧。

车到终点站——火焰街，我和张童躺在后椅上，车厢已空空荡荡。列车缓缓驶入库，进入地铁的家，停稳，熄灯，司机下车了。

张童从背包里取出一个大碗粗的绿蜡烛，看来他早有准备。接着，又取出两罐啤酒、六片面包和四片火腿肠。他说这是咱俩的晚餐，你要付我六欧元。我不喝酒，付了他四欧元。在西方，钱财一定要分得清爽。张童的收费很公平，不贵。

张童说，他是北京人，在斯图加特大学学通信技术。父母离异，他断了学费而辍学，又不愿打工，成了流浪汉。他觉得挺替中国人丢脸。我说选择生活方式是个人的自由，跟国家没关系。

说话间，有人拍门。张童说可能是警察，熄了蜡烛。门被打开，脚步噼里啪啦，上来许多人。我蹲在车椅后面，心想用不着上来这么多警察抓我们啊？电筒晃动，他们和张童说德语。

蜡烛重新亮了，我面前出现七八个阿拉伯面孔的人，个头不高，黑发黑连鬓胡子，右臂戴红袖标。他们让我们站起来，我以为搜身，却是和我们拥抱。在叽里呱啦的对话中，张童见缝插针为我同声翻译。

张童说，他们是土耳其马列主义工人党海外支部的成员，见到中国兄弟很高兴。他们的书记——这个眉毛浓黑的人名字叫辛迪。

张童翻译——辛迪说，眼下的金融危机敲响了资本主义最后的丧钟，马克思和列宁的预言终于要实现了，资本主义将在三个月之后变成历史尘埃。

辛迪握着我的手说，中国同志，中国为什么要拿出四百亿人民币救市？这是给垂死的资本主义打了强心剂，便宜了西方国家，这是为什么？他表情苦恼。

我说我啥也不知道，我只是个业余跑步爱好者。

不对，辛迪推我一巴掌，实现共产主义是全人类共同的事业，你怎能漠不关心呢?

我说你们要是实现了，我跟着沾光。

辛迪邀请我加入土耳其马列主义工人党，说按个手印就够了。

我说我不加入政治组织。

事实上，辛迪指我的脸，你已经堕落成为资本家的走狗。

是的，我回答，我的机票和生活费就是资本家的代表——德意志银行和博仕总部赞助的，我很羞愧。

为了洗清自己灵魂的不洁，你跟我们一起喊口号吧。辛迪把一句拗口的口号喊了很多遍，我振臂学了许多遍也没学会。张童学得也不像。这是一句土耳其语：资本主义一定会灭亡。

喊完口号，他们下车了，把我已经付费的面包和水也带走了。张童说，他们是土耳其二流子。德国有许多土耳其人，别惹他们。张童送我两片面包，没收费。

我们睡了一觉，第二天，地铁启动，把我们拉到月台上。和张童分手，我接着游览斯图加特市容，让我的资本主义月票有所增值。

信任开花

今年夏天，我在川西的康定城游历，这里是“康定溜溜的城呀”的属地。街上倒没有什么好看。这里时兴拆旧建筑盖新楼，缺少“溜溜”之时的风情，而店铺有好玩儿的东西。

一是康巴汉子的礼帽，两头掀起，扣在随便什么男人的脑袋上都有几分像英雄。问好价，我付钱，又给老板十元，请他帮我寄给我的外甥。

小老板有点儿窘迫，或者说，这种信任让他有一些扭捏，如同考验。边上几个人起哄，说：“不要把钱私吞了。”他恼火，瞪这些人，又对我笑，说：“你相信我？”

我用不怎么清澈的眼睛看他清澈的眼睛，说：“怎么会不相信？”

他脸红了，四外看，好像成了人物。接着，抓过一张纸，要把自己的铺号、姓名和身份证号码留给我。我说不用，十元邮资不够，请他垫上。

他大声说：“会，我一定会。”

说着，我和山西作家吕新离开这里，继续看街景。可是我们迷路了，又转到这家店铺门口。小老板见我们，跑出门，说：“我马上就去邮局，刚才有事耽搁了，不好意思。”

我们说：“不是这个意思，转回来了。”

我们转到另一条街，见小老板趴在一个案子上写什么，边上放着绛红的呢帽。他见我们更为吃惊，说："前边就是邮局，你写的字我有些不认识，请人念一遍，抄下。"

我和吕新颇不自在，想说"我们并没有跟踪你、监视你，巧遇而已"，但说不出口。吕新小声对我说："咱俩看上去很阴险。"

过了十多天，我继续在川西游历，接到外甥电话，他收到了帽子。接电话时，脑海浮现小老板的脸，十分真切。

在康定城，我还买了一尊木雕，一只玛瑙嘴的大烟枪，准备分送不同的人。我把钱、邮资和地址交给各位老板，包括一位面相诡异的老板，请他们帮我寄出。后来，东西都到了。

回想起来，这三位老板当时都显惊讶，或者说对别人的信任有一些意外。

我心里有数。做这件事并不是什么关于人性的试验，我的钱也没多到率意而为的程度。我只是觉得这些东西一定会寄达目的地。

信任一个人，其实没什么理由，不需要和所谓陌生人认识多久，也不需要研究他们的长相、学历和口音。

我是这笔买卖的受惠者，买了东西又有人帮你寄走。而他们——帮我寄东西的老板，对我心存好感，就像我给他们每人胸前戴了一朵大红花。

信任一个人，就好像说你突然发现了一个好人，而他反过来觉得你好。

星期五的沮丧

看一本外国人写的关于东方草药的书，说“薄荷”有非常效力，一、消除肌肉酸痛；二、改善沮丧的心情，抚平愤怒的心灵。

我挺疑惑。药学书对药效通常用学术术语表述，如“通肠宣肺、补气益中”等，而“沮丧、愤怒的心灵”是文学语言，听着不贴谱。你让别人无端地“当当”捶一顿，回家喝薄荷水能解心头之恨吗？给上访人员喝一暖壶薄荷水，他们就能乐而归乡？医院有心血管病房，没有心灵病房，也没有“沮丧中心”。薄荷可以“抚平愤怒的心灵”？有意思。

但我对植物怀有敬意，特别是火爆与灵异的植物，如大蒜、花椒、薰衣草等。花椒那脾气约略等于楚霸王项羽。薄荷算灵异的植物，凉啊！牙膏里、眼药里到处都有薄荷的身影，但没喝过薄荷茶，准备喝。

我追捧薄荷还有一个原因，准备参加长跑比赛，一千人报名，我报八公里，已经训练一个月。

为参加这场比赛，我做了两方面的准备。一方面，买防寒弹力训练裤一条，吸汗带、厚棉袜各一，调节体温的冲锋衣一件。另一方面是训练。我长跑速度虽赶不上专业队员，跟百鸟公园的乌合之众比仍然算厉害的。参赛人虽上千，多数人平常不跑步，是机关干部，被指派而来。如果我训练得科学刻苦，进前十名估计没问题，可得液晶电视机一台。

说到这儿，就跟薄荷有关联了。我每天跑一万米，着重体力分配和呼吸，蹲两组杠铃，每组五十个。晚上泡薄荷水喝。效果是乳酸排得快，腿不酸了。喝完，肚里像安了一台微型空调机，清凉澄澈。一边喝，我一边想，乳酸排没了，但薄荷怎么会消除沮丧的心情呢？进而思考什么是沮丧。

沮丧，约等于东北话说的闹心、蔫头耷拉脑袋、萎靡不振。是什么原因把人弄成这个样子呢？原因各有不同。拿我来说，紫金山天文台发现的小行星没拿我的名字命名，没什么沮丧；没生双胞胎也没啥可沮丧的。有一次在辽宁大学跑步时帮人拣足球，奔跑中被树桩绊个跟头，两臂前伸，在地面滑行三四米，耳边传来哄笑声。当时有点儿羞涩，有点儿不好意思爬起来，但没沮丧。我的意思是说，假如日后遇到沮丧事，赶紧喝薄荷水，应对之。

我在书中还看到一个关于薄荷的传说。

说有一个国王，梦中遇一娇美女子。两个人情投意合，在梦中搞对象。搞完对象，这女子递给国王一杯水，现在叫饮料，说喝吧您那。国王一喝，“嗖”一股凉风进肚，问：你这水里有啥？我怎么觉得肚子冰凉呢？女子说，有一条蛇进了您的肚子，现在正盘在您肚脐上。国王说，在水里我也没看见蛇啊？女子说，你们当国王的多数都弱智，怎能看见蛇呢？它是无影蛇。国王问，我喝了无影蛇会如何？女子答，如何倒没什么可如何的，就是您日后生不出儿子了。国王一听急了，怒斥这女子，你这不是陷害寡人吗？没有子嗣，以后谁继承王位啊？女子说，王位那玩意儿继不继承能咋的？没国王老百姓照样活得挺好。国王听了这话，扑通给女子跪下了，说老姑，您得救救我，怎么才能把这水给解了。女子说，解药就是再喝一杯。你刚才喝的是公水，须再饮一杯母水，阴阳平衡，体内的尿酸尿碱平衡对称才能解除药力。国王说我不喝了，女子说你不喝就挺着吧，说完飘然离去。国王呼地梦醒，肚子凉而痛，跟现今前列腺炎症候差不多，从此萎靡不振。太医前来诊治无效果，国王非要喝母水。于是，朝廷向天下征集母水，要求：一、喝下去有蛇钻肚的炫感；二、凉飕飕的；三、必须是母水，决不能送公水。如果再喝一杯公水，后果不堪设想。闻知此讯，老百姓络绎不绝到朝廷送水，什么绿豆汤、马尿、蛤蟆唾沫水、十五年鸡粪泡的水，前来骗取赏金。国王把献上的水一一喝完，说肚感都不对。有一天，一老汉拎一瓦罐，舀出一碗绿不英的水，请国王饮之。国王一喝，肚子嗖地进了一股凉风，说，就这！给大臣喝，大臣说不喝。国王问老百姓这是啥水？不巧老汉是个哑巴，得赏金满意而去。

国王喝完水后，肚子好了，第二年生了个大胖小子，即未来的小国王。有一天，国王突然想起这种绿不英的母水，派人找老汉问配方。大臣们越过千山万水，在密林深处找到了老汉。见老汉须发乌黑，身轻体健。大臣比画那种水，老汉明白了，在草丛中摘一片叶子给大臣。大臣一尝，唇齿生凉。他们采了很多，回到朝廷。国王问，这叫什么草呀？大臣想起自己当初不敢喝它泡的水，说叫“薄荷”（不喝）。

比赛时间为3月15日，星期五。两个五，很好记，我在台历上做了记号。雪后的马路结冰，并没阻挡我训练的脚步。寒风扑面，清鼻涕晶莹欲滴，照样练。一万米的量不算小啊，我练了两个月。我想，跑一万米比制造一台液晶电视机更复杂吗？还是跑步容易。

我推辞各类宴请，禁酒，推辞了什么评委啊、笔会啊，约稿啊。我突然发现自己是有理想的人。训练中，我总结出三条经验，供比赛使用。

1. 调整呼吸。前二十分钟腹式呼吸。呼吸不能乱，一乱脚步就散了。

2. 放松。主要放松肩和髋骨。

3. 眼睛看地面，别看远处和他人。防干扰。

还有一条是每天练习腹直肌力量，这对长距离奔跑很重要。腿其实是个轮子，腹肌为轴。

到了3月14日，我停止训练，休息一天，吃一点儿清淡食品，充分睡眠。

3月15日中午，天色晴好，万里无云。我脑海已出现自己奔跑的矫健身影，提醒自己：看地面、调呼吸、找节奏。

比赛时间为两点三十分，我提前一小时来到浑河公园。没人来，这些人太傲慢了，应该早点儿来热热身嘛。我边热身边等待，过了半小时，还没人。只剩下十分钟了，公园只有我一个人，还有一个捡矿泉水瓶的老太太。我毛了，对眼前的空旷寂寞极为恐慌。好容易找到一个人（扫街的）问讯，此人说：

“比完了。”

比完了？“什么时间比的？”

“昨天。”

“凭什么昨天比？”

扫街的用笤帚指我：“你问我，我问谁去？”

其实我特想把扫街的拉过来踹一脚，没敢。我又等了半个小时，直至打车回到家，脑子里只有三个字“比完了”。凭什么比完了？阿Q当年想革命，也被人告知“革过了”。电视机（共十台）也分完了，我看一眼自己的冲锋衣，觉得特伪善。

想啊想，我排除了比赛提前举行是一场阴谋的可能性，也确认了3月15日比赛的正确性。问题出在哪儿呢？我终于发现一个捣鬼者，它的名字叫星期五，又名台历。我使用的台历是去年的，即2009年的。我只记住了周五，其实今天是2010年3月16日。子曰“逝者如斯夫”，意思是说一年当中虽有五十多个星期五，而真正的3月15日只有一个。

别了，3月15日！别了，液晶彩电！我还能干点儿什么呢？只好在屋里走来走去。

我想到薄荷，立刻用九十五度的水泡上，看它叶子舒展，嗅其清香。想：它能消除我沮丧的情绪，抚平愤怒的心灵吗？五分钟后，我开始喝薄荷水，连喝三杯，效果是什么呢？我喝完越来越沮丧。感到：一个人不管多豁达，酸排得多多，如果不识数（特别是不掌握台历的正确使用方法或旧台历攒着不扔）都会沮丧，喝多少薄荷都不管用，把薄荷榨成汁用输液瓶子输进血管也无济于事。消除沮丧的最好方法是买完薄荷赶紧再买一本新台历，比喝薄荷还管用。

雪地上的羽毛

去年冬天，我起早遇上一场大雪。街上没人，雪已经停了。我像狗一样在无痕的雪地留下脚印，还真舍不得踩这么细腻、柔情的雪。很想雇个人背着我走，但背我的人也要留下脚印。就这么趟吧，暴殄天物了。

我小心走着，准备上大道跑步，见天上打旋落下一样东西，似落非落，像不太愿意落。啥东西？雪后无风，所以此物才慢悠悠落下来。我希望是钱，一百元、五十元都行，十元也行，五元就不要落了。但颜色不对，不红不绿不灰，怎么会是钱呢？这件东西在我的仰视下几乎贴着我鼻尖落下，躺在雪地上。我定睛看，是一根白色的鸽子羽毛。羽毛没有雪白的，算乳白吧。

早上，一根鸽子的羽毛拦住你，静卧雪上，这简直是最好的礼物，比钱好。我拣起羽毛，看上面有无玄机，比如几个模模糊糊的字迹：原野快要发财了，但没有，鸽子不会写字。我突然想起羽毛的主人，它应是一只白鸽，现在何处？天上空空如也。泰戈尔说得真对，飞过天空的鸟不会留下痕迹，留一泡粪也会落在地上，而不能留在空中。鸽子飞走了，那么，鸽子送我这根羽毛干什么？我头发越发少了，但不宜贴鸽子毛充数。即使我把这根羽毛黏在胳膊上，也没人相信我是鸽子。

我拿着这根羽毛走路，既然拣到了一样东西，我希望继续拣到其他东西，比如一封待寄的信。把羽毛黏在信上，表示十万火急，但大清早捡不到信。事实上，我在中午和晚上从来没捡到过信，信在邮电局的信筒里。我突然想到，羽毛不是来找我，它找的是白雪。

我把羽毛放在雪上，白的羽毛白的雪，很圣洁。如果带照相机就好了，拍下来挺美。雪地的阴影微微有一点儿蓝，羽毛的竖纹衬托在雪的颗粒中，显出优雅。如果这是灰鸽子的羽毛，跟雪就不怎么默契了。白鸽子很懂事，而且懂美术，啄一根羽毛降落之，装点美景。我觉得这个鸽子挺讲义气。

我正看——新浪微博把我归纳到“吃饱没事”的作家行列，而其他作家是怀疑型、半怀疑型和诗意型。归纳得真对，只有吃饱没事的人才盯着雪地的鸽子毛出神。身旁一人问我：看啥呢？

我没法回答看啥，便胡乱指指羽毛。

这人说：你把鸽子埋雪里啦？

我说没有。

那你看羽毛干啥？他又问。

我反问他：不看羽毛我看啥？看你呀？我直视他，他上下看我，我俩对视。他叹口气走了。

我们俩这么说话都不讲理，因为这个事里面没理，只有一根鸽子羽毛。我撤退，拜拜羽毛。我街口拐弯，无意回头看。你猜怎么了？那个人正撅着屁股刨雪，他相信羽毛下面的雪里一定有一只等他红烧的鸽子。

嗨——，我一喊，他撒腿跑了，骂我：你是个大骗子！

是，我在心里说，我是骗子。如今你不能在大街盯着一件近乎虚无的东西看，你看了而别人没看出其中的利益，你就骗了他。

我开始跑步，希望天上再落下一根鸽子的羽毛，或落下两根、三根羽毛，我把这事看得比吃饭喝粥都重要。

雪来洗万物

雪来了。站在窗边看，大雪像为这面窗户而降。雪片在玻璃外面如粉如绒，迅急时如白线，挂满窗。看一会儿，心想雪花娇嫩、轻盈、洁净，这么珍贵的东西怎能随便下又下这么多呢？透过雪幕瞭望，雪覆盖土地房舍。在牧区，山峦被雪包裹起来一个一个放在了天边。

雪飘落不止，看着有些心疼——我知道这么说有点儿不像话，但确乎这么想过——应该拿一个盆把雪端进屋藏起来，或用镜框镶上。这显然办不到，只有人间的艺术品才能够挂起来。雪是上帝的产品，不让挂。之后，我产生第二个想法：雪浴。

大雪下到足够厚，最好在阳光普照之际开始沐浴。捧雪把前胸后背、胳膊大腿搓一遍。雪何止冷冽，还杀菌去污排毒养颜活血化瘀固本清源，这是我想的，不知对不对。汉语里，雪作为动词有洗濯之意，雪恨雪耻。我等何不雪体？使雪没有白下。我把身上搓得像胡萝卜一样红，认为身上有了β——胡萝卜素，并唱“红萝卜的胳膊白萝卜的腿”这首电视剧插曲以助浴兴。

头一回雪浴，在门口小树林。我把衣服脱去，抓一把雪刚搓，没想攥成疙瘩了，改为捧雪搓。雪敷身上要么融化，要么下滑，不像水那么扎实。

浴雪的姿势也没找到“范儿”。坐下太凉，站着不敌寒风，总之不得法。我正在团团转，抬眼见边上已围了一群人，他们惊诧，讥笑，指指点点，迫使我草草收兵。回到家沏一杯姜糖桂圆红枣茶准备总结得失，刚好电视上演一位老师的示范动作——我老师即北极熊从积雪的山坡上滚下，起立抖擞皮毛，漂亮。我受到启发。滚，身上沾雪均匀，又不招风，别人从远处看不见，好。要不老师怎么会那么白胖从容呢？第二年新雪出笼，落地薄，未浴。一场真正的大雪下了一宿之后，我喜不自胜，骑车赴北陵公园后面——此地除喂松鼠的大妈之外，闲人罕至。雪地上苍松古木森森然，每棵树均挂牌矗立，树龄最小的也有二百四十七岁。脱衣，我先蹦跳热身，慢慢侧卧雪上，滚——屏蔽眼目口鼻，我以为滚出十米身上将裹一层厚厚的雪毡，直到滚不动，但没有。有的是——屁股右侧环跳穴被碎啤酒瓶割伤，好在雪凉，连血都没出。滚完用搓澡巾横搓竖抹，雪意顺四通八达的经络奔走呼喊，澄澈晶莹。搓完的感觉呢？没啥感觉。穿上衣服，身上像小电磁炉一般发烫。这时候，肚皮上放个鸳鸯火锅也能滚沸。说话间，雪花纷至。抬头见蓝天横来一片云层，像用手拽过来的。该云层边移动边降雪，像有人在里边操纵。老天爷看到人间雪浴，来点儿新雪奖励。四川人爱说“对头”，此事对头。雪落，平伸胳膊，瞬间开放七八朵白花，转瞬缩身为水，神奇。我不禁哼起了小曲，咦~呀呀，啊~呀呀。我边搓边琢磨给国家体育总局写一封信，建议全民雪浴，优胜者购房贷款利率降低百分之三十，出入公园公厕不花一分钱。咦呀呀，啊~呀呀……

搓洗过，我自忖如冰糖葫芦一般澄澈，很自负。

雪浴，除北极熊、麻雀和喜鹊也开展这项活动。我去辽宁大学校园跑步，雪天常见到韩国留学生穿短裤和羽绒上衣漫步，或握雪团攻打追击。有一回在书中读到，旧日的日本军人逢雪必浴，浴前做操、唱歌。日本歌呜呜咽咽，怎么适合雪浴呢？还听说日本人雪天爱在露天的温泉泡澡。体育医学指出运动至少给人带来三种好处。一、提高心肌收缩及摄氧能力；二、调节神经活性；三、增加成就感。雪浴比较对应第三条，浴过生出几分舍我其谁的豪强心态。人以为肌肤近雪凉得很。其实没啥，冷一点儿而已。人之根深蒂固的观念，除了别摸电门、得痔疮别吃辣椒、顶头上司不可冒犯之外，没几样是不可推翻的定论。“摸着石头过河”，即说河里只要有石头，石头只要摸得着，就可以过嘛。跟大风大浪比起来，雪浴只算捣糨糊。当然这个糨糊对身体和心灵有好处，属于健康环保型。

投身这项活动注意事项有三：一、挑人少之地搓洗，免被认为是智障。我被指认过一回，围观群众打110把警察都招来了。二、穿厚靴、戴手套，手脚皮下脂肪少，不抗冻。三、搓的时候下手要狠，越犹疑越难受。

用筛子筛水

我看见一个人猫腰在水库边上筛水，身后是绿中带黄的毛竹林，林梢的竹叶成团旋转，像钻进了一窝蛇。水比竹林的颜色绿，如一大块切不开的翡翠扣在地上。这地方属余杭，越过一座山就到了安吉。

银锭形的水库包住湖心的山。水面无一丝波纹，好像自古代起就没有波纹，鸟儿都不敢到水面落一下。

筛水的人站立在水边的大石上，手端一米多宽的大竹笸箩在水里筛。笸箩由竹篾或木篾编造，边沿包一个自行车旧轮胎，他可能在洗菜或洗草药。我走一圈儿回来，见笸箩里空无一物。他也可能在淘金吧。淘金千淘百漉最后可能淘到一坨二斤重的金疙瘩。然而，淘金都在河滩淘，水库里有金子吗？

我走到跟前观看。这个人身穿印英文的T恤衫，脚下拖鞋。他用笸箩舀水，筛筛，水漏走；再舀水筛之。我忍不住问："您筛啥呢？"他说："筛筛水。"啊？我差点儿被吓跑，筛筛水！我问："筛多少了？"他转身看水面。说："不到十分之一。"

"筛完得多长时间？"我问。

他边筛边答："两年吧。"

我想乐，没敢。有一位中国艺术家在英国某地路边拣了一块石子。他揣这块石子徒步行走一百一十五天，环绕英伦走回来，把石子放在原来的地方。记者问他这么做是为了什么？他答："让石子看看风景。"记者问："还有吗？"艺术家答："让石子回到原地。"

筛水比带石子旅行更深奥并东方。看穿戴，筛水的人不像行为艺术家。其实我有许多问题想问他。你是吃饱撑的吗？这是第一个问题，可以不问。你是精神病患者吗？第二个问题也可以不问。你失恋了吗？也不能问。问啥呢？

我说："我帮你筛一会儿。"

他乐了，说："好，我抽支烟。"

我端起笸箩筛水，没等筛两下水漏没了。我把笸箩还给他。

"你筛水干吗？"我问。

他用白眼翻我一下，好像答案写在他的眼白里。

嗯，他是问题二，精神病。

古代所谓愚公移山的故事在这个柳暗花明的水库重新上演。愚公一锹一镐把山搞碎搬走，此人以笸箩要把水库的水筛一遍。他有五十岁了，能把水筛完吗？这样的问题不能问，像瞧不起人。我再次打量此人，他头发很短，少许白。面黑少肉，身架如农民。我不懂英文，不知他T恤上的英文印着什么。英文也许是：我是不像艺术家的大艺术家。

"你是这个村的人吗？"我问。

"上个村的。"他答。

他志向高远，不愿与平凡人交谈。我与他惜别，在心里祝他早日把水筛完并治好精神病。我看他的眼神、胳膊（精神病患者的胳膊伸不直），他比较正常。是不是有人拿钱让他在这筛水呢？那么，拿钱的那个人有精神病吗？胳膊直吗？我年纪越大越感到凡事不可妄评，遇到一个奇怪的人，只能证明你见识少，不证明其它。

我回村里，路遇桶装水厂的老板，他是杭州人，正坐在石头上长篇大论训斥他的小黄狗。小狗先坐着，后来被训得躺在地上闭上眼睛。

我问老板，水库里有人筛水是怎么回事？他答："筛个屁，水是筛的吗？他做药引子。"

药引子？不能用一水库的水做药引子吧，那得熬多少药啊？全浙江的人吃也吃不完。

他说："那个笸箩是黄杨木皮做的。他这个人有肩周炎，中医说拿黄杨树皮做个笸箩筛水九千九百九十九次，再把树皮煎水喝就好了。他做了个黄杨木皮的笸箩搞这个，搞一个月了。"

我明白了，中医的部署。

过了几个月，我遇见一位中医，就此事向他请教。中医笑了，说："这里边有一个关子。你非杏林之人，本不该对你说，说了也没啥事。古代医疗资源缺乏，好多医方是谋略。医家本来就跟兵家相通。这个筛水或煎水只是个幌子，黄杨木也是个幌子。大夫在用动功治他的肩周炎，明白不？筛不了九千遍，病就好了，架不住肩膀老动，筋拨开了。之后用黄杨木煎水喝，那是治好了之后的事了。这些事关键在于你信还是不信，人是不是老实。所以医家常说，傻子去病快，治聪明人的病反而慢，信则灵嘛。"

与九十六叟一池泡澡

我到街南的浴池泡澡。这儿的池子一温一热，我取其热。水干净，在豆绿色瓷砖的映衬下，显出温馨。下了水就不温馨了，烫，由下至上的皮肤一寸寸被熨过。人的动作当然慢，还认真。躺平，水至脖子。这时，浴堂子又进一人。

此人——我觉得用“人”形容他已不够确切，没指灵魂，而从人体形态学而言——他无比衰老而瘦。要不老人怎么用“叟”这个词呢？他身上的肌肉几乎都消失了，松弛的皮像借来的衣服披在身上，露出“衣”里的静脉。前年，我想考体育大学，背过人体肌肉名称：头夹肌、骶棘肌、腘绳肌、比目鱼肌，在他这全没了。除脂肪外，肌肉是人体最后的可供消耗的组织。他放下拐杖，越池沿入热水池，算敏捷。他摘下眼镜，说：“不热。”我脸上挂满豆大的汗粒，他竟说不热。

我问：“您老高寿？”

他想了想，非回忆生年，而考虑告诉不告诉我。说：“九十六。”

噢，他有权利说不热。近百年来，此公不知泡了多少澡，日本人的、伪满洲国和国民党的澡堂被他泡遍了。人是这么一回事儿，你啥也不干，仅仅活到九十六岁就令人肃然起敬。有一个朋友，请我出席他爸的火化仪式，其父为副省级干部。我推辞不去，他说："去吧，仪式上没什么人了。"

原来，他哥哥在美国，而他爸的领导、同事、朋友、同学、恋人、仇敌早被他爸靠没了。他爸活了九十五岁。

啥叫荣耀？就这。追悼会上冷冷清清，盖因认识他的人早早被悼掉了。我又想起另一位朋友的告别仪式，盛隆至千人，因为他死时年轻，不到四十岁。

我看一眼身边老头，他的告别仪式，人也多不了。九十六，想到这个，我突然怕他泡死在这面，别人会怀疑他被我害死。我越想越怕，不泡了，刚要走。他说："五三厂十元一张票，这儿十五元一张，贪污啊。"

这是私营企业，他竟把溢价部分叫"贪污"，有意思。都九十六岁了，还抱怨，证明他精力很足，死不了。我接着泡，启齿问："您属……"

"鼠。"

我又算了半天，水太热，脑子不好使。他1912年诞生，正度过第八个本命年。光本命年就过八个，太奢侈了，还说别人贪污。我俯观其水下的皮肤，不红，见过大世面。我的皮和皮下的这肌那肌红活涨满，一看就年头短，幼稚。我又恭敬地问他几个问题，他想答的答，不想答的装聋，脸上没表情，所谓"从心所欲而不逾距。"

我说："您身体真好。"

叟说："没病。"

我问："您一星期泡几次澡？"

叟不语。

我请教："您怎么健身？"

叟："啥事都别往心里去。"

最大限度地不负责任，这是他的长寿秘诀。我认识不少长寿老人，我媳妇说我"招寿星"。附近来来去去的老人，唯我知道他们岁数和姓氏。一位姓李，其寿诀为恭谨。一百〇一岁的人，见人问讯，即起身，临走说再见。

见一切豪强人不妨恭敬他，没气生，恭谨可达顺生。一位还姓李，老女士，九十八岁，在桑园压腿，其寿诀为要强。三十岁守寡，蹬人力车送货，蹬到六十六岁掉沟里受伤休息。其八个儿女，“八个党员”。另一位不姓李了，是卢师傅，近十年来，年年自称八十二岁。其寿诀之一为东倒西歪于大街漫步，每日二十公里。他见修自行车的手痒，蹲下给师傅递钳子改锥。卢师傅有一回从兜里掏出一片儿报纸，指其中的“衢”字问我念啥。过一年，问我：“你上回告诉我的那个字念啥？”

我问：“啥字？”

“我哪知道啥字？就那个字。”

“哪个字？怎么写？”

“我哪会写。会写还问你呀？”

可见，卢师傅寿诀之二是对字疏远。

这位老叟已出浴，从布缝的袋里拿出扁扁的搓脚石，搓脚底下的各个部位。这块石头估计已伴随他几十年，磨得那么薄也不舍得扔掉。搓完，他抱膝在池边休息。其后背的骨头历历可见，跟教学标本差不多。

“您见过张学良吗？”我问。

“少帅，死了。东北军还剩一个人活着。”

“谁？”

“吕正操。”

人活到一定份儿上，可以不说事情，只说人物。用死和活着对答。咱们比不了哇！

我想，九十六岁，这人一辈子得经历多少事儿？啊？人老到一定程度，就具备某种神秘的“话语权”。

老叟开始更衣。穿戴整齐，像七十岁之人。

我说：“多好。您跨两个世纪了，占一个世纪。”

他回答：“没想跨，跟着过来了。拜拜！”

澡堂故事

进入澡堂，有人以大竹竿子把你的衣服挑起来挂在高处。我小时候，在澡堂曾披着毛巾被出神地观察屋顶下的一溜衣服，什么衣服就是什么人。有白府绸褂子，也有旧军服。澡堂的人，一律看不出职务阶级——大家像苏格兰的男人一样，穿着裙子。这种裙子用毛巾被围成，围头由左胯或胯间掖进去。毛巾被上印着字，譬如："赤峰市地方国营第三浴池"。我有时盯着一个人瞅，看他拿手巾在鲜润冒汗的脸上揩拭，看他喝茶或掏耳朵，然后把目光移到距他头顶很高的衣服上，揣摩他是干什么的。小时候，我对军官比较感兴趣，对军官系的大宽皮带尤其心仪。但一个光腚的汉子很难现出威重。我曾看过一个军官，很白很胖，坐着喝茶水，舌头在嘴里努来努去，隔一会儿把茶梗喷出。我在心里忧虑地想：他肯定打不过日本鬼子，连国民党军官也不干喷茶梗这么琐屑的事情。但他穿衣时令我肃然，可以说穿一件令我的敬意平添一层。当他把军上衣的扣子慢慢地、一粒一粒扣上时，神态庄重，目光凝重。最后，他把军帽（软檐便帽）在手上拍了拍，戴上，正了正，自喉间响亮咳了一声，我已佩服到头了。"文革"时，军人全着红领章帽徽，和毛主席在天安门城楼检阅红卫兵的穿戴一样。当官的是四个兜。这个军官把下端的两个兜盖用手一拽，开步走了。我望着他的身影，对自己这身趟子绒衣服不禁叹了口气。

澡堂（吾乡的澡堂）都很大，不然就称不起“堂”字。后来出现的只装些喷头的洗澡处，确乎叫“浴池”比较合适。澡堂都有铺，能高卧。正规的洗客若不睡上一觉决不出堂。铺与铺有半米高的隔板。洗澡的人全穿木屐，我们那里叫“趿拉板儿”。这种拖鞋，木头有一寸厚，在水泥地上走起来跫然清脆，特别是穿木屐的小孩儿来回跑，踢里踏拉。

这是澡堂外面的情形。

推开澡堂的门则别有洞天。绑有自行车红色内胎做门弓子的大门在身后“嘭”地关上，眼前已是白雾茫茫。以这种能见度，就是误入女澡堂也无碍。从天窗斜射而入的阳光中有无数水蒸气的颗粒浮游。澡堂里拢声，有一点儿山鸣谷应的意思，有些老头喜欢在这里哼戏。墙壁斑驳得如古罗马遗址，爬满水珠。有时从屋顶坠下水滴，“叭”地落在肩上，凉得令人一颤。到了澡堂第一要义是泡，洗澡的乐趣主要由泡而来。人也像茶叶一样，在“泡”的过程中渐渐伸展，只是水越来越黑。

入池前，要小心翼翼地爬过白瓷砖的沿儿，不然会摔倒。身体切入热水，一般人难免要痛苦万状一会儿。他们像跳芭蕾舞也像电视中的慢动作一样，将足尖连动小腿轻放进滚烫的水里，然后是另一条腿，用台湾诗人洛夫的诗来形容，是“水深及膝／淹腹／一寸寸漫至喉咙，浮于水面的两只眼睛／仍炯炯然”。他们双手撑着池沿，看双腿变红，紧咬牙关，妙相庄严。在澡堂里，越烫的水越干净，甚至有一种富于诗意的浅绿色。洗澡只有烫才舒筋活血，毛孔洞开，皴下如雨。于是人们要把身体渐渐续入水里，直至水漫脖梗子。当然老浴客用不着这么鬼鬼祟祟地进热水池子，从容一入而已。在热水里泡的时候，最怕周围的人“哗啦”一下站起来——热水全在水皮上，一涌而来，如有万针刺骨。

泡好了的人盘腿坐在二尺宽的池沿上，汗水滚滚而下，闭目若有所思，俟后开搓。搓，就是搓皴，皴乃皮肤表面的积垢。倘泡得好，搓处之皴如撒豆成兵，一卷一卷地落下。这时，搓澡人满心喜悦。搓皴有技巧，把手巾拧去水，摊在掌上，左手攥紧手巾，以掌内缘（手相将此处称为金星丘）搓，只往前搓，不要来回赶。

在池边，人有各种各样的表情。有人靠坐在墙边，支着一条腿，双目前视竟不眨眼。这不是泡傻了或有什么悲哀，而是疲惫之后的宁静。其实真正的娱乐就是宁静。能够使自己什么也不想的地方，澡堂是一处也。有人一丝不苟地搓皴，由胸至腹至腿至后脚跟，此人此时也是心无杂念，只是认真地搓。这时，身体的洁净与内心的愉悦是一致的。西谚称："贫困来自上帝，肮脏来自自己。"虽然贫困不一定来自上帝，圣子耶稣的贫困也不全来自上帝，但肮脏的确由自己造成。人与动物一样，清洁自身是极愉快的事。据说唐朝的文成公主因为松赞干布先生不喜洗澡而发怨言，被松赞干布痛殴过。文成公主他们老李家的人喜欢洗澡是有名的，玄宗与杨贵妃在华清池里一洗，顿成浪漫佳话。

澡堂也是体悟人生的地方。老年人在不穿衣服的时候是多么衰老。看到他们身体的枯索，可知衰老并非仅仅是皱纹与白发。他们背驼着，胸膛变成空瘪的袋子，肚子却外凸，胳膊布满老年斑。由于澡堂地滑，他们步履愈加蹒跚。赫伯特说："人体是一只沙漏，里面装着计时的沙子，最后沙漏本身也变成了沙子。"人如同植物，老了之后就变成空心的枯木，变成枯萎的苹果，变成垂于架下的老丝瓜瓤子。而他们年轻时，哪个不是汁液饱满的白杨树呢？小孩子也是澡堂一景，他们天真无邪，充满好奇。裸体的儿童肚子溜圆，肚脐多半不妥帖，他们乌溜溜的眼睛转来转去，企图把澡堂变成游戏场。男人的身体，好看的是小伙子，肩阔胸厚，臀部结实，像一头公马或腰身很细的狗。在澡堂，使人想起克里姆特关于人生的那些油画，童年、青年和老年都由身体来表现所处的阶段，如上帝手里的一串链条。

澡堂是充满肉体但不存在欲念的地方。时下有些地方的澡堂设立了"鸳鸯浴"，男女不必凭结婚证，只用身份证晃一下就可以进去苟欢。旧时的澡堂是一个温暖的小社会，花茶末泡出的茶水可以喝个够，可以聊天，可以睡到天黑再回家，还可以刮脸。我仔细观察过一位镶大金牙的师傅给人刮脸，刮到咽喉处加倍小心，以手指将刀上的泡沫抹下弹出。澡堂的堂倌们嗓音洪亮，为人谦和。“文革”时，所有的公共场合都有毛主席语录，其意尽量同环境贴近。如，粮站中的语录是：“忙时吃干，闲时吃稀，平时干稀搭配，配以红薯芋头”；人头攒动的火车站的语录是：“凡是有人群的地方，都有左中右……”吾乡澡堂的墙壁上，语录大约有这样两幅：其一“人民，只有人民，才是创造世界历史的动力　”；其二“凡是反动的东西，你不打他就不倒。这也和扫地一样，扫帚不到，灰尘照例不会自己跑掉”。两则语录显示了选家的苦心，一是人民洗澡，二是打扫灰尘。

咋不跳舞啊？

我们在餐桌前坐下，男主人老姚扶门框走进来，表示欢迎。

东北农民欢迎客人的动作有两样。

一是笑。这张风吹日晒、皱纹密布的脸，笑起来给人的感觉是，心底有一汪湖水，漂着野鸭子、树叶和云彩，没杂质。

二是搓手。骨节突出的两只手互相掰扯，手语翻译过来是：太好了，挺好。

这是老姚，六十多岁，刚从庄稼地里回来。像其他生活在北纬五十度以北的农民一样，他患关节炎，往椅子上一坐，“扑腾”一下，像把一袋土豆撂地下，关节没油了。

老姚最值得说的不是手和关节，是眼睛。他的眼睛——医学称之为虹膜——为湛蓝色，深邃乃至浪漫。

没错，老姚是俄华后裔。他的眼睛和自己的装束气质不配套，和满口山东方言也不配套。学语言，跟什么人学什么人。当年利玛窦说广东话，郎世宁说上海话，皇帝听不懂，才改京师口音。

老姚用粗大的手指讲解——墙上有一幅幅外国人的照片——我二舅、二舅母，我叔伯哥哥，我姥爷，我三大爷，听着特别可乐。照片上穿西装、套布拉吉的人，如果说是捷尔任斯基、加加林、契诃夫、阿赫玛托娃还差不多。老姚却言“二舅母、三大爷”，逗。

这地方临国界，地名冠数字，曰“二十八顷”，还有“十五顷”等，全数字化了。老姚家铺松木白碴儿地板，不打蜡。女主人每天跪着用毛巾擦洗一遍。墙上若裂纹，抹几笔涂料，看上去斑斑驳驳。所有的窗台上都有花，小黑塑料盆栽的草花。餐厅大，一半用餐一半闲着，长方形。

后来吃饭，除了腌黄瓜、牛肉汤外，其余为东北风味。

我们吃，老姚拘束，不上桌。这帮人里有一位大校，老姚盯着他肩上数不清的星与杠深情微笑。俄罗斯人崇尚军官，老姚把这个也遗传过来了。

吃喝间，老姚抱一个手风琴蹒跚进屋。琴两厢都是扣子，人称“巴扬”。他说：“唱吧！”

大校早就憋一肚子苏联歌曲，随琴声洪亮迸发——纺织姑娘、山楂树、德聂伯尔、共青团之歌。太“革命”的歌老姚不会拉，他父母（也是农民）没教，只打个节奏。

大校大唱，不肯收声，老姚看我们，眼神含着询问与疑惑。歌声止时，老姚问：

“咋不跳舞啊？”

从额尔古纳回来，我印象最深的就是这句话：咋不跳舞啊？有了美酒，有了歌声，为什么不跳舞呢？老姚对此百思不得其解，这是他的浪漫。

有音乐而不跳舞，像有酒而不喝，有姑娘而不爱，有一条清澈的大河而不纵身畅游，有笑话而不笑，有花而不赏，有戒指而不戴。总之，光阴虚度，岁月蹉跎，对不起老姚。餐厅另一半原本是预备跳舞的。

这帮人欠欠屁股，扭捏一下，还是没跳。此外，也不太会跳。哥萨克男人矫健如鹰的独舞，难为咱们了。

唱罢，告辞，老姚送我们到门外。院里桦木栅栏上缠绕牵牛花，木刻楞房旧得像城堡，老姚扶着墙笑。这是山东登州府的笑容与外贝加尔湖的眼睛。他的笑里多一层探究，咋不跳舞呢？

我们说再见、再见，傻了吧唧走了。

后几天，晚上刚入睡，老姚在床边推我：你咋不跳舞啊？我扑棱坐起来，才知是梦。想一想，是得学学跳舞，不然造成多么大的浪费呀！

张家界人山连相

山里面，张家界显得最突兀。看到这里的山相，无由想起黄永玉，谭盾，这些人就是这种相貌。从山顶往下看，峰峰如悍将骂阵，如藤甲兵士向外冲。一座峰和另一座峰不挨着，各怀腰刀睽视。这些山，看了半天，想起两个字：造反。这是一帮伺机造反的山，被玉皇大帝发配到湖南来了。此处耕地那么少，苗人，土家人从古到今活下来不容易。山看到生民艰辛，日久天长表情带出恨意。我看此山，刚好和九寨沟相反。虽然一样莽莽苍苍，但九寨丰腴有女性气息，张家界全是男丁，荷锄的、打猎的、砍柴的，浩浩荡荡，灌满湘西。

这里的居民——我是说当地做买卖的人，面貌与山连相。说不上哪儿像，黝黑、矫健、颊上少肉，乐观而凶戾，能走能担。说像，是气质与山达成契合，或者叫配套。人山如兄弟，在其他地方少见。没见北京哪个人像香山、玉泉山；也没见安徽人表情如黄山。这里放眼望去，天人合一啦。

上一回赴张家界顶峰，我考虑登山汗大，穿短袖短裤上路。到了山顶，天降雪。穿毛衫的人脸上青紫，我脸是什么颜色无人告知，自己也没带镜子。山上见朱镕基题字“张家界”，隶书，于右任风格。一看就是胸臆饱满之人所写，气大。还看过朱镕基为珠海会计学院题校训——不做假账。他题字少，我只见过这两种。山顶上，雨雪接力，雨之雪之，不定性，落在我胳膊腿上，今吾凉矣，却见游人瞪我。好像我穿这么少是在炒作自己，是二百五，冻死活该。我认为游人藐视我已经足够，像毛主席说在战略上藐视敌人，用不着瞪。我穿这么少我妈都没生气，你生什么气。今天我是大意了，出于平常搞冷水浴等玩闹活动，没觉得冻怎样，左右看胳膊色比原来新鲜，接上地气了。

下山，旅游团队的导游向我们传达山情山况。我伺机把小贩的整捆报纸连绳全买下，分四叠，绑在左右腿臂，跟变形金刚差不多。山民们（连男带女十多人）哈哈大笑，放射出崇拜的目光。有人推女的往我身上撞，女的假意不爱撞，撞了还想撞。一男人喊：“把她们带回家做老婆吧！”推四五个女人进我怀里。

我说早有老婆了。

男人说：“一个不够，你这么好的身体要有六个老婆。”

我说：“好，今天选几个民女弥补挨冻。”上前令她们，长得俊的不动窝，丑婆娘躲闪尖叫。越叫越擒尔等村妇，掐着她们的脖颈带走，一手一个。这两女的一脸快活。这时，旅游团的导游发话，呵斥：“你搞什么呢？”

我说：“没搞呢。”

导游：“你这是干什么？”

我指着山民沸腾笑脸，说：“我们开联欢会。”山民说：“对，对，这个大哥太好了。”

旅游团来自上海，也算一个笔会。这些上海人说，这么快你就和他们打成一片了。

我说我们是一伙儿的。

这几个上海文化人不懂什么叫“一伙儿的”。即，可以沆瀣一气（瀣字太难写，顶写三个字），玩呗。人到外边来干吗？你以为看山，看山干什么？实话说渺小的人仰脖看山多么可笑。有趣的只有人。但他们理解不了我的打打闹闹，认为低俗，穿短袖短裤绑四捆报纸跟山区女同志打闹尤其低俗。他们觉得旅游必须听讲解，肚里才能增进文化。

有一次，我随“重走长征路”采访团到了大凉山。山路上停车，我下车走二十几步跟一个锄地的妇女拉呱儿。我说三句话，这个妇女爆笑三次，手撑后腰（她怀孕了），笑的表情痛苦。

上车，人问：你说什么话这么快就和她打成一片？（又是打成一片），我没言语。事情是这样，这个妇女三十多岁，身边有个四五个三四岁的孩子，手里还抱一个。

我指群孩：都是你生的？

她仰脖笑，摇头。

我说：再给我生一个呗？

她笑，摇头。

我指她肚子，说别笑了，要不生了。

她嘎嘎笑，摆手。

瞎闹呗，说不上打成一片。乡人看你跟她闹，觉得你们城里人也是人，坐汽车里的人也是人，并不像录音机那样讲话，感情接上啦。

再说我，跟张家界山下的农夫农妇嬉闹，你推我搡就差入洞房了。一个最丑的女人抱着我胳膊（隔着报纸）说：“你们城里人爱找情人，带我回去吧，省得出去搞破鞋。”

“谁搞破鞋？我像那样人吗？”

丑女手指我：“你还说你不像？你身体这么好，相貌堂堂，怎么会不搞破鞋？”

我说：“那也不跟你搞，容易吓着。”

丑女跺脚，“吓什么吓，老娘跟定你了！”

我说：“那我就做变性手术。”

丑女哼一声，“你做我也做，做成男人。”

我说：“挖坑容易栽树难，你变不成男的了。”

丑女招呼她同伙儿，“过来，把他裤子扒下来，给他做手术。”

吵吵归吵吵，她们谁也不敢上前。我掐她们小细脖梗，就跟掐小鸡似的。

跟这帮人闹得正欢，有个女人抱个孩子从远处匆匆赶过来，扒开人堆走到我跟前，说：“这孩子卖给你吧。”

“卖孩子？”

她语调平静，脸上甚至带有期待。

山民们去掉嬉闹气氛，规劝我：买吧，带家去。

我……这回窘了，不知怎么应对。

“五百卖你。”这个女人说。她抱的女孩儿，被女人勒肚子抱着，长得基本上像猴，手上摆弄树叶玩儿。

哪有卖孩子的？我说：“你这是犯罪。”

女人说：“我赚不了多少钱，为给孩子找个好人家。我看你是好人。”

“一眼看不出好人坏人，我做的坏事多了。卖的是你孩子吗？”

“是。”

“你卖了，不想孩子吗？”

“再生。”

我说：“你真是混蛋母亲。卖了女孩儿再生男孩儿？”

“对。”

我抱过这孩子。大伙儿以为我要买了，说五百元便宜，快买吧。这孩子身上柔软，骨头和肉的接缝一抱就知道。她脸上脏，但从耳后和眼皮能看出粉白的皮肤。眼睛漆黑明亮，嘴唇像花瓣一样噘着，很可爱。怎么抱，她都不认生也不看我。手里树叶蔫了，小孩儿常常就这么静默着。儿童在想什么，谁也不知道。

我把孩子掂了掂，问女人："够秤吗？"

这女人糊涂了，说："够。这么大了，够秤。"

够什么秤，也不是猪肉。我从兜里拿出一百元给她，说："给孩子买点儿好吃的吧，多好的孩子。我不买，你也别卖了。"

这女的抢过钱，手举着，用当地话叽叽呱呱说一通。

我说："还有孩子呢。"把孩子递她。

这帮人用当地话争议起来，好像是说女人不该得这钱或此钱均分。我走了，想给我当老婆那两个女人也没跟过来，什么记性。

这一次赴张家界，与当地女导游谈方言。女导游说张家界的女人对自己丈夫的爱称是"砍脑壳的"、"剁肉末末的"。

这些话，往里面一想，爱得真深呀。指向终极——死亡。爱到深处，人常以死亡（消灭，占有）譬喻。但这些关于丈夫的指代词并不仅是"该死的"，还有行刑过程——砍脑壳，古代留下的刑罚。"剁成肉末末"之爱比"砍脑壳"更深入琐细。

导游还说，这里的丈夫倘若不服妻子管教，还有另一种惩罚：下蛊。被下了蛊的男人恍如行尸走肉，客死他乡。导游说这就是包二奶不听话的下场。导游还说，如果丈夫在性事上不尽职责，也会被下蛊。这就有点儿不讲理了，好在我没把那俩村妇领回家，她们身上不知带着多少蛊药。我四下望，山壑里仿佛有一层阳痿早泄者的尸体，都被蛊过。

从天空看，张家界的山峰像一根根钉下的楔子，如尖桩阵。这一片山，好看是真不好看，只是倔强顽强。群山之巅好像被火烧过、被雷劈过，如一群绝不投降的战败者。从另一方面说，山里面不知藏有怎样混沌未开的风貌，有人们看不到的奇石奇兽、奇草奇花。但进山无路，想象不出怎样才能进入山的深处。居住在这样的山里，如果遇到昏暝、雷电，一定骇人。而这里的人被骇出来了，对万事万物都无所畏惧，浪荡达观。卖个小孩儿、当个老婆、下个蛊，算不上什么事。张家界的女人强硬。女人硬，逼男人更硬而且不许退缩，活得就像这些巉岩峻峰。

张娜莎和李丽达

秋天的额尔古纳河透出青绿的琉璃色，波浪同时拍打着中国和俄罗斯的土地。两岸长着一模一样的草木，天上的云彩不分国界地飘荡。坐船游河，见到俄罗斯岸边有一个舞台，十几位俄罗斯姑娘正跳热舞，但没观众，台前是滚滚的河水。观众在哪儿呢？在中国这边。此岸有更大的舞台，矗立巨幅LED屏幕，中国游客从屏幕上欣赏河对岸俄罗斯姑娘的“红莓花儿开”，演员和观众不办签证就完成了两国民间艺术交流。如果你愿意，看大屏幕的同时也可以远眺对岸的姑娘，但她们身影显得太小，而且孤单。这样的演出是中国人的主意，对岸的舞台也是中国人搭的。中国人不仅聪明，而且会逗乐。

恩和民族乡弥漫着俄罗斯风情，街上有原木搭建的列巴（俄罗斯面包）房，尖顶阁楼的旅馆，这里是边境线。我们在村里见到两位华俄后裔，她们六十多岁，身份证名字叫张娜莎和李丽达，她俩是好朋友，常在一起唱歌和用扑克牌算命。应我们请求，她俩合唱了一首俄罗斯民歌，歌词大意是：“有一个小伙子，戴着遮阳帽，从远处来到我们这个地方。他身上散发着汗味，皮鞋的鞋带没有系上。我们唱歌跳舞玩到第二天早晨，他走了，早已把我遗忘。可我想念他没系好的鞋带和戴遮阳帽的模样。”老姐妹俩唱起歌，唱到第二小节，脸上浮现恋爱才有的表情，好像干涸的池塘里注满了荡漾的水。这么快？我咋不能呢？她们的歌声里有甜蜜也有忧愁，我不禁忿忿然。俄罗斯小伙子你知道吗？姑娘都老了，还在为你的遮阳帽和鞋带歌唱呢，以后你把鞋带系上好不好？歌声止，张娜莎和李丽达回到现实也就是衰老中，用略带山东腔的汉语说："唱得不好。"我真不希望她们的表情从恋爱中回到现实，唱歌的时候她们美，眼里有着恋人的目光，可以抚平一切皱纹。一旦说出"唱得不好"，一切都结束了。

我说："张大姐、李大姐，你们的歌声打动了我。没人用歌声想念钱，但人人都愿意歌唱爱情。我遗憾见到你们之前没买一顶遮阳帽，也没把皮鞋的鞋带散开。"

张娜莎和李丽达仰面大笑，她们用拳头捶我肩膀，李丽达踮起脚尖亲吻了我的面颊，我向她俩一一回赠了亲吻，也在面颊。她们领取国有农场的退休金，平时采野生蓝莓熬酱，吃自己烤的面包，唱唱歌，用扑克牌算一算那个戴遮阳帽的兔崽子还能不能回来。

猪笼草

我去邮局取包裹，在门口见一年轻女子从出租车下来，手里端一盆花，端不动。一般人都端不动稍大的花盆，为啥？花叶蓬张，不便近体。手伸着，肌肉力量不够。我帮她端花，进邮局。

她喊：邮花！

邮局的人笑了，说邮不了。

她不高兴，说：我不要了，扔你们这儿。

邮局人说：别放这儿，你拿回去。

她说：我拿不动，放你们这儿吧，寄存。

邮局人：我们不寄存。在这儿养着也行，不承担责任。

年轻女子说：行，你们窗台那么多花，不在乎这一盆。她用目光在人群中找到我，说：我看你这个人挺老实，帮我打个电话。

她从衣袋里翻出揉皱的纸团，打开，说：号，看清没？让他取。

我用老实的语气问她：跟他说什么？您姓名？

她答：一个字，取！别的啥也别说。说完，挺胸“噔噔”走了。

我把花放在黑大理石的宽边窗台上。揣摩这盆花。叶子如橡皮树叶，有蜡质，叶中脉延伸一段卷须，发育成囊。这是什么花呢？囊垂如小瓶子，绿皮，带红筋。

我按她给的号码打电话，一个小伙儿接听。我说你到×街×邮局窗台取花，花不知叫什么名，有囊。他提出问题且语气粗鲁，取花干啥？什么囊？你谁呀？我按女子所嘱，啥都没说。

回家睡一觉醒来，想起我儿时读的彩色连环画里有这种花，叫猪……什么？花囊有蜜腺，吸引小虫爬入，盖子关上。消化液把虫消化了。对，叫猪笼草。

电话响。取花的小伙儿在邮局打的，请我去一趟。我说花什么样，他说花找到了，对我有话说。

我老老实实去了邮局，见猪笼草边立一壮硕小伙儿，脸胖肚圆。他问，这是什么花？

我说一遍。

听完，他不爽：把我当虫儿消化了？花我不要了。

还是女子说的“啥也别说”对，说了就不对。小伙儿走了，我也走。才出门被邮局的人拽住：这盆花有白粉病，你拿走。

我……成什么人了？传话、搬花。我把花盆扛肩上回家，这时街上又有人问：这是啥花？

我“啥也没说”。

他三十多岁，自问自答：猪笼草，原产印度，著名食肉植物。多钱买的？

我摆手。

卖给我吧？

摆手。

大哥求你了，多少钱都行。我属猪，老婆属龙，多合适。多钱？

摆手。

他拦我：今天是情人节。卖我吧！

情人节？我说呢。说：你端走吧，不要钱。

这人用胳肢窝夹着花盆飞走，怕我后悔。

没几分钟，壮硕小伙儿赶来：我花呢？人家说猪代表发财，瓶代表平安。我花呢？

我指前边那人：他抢走了。

小伙儿追他，那人上了出租车，小伙儿在路边拦另一辆车追他。

晚上，我跟媳妇说此事，她点评，曰：现在的人呐，爱的不是人，是迷信传说。还情人节，哪有情？

第三辑 从勃拉姆斯开始

磨砂的、骚灵的、波顿的昔士风之烟嗓

西洋音乐的人声和乐器之间有音程与音色上的贯通性。意大利文TENOR这个词，指男高音，指男高音中的首席，还指乐器族的次中音长笛或次低音提琴。在指挥手下，TENOR一马双跨。咱们中国讲天人合一，西方乐坛声乐合一。

按这个思路，我自作主张把大麦包——中国歌迷送给迈克·波顿的诨名——与昔士风并列。旧上海把萨克斯管译为昔士风，一个“昔”字透出老唱片的风尘意味，与“翡冷翠”一样怡情。除去昔士风的金属光泽，波顿的嗓子是磨砂的、哑光的、苦尽甘来的人声铜管，用来唱《当一个男人爱上女人》《说过我爱你，但我词不达意》《那便是所说的爱》全都是情歌。

他嗓音沧桑。何止沧桑？还有摧折的追忆、忐忑的期待，又见纸醉金迷。邹静之说“纸醉金迷”是个好词，真是个好词。可谁见过纸醉金迷？更没听过。耳闻迈克·波顿的歌声，便感到金币的墙壁一节节坍塌下来，取之不尽。颓废的筵席排出十几里地，所有的人酒足饭饱，只剩下一个迈克·波顿啼饥号寒。波顿的声音常常在啼号，接近于鲁迅说过之后一直有人说的那个词：呐喊。喊什么？不清楚。他的歌是悲情情歌。悲什么情？一在说爱，二是爱没了。如果爱还在，人没啥可说可唱的。爱在当下，夫复何言？最多咳嗽一下。然而爱没了，就得找。迈克·波顿的每首歌都像唱过一千多遍。他把嗓子唱出包浆来了。哑，刚好表现情深，波顿最得女人心，这一点也是他的市场。情歌——传世的情歌哪一首不悲情呢？你听陕北老乡唱的《赶牲灵》绝望，阿宝唱的《赶牲灵》撒娇，有萝卜之脆，无投入之深。我十七八岁时候，没谈过恋爱也没蹲过监狱，听王洛宾“我的青春小鸟一样不回还”，感到了一种蹲监狱的苦恼。后知这首歌真是他蹲监狱写的。这首歌唱美好只属于别人，自己连时光都攥不住。没自由的人偏偏想青春、想爱情、想小鸟儿，教我如何不想她？悲伤是爱情的显影剂，暴露出爱情的美好离不开自由。丧失爱情的人丧失的是自由，或者说他感到了爱的不自由。爱情从来都不自由，与人的天性处处敌对。波顿的情歌有冲突、挫败、困顿，他瞪着眼睛看爱情越跑越远，没等“挥一挥手”，却连一片羽毛都没捞着。波顿会写词、会谱曲，格莱美奖两度，全球唱片销量五千二百万张，会不会配器不清楚。他现今老了，但音乐年代曾有一段属于过他。中国的情歌（创作的）多是甜歌，甜的情歌终究唱不久。美国科学家测试婴儿的味蕾，结论是人类对甜味具有先天的偏爱。然而络绎不绝下馆子的人，吃酸吃辣，吃无味之汤汁，偏不爱吃甜，他们都成年了。甜齁人，甜里见不到生活的多样与多面性。那一首“妹妹你坐船头”，最不堪，不止甜，还麻（肉麻的麻），可做治疗歌曲，教那些智商平均不到二十的自闭症患者练习吐字归音。

好的歌唱听不到嗓子，听到的是气息。迪丽拜尔和吴碧霞的歌唱，是一串泉水滴在琥珀碗里的声音。迈克·波顿什么都没有，有的只是一副嗓子和嗓子里的沙砾路，他的嗓子紧贴着灵魂。“灵魂出窍”的说法应该包括嗓子，嗓子也算一窍。波顿似乎用嗓子参加过远征与屠戮，他用最接近哭泣的区域歌唱。陕北民歌也如此，但近于哀，有弃绝。波顿如丘吉尔说的——Nerer Give up——绝不放弃，像穿一条大裤衩子跑过戈壁，只为了一小碗清泉，波顿唱得声嘶力竭。声是演唱方法，力是做人态度。为了爱情，犯以费波顿这么大的气力吗？不行拉倒。拉倒的是我们，而非波顿。芸芸众生希望有一个人为情而痴，绝不拉倒。波顿在歌声里作战，冒死冲锋，用带枪膛来复线的嗓子满足了人们的愿望。

一位评论家说，“所有的艺术都在回忆。回忆与再现不一样。艺术的感人在于回忆中的再现。”哪位评论家说的我已经忘了，也许是克罗齐，但不会是芙蓉姐姐。人在歌声中回忆爱情，爱情会变得庄重（这点又合女人心）。苦，却无悔意，仿佛值得再来一次，均合女人心。这一种庄重，是波顿的声音接近灵歌的缘由。

美国南方黑人灵歌是宗教音乐，它虔诚但不教条。灵歌与摇滚相遇之后，深处的力量像冰岛的火山一样喷发出来，显示苦难可以无所顾忌。波顿用硬摇滚与灵歌融合，以强硬表达温柔。没错，波顿的歌其实很温柔。调查说，美国女性在浴室里洗澡最爱听的歌是迈克·波顿。波顿并没在爵士的路上走太远，他走不过黑人歌手。摇滚乐对谁来说都算不上一条路，而是一座重金属的房子。虽然声震屋瓦，血肉迸飞，但这只是房子里面发生的事，它不上路。所以摇滚乐手出来就到达顶峰，往前再走一步都难。不同的摇滚乐队连成一片阵容才好看，单独的乐队都是自己的牺牲品。波顿有意模糊了流行乐与摇滚的界限，他用一条烟嗓的扁担把两头挑起来，答对市场。波顿融合的不光是摇滚，灵歌、爵士，他什么都融合，显示大肚子美国人的消化力。他的乐队里甚至有日本尺八，源自唐朝的尺八可发出狐狸媚叫的声音，缥缈骚灵，很波顿。他的音乐背景分别有钢琴——最正经的乐器、电贝斯、四支小号和两支低音昔士风（铜管为人声伴奏，我在国内还没听过），有合唱队和手击鼓，包括尺八和管弦乐队。是什么把这些乐器族穿起来？波顿的磨砂嗓子，中国人叫烟嗓，亮了不行。国内音乐教育看重歌唱者音色明亮，但明亮非常可能寡味。王宏伟明亮的声音里面什么都没有，像没放水果的玻璃盘。明亮不一定圆润，波顿的烟嗓其实可达圆润。他的声音只差一点点就达到圆润，却有意不及。他把这个空间留给乐器，波顿非常突出乐器的效果。

听国内的歌，乐器真的是在伴奏。“伴”字把乐器的魅力都消磨了。老派的配器观念如同中药配方的君臣佐使，造就众星捧月。月一定是演唱人。除了演唱人，还能是谁呢？大麦包突出的是音乐，而不仅仅是他的嗓子。他的歌声在乐曲里时隐时现，像漓江的山峰。乐器，人声，合唱，各示峥嵘。波顿很多时候只负责领唱起句，余下由乐器填充。他明白一个道理，乐器与人声可走一条道，人声可以是一件主奏乐器。是的，听众听的是音乐，而不仅仅是歌声。西乐说的SOPRANO是最高的女高音，也是男童声，还是高音昔士风。蒙古歌王哈扎布的声音跟马头琴贴在一起拨不开。波顿的声音在模仿（充当）低音昔士风、电贝斯，人与乐器声也拨不开，配器配得真好。我猜想波顿给自己写曲子，像比才为《卡门》写“走私者五重奏”，声部和乐部叠加编织，次第展开。而不是一个人唱，一堆乐器愚蠢地跟奏。主旋律有波顿唱的，也有乐器演奏，穿插共进。乐队是波顿的合唱队，波顿是领唱，并非京剧中的梅兰芳。当然，这是欧美流行音乐共同的样式，杰克逊也精通此道。

迈克·波顿头些年是国内歌星的偶像，他的MV中的火阵、白马与山峰，把中国唱家馋得哈喇子都流脖子上了。但，波顿不光以MV画面赢人。他与肯尼金之昔士风对阵、与帕瓦罗蒂合唱《今夜无人睡觉》。老帕唱完B段头三句把高音C甩给波顿，波顿直工直令唱完，一点儿没掉，功夫到了，还说啥。波顿学过歌剧，老帕对他挺高看。

“骚”这个字，一般形容女性的狐媚，既是诱惑，又是能耐，此字近于波顿的演唱。国内有个民通男高音骚而甜，每一句都可听出他下颌放松，津液满溢。波顿骚得硬，这是他情歌的核心技术。如同不懂足球的女人爱看球员踢球，想看到横冲直撞中的花哨与柔情。波顿是“硬骚”或者叫金属骚。1953年出生的迈克·波顿说：“我甚至不敢到餐馆吃饭，有人目不转睛地盯着我。我咀嚼每一口都很小心。”我猜想他的五千二百万张唱片百分之九十为女歌迷所购，她们得到了一个磨砂烟嗓演绎的包浆爱情传说，一支人声昔士风铺排的纸醉金迷。有人觉得迈克·波顿狂野，是由于看到他那张狼式面孔。生活中的波顿很小心、很细腻。他做慈善——特别是儿童慈善——得的奖比演出的奖要多，获得过全球“人道主义大奖”。

听一听马勒

直到去年，我才听到音乐家马勒（ Gustav Mahler ）的名字。在资讯汹涌如八面来风的今天，人们已不算孤陋，仍避免不了寡闻。社会认识层面，仿佛案上肉馅，被切割得极其细碎。

我有一位朋友，在北京一家传媒机构担任音乐编辑。去他家做客，见书橱里满满的读物竟无书籍，细看，全是激光唱盘，上面摆着交响乐总谱。我指着总谱问："读吗？"他点点头。我想象他于深夜，在书房认真读乐谱的神态，好玩。

作为礼物，我请他自选两张唱片。他在音像书店将选到的一张唱片拿给我看，说："马勒。"那会儿，他眼里的满足感，如同赌徒高喊"满贯"。他扭头时，敞着领口的大红羽绒服里面，亮光倏尔一闪，一根极细的项链，很精致。

回到沈阳，朋友寄来一篇音乐论文，我交由友人主持的艺术评论杂志上发表了。论文的题目是：《迷惘浮生的慨叹——谈马勒的交响乐》。

又是马勒。

还有一回，漫然翻阅一本西方现代艺术哲学的书，一行字跳入眼中，我一连读了几遍："20世纪是死亡的年代，马勒是我们的精神先知。"（莱纳

特·伯恩斯坦）

马勒作为一位奥地利的音乐家和指挥家，在西方精神领域竟有这么大的影响吗？我找来一些书读，才知在西方知识阶层，马勒是继贝多芬、瓦格纳、德彪西和勋伯格之后最受欢迎的音乐家。20世纪60年代以来，出现了“马勒音乐的复兴时代”这一文化现象。马勒作品渗透着深刻的哲理内涵。马勒终生真诚又终生痛苦。他站在衰草丛生的传统价值的废墟上，目睹由科学进步造成的物质繁荣只不过是一种虚假的幸福。他自己说：“在任何地方我都是一个闯入者，从不受欢迎。”一位美国音乐评论家称，大多数人都能在自己与宇宙之间形成某种和谐，马勒则永远做不到。他的追索、妥协、内疚和焦虑，使他成为时代的预言者。

我借来一本由阿尔玛撰写的马勒回忆录，深为这位音乐家精神生活的精纯敏锐所感动。阿尔玛是传主的夫人，小马勒二十岁。此书似乎缺乏从更宽阔的角度理解马勒。公认写得好的《马勒传》是其门生布鲁诺·沃尔特所撰，人民音乐出版社已出汉文译本。

我已经开始了听马勒的准备，虽然还没有听到。同时被一种对马勒作品的诠释所打动：“人生是一场悲剧，但生比死更有意义。”

读《今天》杂志。上有钟阿城回忆诗人叶三午的文章。文中说患有风湿的叶三午躺在沙发上与作者“握了蜻蜓点水手”之后，问对方最近在听什么？阿城回答听小彩舞的“丑末寅初”。三午叹了口气说：“我在听马勒。”

我不能读交响乐总谱，只能由耳朵来听，到各处去找马勒的带子。在一家比较上档次的音乐书店里，我问：“有马勒的带吗？”女售货员回答：“没有。有马玉涛的带。”我被噎个踉跄，接着问：“有马克思的带吗？”女售货员形色不改，回答：“没有。有马长礼的带。”我欣赏这个女人的冷峻。

马勒的激光唱片很多，但我的比较不高档的音响无力享受。

今年5月，手头有一本《散文》海外版，翻开一篇文章，题目为《马勒救了我》。作者是《梁祝》的作曲者之一陈钢，我合上这本杂志，心里一紧。马勒，这里面肯定有什么事情了，我没读这篇文章。马勒无所不在，如他自己说，“我渗入音乐的永远是整个的人——感觉的、思想的、呼吸的、遭难的人。”

7月末，我买到了马勒的一套普通唱片，宝丽金公司出品，波士顿交响乐团演奏，小泽征尔指挥。作品是他的第二交响曲，主题是死亡侵扰与生命渴望的搏斗。像迈克尔·肯尼迪指出的，在这部“寻求拯救”的作品中，“英雄不是古斯塔夫·马勒，而是人类·马勒”。

唱片的封套印刷精美，小泽征尔以善良的眼神注视着人们。我觉得听这套唱片需要一个仪式，或者说一个缘由甚至借口，但我还没有找到这个机会。

唱片仍然挂在书桌对面的墙上。我期待有一个朋友来，指着唱片说，“那是什么？”

“马勒。”我回答。

“听一听好吗？”他或她说。过去听或没听过马勒的名字都不要紧。

“好的。”我起身，用我纸刀慢慢划开唱片外边的玻璃纸，把它放在唱机上。

听一听马勒。有可能听不懂。

两个月了，还没有这样的朋友光临。

多　　好

以前与林燕到邹静之家专门去听一盘匈牙利的中世纪弥撒曲，合唱。我们尚未深解其味，静之已深醉其中，眯眼望着别处，喉结微动，在心里跟着唱呢。好像丰子恺画过，在家里请客，自己先喝醉了。此曲他已听了多遍，还如此倾情。那时，我坐在静之收藏的清末红木官帽太师椅上，喝茶吃着萝卜。这盘弥撒曲唱得单纯，傻，也就特别真诚。林燕听歌时，眼睛比平时亮，还大，像含着泪水又带着笑意，美丽。曲毕，静之叹曰：多好！不知是旋律好，演唱好，还是中世纪的匈牙利好。

在寂寞中，我度过了好多年，像成吉思汗说的“除了影子没有其他伴侣，除了尾巴没有其他鞭子”。每天面对默然的家具和书，有时到楼前的花园和树们一起坐坐，一似某作家所言“守望空心岁月”。这种日子的好处在于，可以日日浸溺音乐里面，从中获得想要的所有。我有时想，人要是不期然早卒，未有收听世上妙音该多么可惜。譬如《夜深沉》中京胡的富丽华瞻；《一枝花》中山东大鼓的土腥气；《孤芳自赏》里小提琴的寸弓，麦苗似的；《图画展览会》之“基辅大门”；《叹颜回》的断弦效果；《懒画眉》埙的口唇气流的熨帖。多了，满天星斗。再想，假如巴赫、柴可夫斯基、格里格等大师不出生怎么办？此念一生，不禁愀然。“天不生仲尼，万古如长夜”，我们至今还在黑暗中摸索。感谢大师！如果他们在沈阳，我每天站在大师路过的地方脱帽行注目礼。某夜某人来电话谈听过拉赫玛尼诺夫的《钟声》的感受，却欲说又休。音乐就这样，永远高于语言。人感动了，又为这种感动而语塞，此乃静之说的“多好！”生活多好，世界多好，多好多好。在岁月中，我们带着各自的弱点活在世上，父母早就不管了，咱们就像底片一样在音乐的圣水里慢慢漂起吧，渐渐清晰。有一次，我到体育学院田径场，准备跑每周一次的五千米——十二圈半。台阶空旷罗列，神秘如坐满隐形人，主席台上鸽子起落，那儿有米吗？我心中突然响起了苏佩的《轻骑兵序曲》，同时想起了父亲。父亲驼背，勉力抬着头在赤峰的小街缓行，脸冻红了。他年轻时多英俊，眼睛——腰，像金钱豹一般警觉矫健。在后面的慢板里，我感到一群静穆的古希腊人错落立于山坡，肩头垂下西藏喇嘛那种绛紫大氅，仁者、贤者、尊者，风吹他们，忽拉忽拉的。我心一软，蹲下了。却看到草芽已在早春探出脑袋，兴致勃勃地张望。我把头低到草芽的高度，一看，地表什么玩意儿袅袅上升，透明，这是阳气，后悔没带塑料袋，贴地皮灌点儿回去呼吸。

朋友相聚，十年前在谈文学。五年前，喝酒。现在说着就到音乐以及健身上啦。老了，没力量爱姑娘也没力量爱钱，就爱旋律吧，钻进音乐的被窝里充无赖小儿，挺好。不见得比当不上省长更差，当省长的妙处咱们无从体味，听说很好。如故事说，穷哥俩研究皇上，弟弟说，当皇上可不得了，砍柴都用金刀；哥哥反驳，放屁，皇上砍什么柴火？人家天天围炉子吃烤红薯。这些事，谁也别笑话谁，幸福就是一种错觉。用金刀砍柴以及围炉子吃烤红薯——红薯烫，两手颠来颠去——是人生大福气，皇上不一定能享受得着。假设皇上就是边开凯迪拉克边用手提电话喂喂，反倒没意思了。

我的一个朋友说过一句振奋人心的格言：声色犬马，从“声”开始。太对了，声永远高于色犬马。他认为，古人不愧为古人，很早就懂享受，首先倾听。也怪，古人没有英国音箱和CD，没听过《阿姐鼓》、马勒，不知道卡雷拉斯把歌剧《托斯卡》的“星光灿烂”唱得你脑海宽广，星星如蝴蝶轻落指尖，令人屏息却说出“声色犬马”这么高明的话，比“饮食男女”更合人心。享受这东西是奸臣，人一老，它就离你远去，吃不动，喝不动，更无法踢足球。音乐不是，伴你终生的忠诚，从摇篮至基地，从不抛弃你。最近读到老作家徐迟谈音乐的两封信。他给晓雪的信（1978年8月4日）中说：“前些天，去访问一个公社，一进门，音乐之声大作……川流不息送来西瓜、桃子、苹果，五颜六色的舞袖、头纱在我们面前旋转。一个曾经见过毛主席的女歌手，弹着弦琴，唱出欢迎的诗歌。”这是在喀会。“一进门，音乐之声大作”，多么令人神往！如绿色的伊斯兰的天堂。贝多芬的弦乐四重奏（大赋格）（作品133），一般人听了不知所云，有些专家认为它乖张刺耳，徐迟在给李章的信（1996年11月8日）中说，此曲艰深，但听过“回肠荡气……就像进入高等数学的迷宫，发现了我说的绝顶的灵芝”。徐迟一生热爱音乐，而《大赋格》在他晚年庄严开放，绚烂如花。音乐里有奇迹，同样的曲子，有人从中能听出神的声音，当然这是就古典音乐而言。我有一张大卫・奥依斯特拉赫的小提琴，一次听过，不禁对着阳光举起，看它里边有啥玩意儿，素朴、温暖、俄国学派的恳挚。目睹无计，待唤奈何。人如果是朋友，会出现一些难以解释的事。以往，我心悯瞽者，现在却伤感聋人听不到音乐的缺憾。如沙漠一样的死寂。即使听一些甜俗甚至于恶劣的音乐如克莱德曼钢琴曲也行。当然克莱德曼也是明白人，说我不算钢琴家，我的贡献是把古典音乐通俗改编，让更多的人欣赏。瞽目人中出现过许多音乐家。民初，北京有多处瞽人会馆，如公益堂、大佛寺。盲人曲艺家张松山、赵秀峰等人很体面地居于其中。若有王公庆典，邀他们搞全堂十二件乐器的弹套，说子弟书、马头调，像“午眠乍醒”，“哭城”，缠绵凄婉。金受申先生《老北京的生活》一书，对此有真切的记载。瞽人眼前黑，但心里有一盏爱乐明灯。对他们来说，音乐不止于拍打拉马竿唱曲谋饭，又是安慰、朋友与亲人。

我是喜欢做白日梦的人。梦之一，上级派我担任某地市级国王，譬如赵国国王。然而此国无音乐，我则想方设法逃了回来。此梦恐怕让我在仕途上排八字脚的朋友笑话啦。每天早上，从醒来到起床的十来分钟里，我常幻想邻居是一位音乐家，譬如李劫夫。子夜，我把耳朵仗于壁上，听他新作，倘若《蝶恋花·答李淑一》问世，则率先告诉友人，并跑到北陵大街的花店买九枝黄玫瑰放在他家的台阶上。报纸上说，维也纳的电话中拨通1509，便有440赫兹A调标准音，看看，这个国家多么诗意，俨然共产主义苏维埃。音乐家据此承受时校正乐器。静之则可以校正音高。他唱歌剧，“咪咪是个轻浮的姑娘”，鲁道尔夫的咏叹调，唱到高音B。他每天唱四十分钟歌剧，以臻肺腑健康，然后仗案写作。

《吴门琴韵》有一曲“捣衣”，古香古色，听过让人抄手仰望南山，悟出什么钩心斗角尚不及小孩儿滋尿研泥为丸来得有趣。音乐让人又天真又美丽，《金刚经》第十四品句云：“深解义趣，涕泪悲泣。”此哭是喜极而泣，乍窥佛法之后无上的欢喜。音乐也让人悲欣交集，身上毒素随泪水出去了，面有安详清净之美。而不是由于倾轧、猜忌、畏葸、恐惧、装傻、斗狠而形成的尽管奸诈仍然愚蠢的脸。林肯说“四十岁以后的人要为自己的脸负责”就是这意思，人会由于心计而丑而美。我对职业的最大梦想是在交响乐团当一名敲三角铁的，其他乐器咱们来不了。但敲三角铁也不得了，偶尔“当”一下，也是乐曲的组成部分，虽南面王不易。我梦想到——费城？柏林？芝加哥的——交响乐团当门房、仆役、擦皮鞋的，如白石老人印曰“青藤门下走狗”，天天偷听他们排练。听到赫伯特·冯·卡拉扬用指挥棒“啪啪”敲曲谱，生气地说：“小提琴再美点儿！”我听后一怔，继续偷听。晚年将向孙子重孙子们描述卡大师风采如何如何，像齐如山当年讲梅老板。我设想建立一个机制，人死后阎王爷（老干部由马克思）审查，问你这辈子听过什么音乐？没怎么听的死者，一律不许死，回去！阎王爷或马克思严厉地训他们。死者说，您看我们这么大岁数，身体也不好，放行得了。不行！阎老马老说，重活三年，好好听音乐。这些人回到阳界，第一句话就是："放音乐。"CD，磁带，买了一堆。听了一年，他们说，唉，咱们真是白活啊，怨不得人家不批准咱们死呢。第二年，他们已经年轻，搞黄昏恋。第三年，纷纷给阎马二老含泪写信，不去了，我们爱乐，一心活着。

多好。

巴赫的年轮

听巴赫快二十年了。20世纪90年代初，吴绿星在广州帮我挑选音箱功放机，运回来。老吴说，你这个箱子听弦乐最好，先听巴赫。他从斜挎在肩上永远开着拉链的皮包里拿出两张CD送给我。

我以为新音箱先听巴赫就像新缝纫机使用之前要浇润滑油一样，是操作规程。开始听巴赫。听一段，觉得音箱行了，换一些别的音乐，比如阿姐鼓。后来买五花八门的CD听，中间放巴赫，如同对音箱加以保养。听来听去，几百盘CD中，听得住的音乐越来越少，只有几盘：勃拉姆斯、柴可夫斯基、贝多芬、德沃夏克、斯美唐纳，听最多的是巴赫。乐友们知道，终年听这些作品数量有点儿少，但只有这么多，更好的还没被我发现到。听乐曲，不过是个人趣味，没什么道理。

再说巴赫（事实上巴赫不可说，他的音乐没法被“说”，就像牛顿不可说）。巴赫——说什么呢？我曾说过他的音乐像麦田与大地、如阳光照在每一棵草叶上。但，他的音乐又像数学，或法律，或哥特式的建筑物。其实，如果用微生物学解释巴赫有可能更贴切，用细胞的演化，酶与肽的转化形容巴赫多样性的推进与终止更完满。他的音乐没有所谓感情。套用佛家语言说，修行是为了以正念代妄念。是不是说，摒弃了妄念，正念就现前呢？是的，如同以善念代恶念。但是，正念妄念在人心里是共生体，哪有纯粹的正念呢？故而，禅修把正念也视为妄念，终了于空，是无念，是一念代万念。话说回来，所谓感情——热情、激情、忿情——均为遮蔽，非真面目。巴赫不讲感情如溪水不讲感情只有节律，血流没有感情只有氧气和血液细胞，这是本来面目。所有的感情都是强加于人，用情感统治别人。

扯得远了，还是回到巴赫。人是功利的动物，我也没例外。人最功利的表现是谁谁给了我们什么。假设我问，巴赫给了我什么？巴赫会反问：你要什么？我只好回答巴赫教育了我，教育这个词有点儿生硬，而我说的是一种音乐听二十来年会濡染一个人的心灵。不光音乐，每人每天吃的粮食，粮食里的淀粉以及化肥农药都会在人的体内分解化合，教育这个人。空气中的一氧化碳二氧化硫都走进人的呼吸道，教育人，不知不觉地影响这个人的身体系统与心灵。巴赫的音乐虽然不能进入人的淋巴结，但会通过听觉神经在人内心某个地方做个记号，我的心里刻满巴赫的年轮。

几天前，我听阿什肯纳齐弹德国组曲，这是巴赫的六首帕蒂塔。听到第二首——NO.A in D major——我突然抓起笔，在稿纸上写。一瞬间醒悟，我想干什么？原来我想把巴赫的曲子写下来。我写什么？写乐谱吗？我当然写不出乐谱。我扔下笔想，我到底想写什么？这么突如其来的动作有点儿像神经病发作。想了许久，明白了，我的潜意识想把巴赫的音乐翻译一下。翻译成什么？是文字、是画、是音乐还是数学方程式？我自己也不明白，所以把手缩回来了。

太可笑了，我竟想翻译巴赫，这是我内心最隐秘的想法。难道要把乐曲翻译（转译）成散文吗？你要把精美的、水晶般的教堂改成经济适用房吗？有没有人想把牛顿的物理学公式翻译成古琴的工尺谱？

世界的东西只有一小部分属于本源，大部分东西是衍生物。水、土地、树和巴赫归在本源当中，不可也无须翻译，水翻译不成石头。衍生物是生产的代名词，而本源是自有生长，也是佛经里的“空”。

约翰·塞巴斯蒂安·巴赫，这名字复杂而谦逊，干脆叫上帝·巴赫算了。听巴赫的时候，常常觉得世上可能真的有上帝。

百遍月光

我买了一盘加拿大出品的《Beethoven》。它噪声较大，但编排甚合吾意。把贝多芬的《月光奏鸣曲》录满，一遍接一遍地放，让你听个够。

我近日不断在听这盘带子，在写东西、读书或者是闲坐的时候，望着楼下屋顶不化的积雪，冬日下午三四点钟的光线已呈橘色，从对面楼的玻璃镜上折射过来。

《月光奏鸣曲》似散步，似大滴的泪珠悄无声息地落在膝上，似纯洁的少女在山间的流泉下洗浴。随着音符，我甚至能想象出手指抬起时，黑白键的弹跃。这几天，我听了上百遍的《月光奏鸣曲》，感到了贝多芬内心的隐痛。他像一只翠鸟，衔来一片又一片的美丽的草叶或羽毛，敷在自己的伤口上面。

社会给予贝多芬的全是厄运，他对厄运的报偿是美丽如斯的乐思。

我读过一些关于贝多芬的书，行文大多不实。中国人弄的贝多芬传是年表与赞词的交叠，令人不知所云。甚至不如瓦尔德斯坦伯爵对贝多芬的一句赠言。瓦氏在贝多芬的纪念册上写道："通过你的努力，从海顿手里继承了莫扎特的精神。"

这句赠言一笔画出了三座相连的高峰。

罗曼·罗兰写的贝多芬当然可读，但其中也不免有诗人的磅礴之语。对于伟人，人们更倾心于图书馆学者式的平实。

著名钢琴家卡尔·车尔尼（以他的名字命名的钢琴教程遍及中国家庭）在回忆录中，对贝多芬有一段传神的描述。车尔尼当时十岁，被人领着去见贝多芬。

“我和父亲上了楼，我们好像在塔内攀登。到了第五层，也许第六层，一个外表邋遢的仆人领我们进屋。这是一间空荡荡而简陋的房子，纸张和衣物扔得四处都是。屋内还放一些箱子，墙壁光秃秃的。一张破烂不堪、摇晃的椅子放在钢琴房充当琴凳。钢琴是沃尔特牌的。贝多芬自己穿了一件粗糙的暗灰色的夹克，裤子也是差不多的颜色，这使我不由得想起了鲁滨孙。”

作为作曲家的贝多芬也是钢琴家，一位钢琴大师称“撒旦就藏在贝多芬的身上”。但后来的贝多芬老迈、耳聋、贫困。疾病与贫穷并不是文化上的奇迹，处于贫困与疾病之中的贝多芬是暴戾的，然而出自他指下的乐思却如此优美，你去听《月光奏鸣曲》，听《春天》。在贝多芬的伟大之中，透过天才又有一种人格。他虽然愤怒过，但确信生活美好。

1827年3月26日，在维也纳有万人为贝多芬举行葬礼，格里尔帕茨在悼词中说“……直到死前，他对人民怀有一种对待父亲似的爱。请不要忘记今天这一时刻，请你这样对自己说：当贝多芬下葬时，我们都在场。他的死使我们热泪盈眶。”

我从贝多芬之中听到了纯美，另外一个没有找到的东西被格里尔帕茨指出：爱。

我再次倾听《月光奏鸣曲》，见窗外暮色渐蓝，琴键深一下浅一下地敲击心上，不觉间泪水盈盈然。

从勃拉姆斯开始

到德国，好像应该怀念什么人。

怀念谁呢？我想到的不会是宝马汽车和双人牌刀具。我这个年龄，“德国”后面联着古典哲学。我拼命学过，没懂。黑格尔和康德像海王星遥亮，太远。近来流行引用康德之“星空与道德律”，我不明白他为什么把这两事放一块儿。康德临终前说的倒数第二句话是“拿一杯葡萄酒来”。女仆拿来，康德饮尽，说出倒数第一句也是最后一句话：“味道真美呀！”，没提星空。别人说康德，我心里私下想起写印度探险故事的英国作家康拉德。后者之文译出可懂，而前者之哲学只能用德文读与思考，译出来就是乱码。

想起勃拉姆斯。

尽管德国有非常多的大音乐家，我最爱巴赫、勃拉姆斯。巴赫是大地和大地上的麦浪，贝多芬是高山，舒伯特是水晶溪流，瓦格纳是诸神，奥芬巴赫是冰酒，舒曼是会跳舞的丝绸。勃拉姆斯，有点儿阴郁、节制，却深缓广大，和我心中的密码相合。每人听乐都有密码，找对象也有密码。这些年我听勃拉姆斯最多，他的全集，室内乐，特别是《德意志安魂曲》听了无数遍。听太多，找德沃夏克和柴可夫斯基对冲一下。勃拉姆斯带来的安慰并无浪漫味道（浪漫常常是人生最大的幻术），他认真，马友友很通这种认真。

勃拉姆斯节制，人生不正是通过节制走向宁静吗？他不太强调主观，鲍罗丁和斯美唐纳上来就倾泻主观，斯拉夫人就这样。拉丁种的人，法国是这样。我如爬山走进勃拉姆斯，有个特愚蠢的词叫“读懂”，大约是这意思。当然，真正的大师——无论文学艺术——是不可能全懂的。全懂了，就金庸汪国真余秋雨于丹于光中了。

我走在勃拉姆斯的国土上，吃这里的硬面包，看草地花开，树枝在风中低回，收音机里刚好播他的作品，听着特别真切。

我想说的是，这里建筑家具的简洁硬朗让我想起勃拉姆斯。拧水龙头往外、往上有个“劲儿”，像档，让我再次想到他。略带重量的节奏感。这里的人敬仰上帝，也像他作品中的情绪。人们说，德国人死板、较真，只是人云亦云。死板的民族怎么会产生那么多音乐大师？他们的活泼是经过掩饰的，并不是不懂活泼。

有人说德国人不活泼，大错。希特勒可能不幽默。托马斯·曼，格林兄弟童话，伯尔不幽默吗？毕希纳幽默到尖刻。想起敏豪生，他是德国民间故事中的吹牛大王。

他说，遇到一只美丽的狐狸，怕伤皮毛，退子弹，往枪膛压入一根针。针射出把狐狸尾巴钉在树上。他上前用手臂塞进狐狸嘴里，一拽一翻，得到一张上好的皮。他还说，疯狗窜入他家的衣柜把所有的衣服全咬疯了，衣服在家里大闹，他用鞭子暴抽一顿，衣服才正常。民间故事最反映民族性格。德国人对人生也有游戏态度，只是愿意把它做成认真的样子罢了。向勃拉姆斯敬礼！礼毕。

弗罗明高

在乐音里，没有比吉他的弹拨中染有更多的阳光。阳光在海水里跌成碎片，纷纷向岸边游来。吉他用透明的网，把这些地中海的精灵打捞上来，镶嵌在安达卢西亚人的靴子上，使他们的舞蹈目不暇接。

吉他抱在这些南欧人怀里的时候，他们像骑手抱着马的脖颈。吉他手低下头，看自己的手指和弦交谈，他的目光像海水一样把手指和弦濡湿。这时，海风已经把野麻和锦葵的气味吹进城堡的窗户里。

这些黑发卷曲、高挑的弗罗明高舞者，灵魂伏在吉他和响板上面，永无休息。西班牙的双桅船和被阳光晒爆的葡萄，听到了响板的骤响，便迫不及待地变成鸟儿和酒，使一切都与浪漫有关。

所谓舞蹈在各地多是装腔作势的东西，多数清醒，多数不知道自己在跳什么。而弗罗明高是唯一带有醉意的舞蹈。每一根神经，每一根筋腱都要奔突进退，旋转上升。他们的舞蹈告诉人们，腰多么美丽，多么鲜明，像高脚杯的细柄，擎着琥珀色飞溅的酒。

欧洲人的灵魂，走到大陆南端靠近阿拉伯半岛的地方，由于海水和阳光而发酵。从弗罗明高的节奏里，听得出这些罗马人的后裔早已抛弃了法律和哲学，在马德里和巴塞罗那的酒馆里，像私盐贩子一样快乐地用喉音吟唱。

他们身边是穿着长裙、把黑发挽在脑后的安达卢西亚女郎。她们的黑眉和笔直的鼻梁仍有欧洲人的坚毅，而眼光能把葡萄酒点燃，双唇柔软湿润。

弗罗明高的吉他一响，我常常恍惚，觉得在那样一个地方生活过。山坡上的平顶房子全都刷成白色，鸽子在教堂的钟声里盘旋。在圣餐会节到来的时候，带宽湍沿大礼帽的农夫抬着面包圈以及海神圣特尔莫，农神伊西德罗从无花果的树荫下慢慢走过……

歌　　声

我把冰箱之声称为冰箱的歌声，它没有旋律起伏，齐奏b调的5，乐器是中提琴。抽水马桶是钹，1812序曲加农炮奏响之后，钹声大作，彼得堡大门为此打开——这是抽水马桶的歌声。无事时，我在地板上走，某处吱嘎，这是普罗科菲耶夫《彼德和狼》里面狼的脚步兼歌声。

如果这些声音不算歌声，开电视，听这种那种的歌会，觉得这些歌会更不像歌声。这些甜俗的、因因相袭的、靠电子设备凑装的、所到之处有人举荧光棒的歌会成了一个推介市场。

听到歌声已经很难。孩子是最爱歌的人，但被集中到学校收走了的歌声。大街的行人，无论骑自行车或挤公交车，都不唱歌。他们严肃沉默地去了一个地方。

哪里有歌声？纯朴的人声，真唱，听不到了。所谓卡拉OK最是伤心之地——心与耳都被手捧麦克风的不知好歹之人唱得烦躁不堪。日本人发明的这种玩意儿让人受够了。唱的人在伴奏带和电视画面的鼓动下，听不到自己的声音，也掌握不好音量，偏又多情，别人只好遭罪。

我怀念童年。放学时唱歌而返，穿过菜园子和树林，遇到渠水就拎着鞋袜小心蹚过。做什么事都有歌声陪伴——见到蝴蝶就给蝴蝶唱歌，见到蜜蜂给蜜蜂唱歌。如果哪个单位挂上了彩旗，我们歌声大作，因为节日又要来到了。

乡村潮湿的夜，月下总有歌声。何止是昆虫，蚯蚓翻土，露珠从叶子上滚下来，甚至流星划过都带着歌声。它们遥远而不可捉摸，但的确在唱，一直都没有停下来。河面上鱼嘴接喋，风挤过密密的玉米叶子，西瓜自己熟炸了，它们在夜的合唱中加入声音。云彩在河的左岸堆积，想要降下来占据芦苇的领地，青蛙急得大叫。不出声的什物的只有花香。野花开放的时候，说不出话，憋得脸红。花朵发出柳树式的香气，被河水的潮湿气味搅和得像庄稼的味道，使睡寐中的野鸭以为什么地方又要开饭了。

在乡村听取天籁，人每每缄口。这时，连驴和公鸡都不作声了，人怎么好意思唱《纤夫的爱》？那些真正歌唱的人，唱柳儿的咏叹调或男声的《偷洒一滴泪》，与此夜刚好契合。歌剧的气息可与星月交融，美声是人声中最好听的声音。好听不好听的检验方法是，在旷野中能否放喉一唱，其声和周遭是否谐应，谐应就好听。

黑蝴蝶是这里的看门人

琴声并不知道什么是花朵，而在雨滴似的钢琴音色中，我们想起了微风中的花瓣，如恋人说话之前的嘴唇。

音乐带我们旅行，排着队又散开在南德意志的田野，寻找松树林或泉水边上的巴赫。

音乐幸好没说出什么有意义的语言，没说是与非，也没说“必须，所以，一定要”。特朗斯特罗姆说：“厌倦所有带来词的人，词不是语言。”幸好音乐不是词，不是斩钉截铁、漏洞百出、加深人们愚蠢的词。有人是词的寄生虫，他们虽然也吃粮食与维生素片，但在牙的外面镶满了词，每天都写一些词，获得巨额利润。

舒伯特是河流，正如勃拉姆斯是一座披着松树大氅的高山。舒伯特的河水清浅，在卵石上跳跃，裙子拂过岸边的青草。

特朗斯特罗姆说，舒伯特是一个被朋友称为蘑菇的矮胖子，他让河流穿过针眼。

不仅是钢琴，竹笛、柳琴和四胡也能说出独特的事情，这些事情可能你一生也遇不上，但在乐声中相逢。我在音乐频道看一个蒙古女人演奏四胡。琴声一响，她好像说出了她的一切：她是通辽市人，是喝红茶、用白沙子炒黍子米的人；那里的人名字模仿汉人、打扑克赌钱。嘶哑的四胡像被旱烟呛坏了嗓子，又像咬牙痛惜被张作霖抢走的土地。四胡的琴声和说书人的诵唱对位，如河流上空的翅膀。

音乐属于纯真的人，奸诈的人对琴声无动于衷。音乐像在公路上卸车的大货车，倾泻遍地的苹果和罐头。贝多芬指挥乐队在这里卸车，莫扎特在这里卸车，我的房间堆满了他们送来的瓷器、绸缎和没打包的礼品盒。

有人无理由地怜悯我，我不知道自己什么事情引起他们的可怜。我什么也没有，只有音乐。音乐不慌不忙地为我铺设一个广场，每一块石头对的都平整，喷泉如包着玻璃的苹果，鸽子们啄翅膀下面的羽毛。

音乐的河流永远处在盛水期，不被蒸发，不被污染，流向青草。马头琴跟马没什么关系，只跟蒙古人有关。它的琴声回忆父母的恩情、房屋和山的恩情，回忆让自己感到存在。张全胜是中国最好的马头琴演奏家之一，他身上带着蒙古的山河。他白皙的手放在桌子上，戴一枚银戒指。我想，他的手是什么？也许是一个蒙古土地的USB接口，这时他用手摸另一只手。河流从容不迫地穿过白银的针眼，我们悄悄拿起这枚针，别在衣服上。

音乐让心变得湿漉漉，肩头点缀杏花，沉没在青草里。音乐的房子里到处都是窗户，蜜蜂飞来飞去，黑蝴蝶是这里的看门人。

红旗合唱团

第一次听俄国红旗合唱团，是在朋友家。他住平房，院里栽一棵沙果树。那时我才接触CD，不知放进去的时候，该把有字仰或无字的一面放上边。拿这张“红旗合唱团”翻过来一看，竟见自已胡楂儿，想这玩意儿挺亮。

他的音响是“先锋”，在逼真之中透着冷漠，日本人的东西多数如此——当你热烈地伸出手时，对方塞来一副考究、妥帖、冰凉的车门把手——尽管如此，我还是被这张碟震撼得有点儿发傻。他们的合唱，如在旷野横列的栅栏里有人伸出手来，一两只、几十只、千百只，不停摇摆。当一个人走过一座用嗓音搭成的吊桥时，看峻岭与高山，会多么激动不已。合唱的魅力在于：不同声部编织的音画恰如一座桥，从细如游丝的气息的控制，到势如排浪的轰泻，高悬于人声的峡谷之间。在《卡林卡》这首曲子中，我被马队般骤远骤近的男声合唱震得目瞪口呆。不经意，见到友人有些幸灾乐祸的脸。他当初听这张碟的时候，表情也可能像我眼下这样傻，因此他挺高兴。后来我们喝了些啤酒，夜深，他邀我到沙果树旁解手的时候，我摇晃着，已决定置一套音响了。

在我弄好音响后，还想过“红旗合唱团”从英国音箱发出来是什么味道。它应该比日本音箱好得多，更有人情味。但一时要听的碟太多，就忘了《卡林卡》。

后来我借到这盘碟。封面还是洋葱头似的东正教教堂，金灿灿于蓝天之下。教堂前站一排穿制服的俄罗斯军人，即合唱团的艺术家们。我使劲儿看他们，还是没明白他们为什么会有那么好的嗓子。

当音乐散开，我又感觉一种不适，即手脚没地方搁，仿佛应激烈点儿，又不是摇滚那种激烈。这是一种在信仰的激情支撑下的饱满。用这么一种饱满来聆听，内心随之起伏才适宜。我承认自己并没有这种激情，我的激情顶多能够贯注到德沃夏克《斯拉夫舞曲》的那种欢快，或西贝柳斯《芬兰颂》那种澄明的高度。红旗合唱团在我听来是革命。革命需要气力、憧憬和毫不怀疑的信念，这三条我基本都不具备，因此没有大听。

前不久，我遇到了这张CD，买还是不买？这张薄薄的聚酯覆膜的唱片里，有海啸一般的呼喊。音乐还是从《卡林卡》开始，起初的柔声如六月的晨风一样轻轻拂面，我挺直身体等待海啸的到来。事实上，无论《卡林卡》还是《伏尔加河船夫曲》，并没有凭空而至的暴风骤雨，它们是渐升的潮水，如河流经过平原、森林，最后汇入大海。“红军”们对节奏的控制恰到好处。我感到，这里面的合唱以雕塑的手法把俄罗斯大地表现得无比鲜明。雕塑所具有的棱角和明暗关系，在“红旗合唱团”的演唱中历历在目。而每一首作品都有屹立于苍穹之下那种雕塑似的雄浑。

加州旅馆禁止不快乐

前几日，看电视新闻，说老鹰乐队在俄国红场举办演唱会，又说他们已经二十年没出新专辑了，这回推出第二张专辑。

老鹰乐队的CD我买了十来张，还觉得少。想把他们不同年代、不同演唱会的CD都买来倾听。目的只有一个——所有喜欢老鹰乐队的人均如此——听《加州旅馆》。

我听过他们1989年灌制的电台唱片、百代公司的ADD唱片、他们在大西洋城的演唱会VCD——听《加州旅馆》的不同。虽然同是一曲《加州旅馆》，音乐家在不同的心境下演唱都有不同，找这种“不同”，是乐趣所在。我甚至觉得，不同季节、下没下雨，都会造成别样的《加州旅馆》。

我听CD爱搞对应。愉快时听柴氏忧郁的《佛罗伦萨的回忆》，旅行前听《中亚细亚的草原上》，严肃认真的时候听波里尼之勃拉姆斯。其实这是乱搭配，没有什么对不对。这种对应意味着使音乐退为背景，如南宋词人姜白石之“小红低唱我吹箫，回首烟波十四桥。”各忙各的，云雾缭绕。而听《加州旅馆》的时候，却对应不了，要贯注精神跟乐曲前进。身上的每一部分神经都有分工，分别监听电贝斯、木吉他、手击鼓的穿插演进。它的前奏最是夺人心魄，如落花流水，似天上人间。然而每次听都怕它出错，心思在贝斯键盘后面爬行。当前奏结束，引出主唱的第一句歌词时，阳光从撕开的云层射出，可以松一口气了。而听着听着，又怀念前奏，倒过来重听。听前奏又盼着歌声早点儿出来，心放不下，像撑竿跳运动员落在垫子上，一弹老高。

其实我说不清楚《加州旅馆》的出色，而且已经说乱套了。我觉得心里最深处有一个洞，与独有的音乐相接，如老鹰乐队。他们是让野草疯长的恣肆的雨水，是平原上的白杨之风，是足球大门披挂的红白相间的旧罩网，是威士忌里互相拥挤说笑的透明冰块，是烟斗上的隐隐花纹，是亚马孙河流的独木舟与凡尔赛宫的铁铸大炮，是草香的镰刀和教堂的座椅——致敬！亲爱的老鹰乐队，祝你们在俄国演出成功。

《加州旅馆》的词大致说，一些朋友在公路上开车漫游，天晚，来到一家“加利福尼亚旅店”（亦译酒店），里面有令人心动的酒会，于是加入饮酒狂欢。后来他们喝多了，想走却找不到出去的门。门童问：“你们要干什么？”答：“买单。”门童说：“买单可以，回家可不行。”

这首歌的描述比童话还好，不喝酒可以，不欢乐不行；不跳舞可以，不高兴不行。

加州旅馆禁止什么？禁止不快乐，禁止一切与快乐无关的事情。而对我来说，快乐之一在于小心翼翼地听《加州旅馆》，其中最胜，是电贝斯手结尾处的一大段华彩，其味难表，徒唤奈何！

9月8日下午5点

凝望每一个地方，金色都在增加，房檐的旧木熠熠生辉——秋天。

秋天，只有在黄昏才出现在西边的天际，这是9月。放学的孩子鼻梁和手拎的小壶都被勾上金色。戴墨镜的女人、士兵、卖背心和卖葡萄的人顶着金色走路，眼窝很深。一个孩子蹲着撒尿，耐心地看着这股液体匆匆流向行人脚下。

宿雨使桑园的土地黟黑，夕阳又把它们变为金色。仰面看，万支金箭从桃树的枝叶间冲过来，好像一个人在画好了的苍翠花园的油画上拿笔甩了许多晃眼的黄颜料。

秋天这么明亮，使人忧伤。谷神戴着手编的草冠，拎一束庄稼站在天边。本来可以闻到秋天的气味，从池塘、草垛、鹅的食盆、玉米胡子和子夜的大地上汇集的气味，这里却没有。

我突然感到，巴赫当年曾目睹过秋天突如其来的金黄，长久沉思。我觉得这么一种景色和其中包含的上帝的语言，已显露在巴赫的作品里面。我刚刚听过他的勃兰登堡协奏曲之二：F大调第2协奏曲。亮晶晶的小号、优美的小提琴与雅致的长笛，它们交织缠绕——从水面浮起然后下潜。巴赫17世纪的传记作者施皮塔说这首协奏曲的首乐章令人想起骑士挥旗奔走，盔甲闪亮。我感到其中“闪亮”的是秋天。

羽管键琴和大提琴如无边的土地与森林，淳厚、缄默；双簧管和长笛细致地说出秋天的气味、光线与温度，仿佛说，在人的境遇之外存在着的永恒，静美而让人敬畏——巴赫的音乐常常浮现这一主题。尽管巴赫潦倒、暴躁，但他的音乐最为静美。

为了倾听管风琴家布克斯胡德的演奏，巴赫向所在的阿恩施塔特教堂请假四周，前往吕贝克——这是在1706年的10月。路上，巴赫从北德意志的日出和日落之间获得了与上帝交谈的机会，天空、河流和树木向巴赫显示世界的和谐与静穆。这机会如此之多，巴赫过了十六周才返回阿恩施塔特，并受到斥责。

从阿恩施塔特到吕贝克，距离是四百二十公里。巴赫步行往返。

德国作曲家策尔特在1827年6月向歌德谈起巴赫时说：“无论你怎么把他往坏里想，巴赫仍然是上帝创造的奇迹，一个既清晰又难以解释的奇迹！”

仅仅如此善走就是一个奇迹。善走的原因是穷，巴赫雇不起马。而巴赫的音乐又是如此之好。他在魏玛的艾内斯特公爵的宫廷内担任风琴师时，写下了大量赋格、康塔塔和古钢琴作品，件件足称不朽，以至当巴赫1717年要离开时，公爵竟把他投入监狱。

听巴赫的六首勃兰登堡协奏曲，听不到他对糟糕生活的抱怨，也听不到明晰的赞美。只有人会对生活发出赞美，如同他们对生活的抱怨。在神那里，只有和谐或由不和谐构成的和谐，巴赫即如此。

世上有一些可以跟时间抗衡的东西，如古罗马竞技场、长城、万有引力定律以及巴赫的音乐。巴赫的音乐几乎不能用“风格”来限定，它永远不会过时。

我有时想，如果跻身人类能够占什么便宜的话，便宜之一就是与巴赫等等同类，可以分享他们的创造。因为无论怎么想，牛顿与巴赫等人似乎都不应该属于这一种群。而由于什么秦始皇之流的存在，人类还是不占便宜的地方多。动物、天空、海洋和植物由于人类的存在，更是一点儿便宜也没占到。

时间像水银一样，向四方流走。而巴赫哪儿也不去，成为音乐的钟乳石。夕阳的披风从桃树间一点点上提，树干的金色攒于树梢，最后暗了下来。在桑园里下棋的人，愈发俯首，手下“啪、啪”地摔响。

空囊说话

我的功放坏了之后，听不到音乐，慢慢也习惯了，用原来邻居何婶的话说："在家待一天，一点儿声都没有，多好。"何婶说"没声"好，我觉得不好。写作与读书不需要跺脚和敲锣，自然没声，而无音乐，为沉寂浸泡，周遭像纸一样灰白。

沉寂在哪里？岂止没有声音，仿佛还有空间陪衬。庭院不见得沉寂，但进入寺庙后，沉寂从皮肤流入身体，虽然也有香火和木鱼的声色。

不止没声音，时间一似风干，那时才感到沉寂的深刻。人写作的时候，像一具没有灵魂的空囊，灵魂和血液在纸上奔跑、躲藏，或躺在字里行间放肆。是说，写作人的手里没时间，时间被纸笔拐走，笔息才回来。不写的时候，人走动，说话，衡量，时间像一只机灵的猫，在眼前晃。我觉得写作的人白活了。"白"的意思是不能一边写一边生活，不能两次迈入同一条河流。有时候，我观察一些作家的脸，看这张被时间抢走的脸到底是什么样子。他们抽不出时间生活，为什么比旁人显得更衰老呢？

一次写东西，耳边传来音乐，我连忙起身，找它的来路，到南窗，听邻近中学大喇叭放出的歌曲。这行为好笑，我说的意思是，一个人突然起身找音乐，像没脑子。我想，当时一定缺音乐，自己不觉，但心灵知道欠账，缺啥补啥。而怎么知道音乐缺与不缺呢？中学喇叭放出的不是什么好歌，即使好，大喇叭放出来又能好到哪儿？饥不择食可能就这意思。

音乐入耳，不同长短高低的频率通过空气传到耳朵里，分解成电信号传入大脑，让人识别出旋律。而如果得到一点点的感动，证明它已变成了化学信号，促发生理反应。

这一条路，我说的是从空气中的频率波长到人体内部的化学信号，因为音乐而繁华，人来人往，车马喧哗。这是一条多么豪华的大道，巴赫、柴可夫斯基摇摆而过，1957年捷克电台录音招摇而过，内蒙古青年合唱团的无伴奏合唱、伯恩斯坦指挥的纽约爱乐、索尔蒂指挥的维也纳爱乐川流而过，走过质朴的天朗636铜轴喇叭。我与它们对位，他们走到哪里，都有我的尾随。我鉴赏不了什么，只在听。

听，在人的姿态里面最显中肯。人生其实没有多少需要发言的地方，一切在人之前之后以及之左之右都安排好了，按照各自的道理。

听的好处还有一层意思。分明听到了许许多多的东西，但终归于无。“东西”在哪里？“什么”是什么？说不出来。如果非说不可，还是巴赫、鲁宾斯坦、霍洛维兹这些名字，它们只是皮毛或符号，跟音乐本身比，或许连符号都不算。

美丽的巴扬

巴扬是流行于俄罗斯的手风琴，它与三角琴（巴拉莱卡琴）以及圆圆的多姆拉琴一起演奏的时候，人们眼前如有一队穿长裙的顿河少女在舞台上碎步而出，像拆一只旧毛裤的线一样，拽也拽不完。她们亚麻色的头发包在三角形的头巾里，一人环着另一人的腰，脸上的表情甜蜜而忧伤，恰如巴扬的音色那样。巴扬与我们见到的手风琴的不同处，在于左右都是钮，没有键盘。

用巴扬演奏俄罗斯民间乐曲，就像吃烤鸭春饼——这个比喻稍俗——像以意大利语唱拿波里情歌，用铅笔在田字格里写字，把鲜花送给少女一样恰当。巴扬的囊中灌满了伏尔加河两岸的风，带着燕麦的甜味和白桦树叶的颤抖，还有一点儿醉醺醺的踉跄。

听巴扬的时候，手上最好有一本书，曼杰利什塔姆的诗集或俄罗斯童话；还想打开电视，看有没有《一个人的车站》或《战场浪漫曲》。有一天黄昏，我在音响上放巴扬和三角琴演奏的门德尔松的《纺织歌》。要不要点灯？手在开关上犹豫了一下又缩回。听着，窗外的树影已在夜色里融化，好像有马车驶过的声音。在遥远的地方，星星低头凝望农舍壁炉的火光。我每次听到巴扬的声音都会想到星星。为什么要想到星星呢？不知道。那天晚上，我还想到了《安娜·卡列尼娜》里面的一段话，是在结尾的地方列文的内心独白："这对我个人说，是一个不可缺少的、十分重要的、非语言所能表达的秘密。"什么秘密？好像是列文不想告诉吉提有关信仰的一些看法。

我到过俄罗斯。有一天，我坐在海兰泡一座广场的长椅上，微笑着看那些孩子和妇女。也许我脸上的笑容太满，俄罗斯人很冷淡甚至警惕，有的妇女握紧了孩子的手——她们以为遇到了制造假烟假酒的中国贩子。中国商人用工业酒精兑的酒喝瞎了人们的眼睛，裤子穿不到一个星期就开裆了。当时，一位戴十多枚勋章、留海豹胡子的俄罗斯老人通过翻译问我：

"你们为什么制造假的阿迪达斯？"他用拐杖"咚咚"戳着水泥地。

我怎么会知道？我只好报以苦笑，并尽量流露一些抱歉的意思。

这位前英雄见我回答不出，悲伤地摇摇头走了。我当时想，回国后第一件事是在大街上一路飞跑高喊："不要再搞假阿迪达斯啦！"或者到电台抢过麦克风把这句话连喊十遍。

从这个老人的眼神里，能看出他对一个民族的困惑，还有一些憎恨。那天，我本想告诉可敬的海豹胡子老汉，我多么喜欢你们的巴扬，还有巴拉莱卡琴、多姆拉琴……我甚至准备用跳跃的手指在两肋比画一下，但被阿迪达斯什么搞的，全忘了。

你听，你听

沈阳的人口比丹麦还多，夜里灯光把天幕渲染出微微的橙色，好像顽童在黑油漆里滴入了几点红色，搅出稠紫，如汉代的漆屏风。这时，窗前碧桃树黧色的剪影在夜色里被分辨出来，像火堆前的刀戟。树枝齐齐向上伸张。春天里，它们总是这样，即使在夜里也想举手发言。

我不知怎样形容这种感受，除了让妻子到窗前观看，并说不出什么。

这些树枝让我想到合唱。我小学的女同学中，有许多叫什么“枝”的，这时觉出此名的美丽。树的歌声传到远方，只是波长在二十赫兹以下，我们听不到。草为它们搞背景音乐，唰唰拨弦。

这时候为什么不把我们认为好的音乐都找来听一遍呢？在日历上标注——莫扎特长笛K313，奥芬巴赫霍夫曼的故事，梆笛三六，肖邦大波罗乃兹，舒曼童年情景，三弦小行舟，弗罗明戈，柯达伊小弥撒，斯美唐纳我的一生，管子放驴。写满整个春天，每一天是一种植物一种色彩一种乐器。然后把这本日历藏起来留到晚年。这些记录下面压着春分、谷雨、清明和十八、廿六。

在春天的鼓动下，我也写了一点儿有关音乐的随笔。但以文字描述或感受音乐，实在是天下最难的一件事。它比肝脏把酒分解成甲醛和水难得多，欲辩已忘言。因为音乐的语言不是人类所掌握并引以为自豪的表达哲学和爱情或者数学与计算机的语言，它们广大而无隔膜。人类唯一等同于音乐的语言就是笑声，我们都知道笑声的含义，同时不需要在各个种族之间进行翻译。我觉得，音乐使我们降低到——实际是上升到——植物与昆虫的高度，懂得感恩，懂得欣喜和开放。当风吹青草，草叶把细碎的阳光抛撒过来的时候，我常常以为那是草的笑声。草把它每天要说的话密密麻麻地写在袖口上，迎风挥洒。而我们从中也感到了巴赫那种细密、交织、庄重、宁静、和谐的旋律。

这一切我们怎么能够说得出来呢?

和你们在一起就是和朋友在一样，在音响前坐下，唯一说的话只是：你听，你听。

水晶，或玻璃仪仗队

音乐家把时间拆碎，镀一层金色（卡拉扬）、银色（索尔蒂），装上发条（李斯特），变成上帝的玩具（巴赫），变成大众的玩具（施特劳斯），送给儿童（普罗科菲耶夫），镂刻成工艺品（莫扎特）……

人在时间中虚度光阴，像河水白白流过。音乐家把它们抓回来。抓捕时间的还有物理学家。物理学家看它背后有什么装置，把时间放到各种玩意儿里试验。而音乐家把时间当成上帝，或者说从时间里寻找上帝。音乐家面对时间心跳如音叉，心跳的频率分成1／4拍……1／32拍。有的音乐家用特殊的火烤时间，比如勋伯格，从中听一听毕毕剥剥的声音到底是哪一种音律。有人把音乐淹没在印象派的颜料池里，如德彪西。我们被音乐家所骗最大的案由在于：他们偷走了时间，改装之后交还，人们为此感动。

如果没有音乐，就听不到时间的声音，也不知道它的节律和光泽。对缺少音乐的生活来说，时间是铁轨上孤零零的车厢，是没有蝴蝶的菜地、没有帆船的海洋。音乐家不允许时间川流无为。莫扎特、勃拉姆斯、德沃夏克们肩上扛着锯、斧子和颜料桶，在时间的森林中砍伐涂抹，然后给我们看（听）。不然，怎么会有穆索尔斯基《图画展览会》、鲍罗廷的《中亚细亚的草原上》、勃拉姆斯的《德意志安魂曲》？穆索尔斯基当过帝国警察，鲍罗廷是一位化学博士，没有妨碍他们把时间变成房子、火炉和车站边上的栅栏。

巴赫是最彻底的改造家。时间在他手中不仅被改造成地图、教堂、风景，他甚至把时间改造成数学。你听，公式们戴着银色的假发，穿燕尾服和白袜，跳小步舞。每个公式都像贵族一样没有表情，动作精纯，连一毫米都不会有差池。我们在巴赫的音乐中听到了函数的无伴奏合唱，对数的室内乐，公理与定理的织体。最后上帝出现了，他的手和袍子上写着和谐、匀称、广大、饱满、虚无。管风琴齐鸣，穹隆共振，我们跟在上帝的后面检阅数学的水晶或玻璃的仪仗队。

时间在莫扎特手里是纯金的砖瓦，莫扎特用它垒宫殿和凡尔赛的花园；在德沃夏克手里变成波尔塔瓦河的波涛，一浪压过一浪，带走森林的呼吸；在玛利亚·卡拉斯的心中，时间是蓝琉璃。旋转巍峨的宫殿啊，在卡拉斯的高音里矗立眼前。

时间包围着我们，我们却听不出它们的歌声。买碟、买音箱功放，听，却不能够言说。当然不能，因为这是时间，是大师找回来雕饰得华美、敏感而又庄重的时间啊！

无　限　水

喜多郎音乐《气》里边的一节，名《无限水》。什么是无限水？水即无限。

水无处不见，无限延伸。北京在北京里面，故乡人在故乡，贡嘎雪山在贡嘎雪山那搭儿。而水，此处有它清亮的面孔和柔软的手，坐飞机到远方，如昆明，一开龙头，它又出现，一模一样，比你来得还快。

水无二致。山有山相，或峥或嵘，而天下的水是一个娘的孩子，没有昆仲之别。水系宽大，不分种族地域，水不自外于自己的兄弟。

水跟水亲。水一生急急忙忙，为了寻找同道，什么都挡不住水找水的真切。万丈高崖，一跃而下；大山挡路，蜿曲穿行。水何流？它们母寻子，兄找弟，妹呼姊，儿投父。水什么时候不流，什么时候安静。它们聚流成湖，汇为大江之后，才以从容的步履缓入海洋。路上，鲜花绿草都不会让水停下脚步，不管遇到多么好的风景。水只想着走，行至天涯也把散居的弟兄拽进怀抱。

水流无情。情者何？放下抱负去做另一个我，改弦更张。眼前之情道不得，不许人走，只让人留。水亦潋滟，也会温柔，但决不停留。滔天浪做给天看，决地河让道改变。水若生情，盘桓延宕，早就干涸。

水包容。水不捐细流，水不拒污浊，水甘低下，水至柔至刚，水不重复常形常态，水运动，水映射星月，水漂木沉石，水饱人饮禾，水寓身万物之中，水风光，水袒裸，水施恩于任何生命，水存于方器则方圆器则圆，水遁形为气为雪为冰，水不可制造，水温张力为摄氏一百，水随处可见，水从天而降，水自地而出，水不悬空，水无眼耳鼻舌身意香味触法，水无首尾，水不回头……

水无限。

水既“是”又“不是”，身有人人得而见之最平凡的神奇，水从不透露自己的秘密。在泉边，只见水流，对其余，人们一概不知。

海伦·凯勒说：“水在我手上写满了‘水’字，不用别人教我也知道，这是何等巨大的喜悦……”

向米尔斯坦致敬

我家对面是一处荒芜的酒店，当年的声势极为嚣张，后来沉寂了。沉寂之后，房顶长出青草，甚至有食指粗的榆树。酒店高大的山墙装饰着古罗马风格的人体浮雕：健壮无衣的男女戴着桂冠，喝酒庆功，气质高尚肃穆。山墙下边成为小儿涂鸦的场所，也有大人的商业信号。如：

我爱泻停封

刘军是一个没良心的负心人

126传喜临门搬家

天下粮仓

山山山水水水

爱是饮鸩止渴，缘木求鱼

治疗口吃前行二十米右拐

那天，墙边还有一截粉笔，我看左右无人，拣起，却不知写什么。坐那儿想，写什么呢？我的朋友胡适之——没什么意思。要庄重且发自心声。对，我用肥硕的颜体写道：

向米尔斯坦致敬!

这一段，我听米尔斯坦的无伴奏巴赫小提琴协奏曲。没有钢琴与乐队，只有一把小提琴，全曲峰回路转，云水逢迎，让吾等傻眉瞪眼有如愚人。

巴赫是何等高明，在这样的音乐面前无法用任何形容风格的词汇加以界定，朴素、华丽、深邃，都不是。巴赫超越了风格，就像上帝没有风格一样。在巴赫那里，你甚至找不到通常所说的旋律或主导动机。他是音乐的伟大的造物主，旋律与风格都成了小儿科。巴赫在言说什么？如同你不能问数学在言说什么。和谐、对称以及对它们的解构，也许可以把巴赫形容为节律，像人体血流和腺体的分泌节律，它是一组神秘的语言。

而米尔斯坦是表达这种语言的大师，他的倾诉对象是星空和海洋。执琴在手，百转千回，清澈而又平静，从不炫技。无伴奏的小提琴协奏曲原本可以成为一个大秀场，像帕格尼尼、李斯特甚至帕尔曼那样做小提琴之秀，还有等而下之的陈美的动作时装秀。米尔斯坦不秀，像数学家不能作秀一样，只有诚实和质朴才能阐示巴赫。米尔斯坦让我们了解到这一点。

这是我向他致敬的理由，然而说不出此中的高明，聊复尔尔吧。过几日，在酒店山墙“向米尔斯坦致敬”的边上多了一行字：“向塔吉克斯坦致敬！”塔吉克斯坦？当然，我又添几句：向哈萨克、吉尔吉斯、乌兹别克斯坦以及球迷们致敬！

心的刻度

早上醒来，如果音响里放着《辛德勒名单》，则如一个预感，觉得今天是一个不同寻常的日子。以撒·帕尔曼的琴声让人转过脸注视窗外去看树叶闪烁的露珠，露珠同样也在看你。这是一首安魂曲，不应该在早上听，但听了心肠会为之柔软，手上的动作也变轻了。

它说，许许多多的人都已经死去，而你还活着。那些人曾多么留恋这个世界，像影片中那个穿红色礼服的小女孩儿。这段音乐所说的是人在临终前对世界最后的看法，没有仇恨，没有欺诈，只有眷恋。

生者眼里的生活，大多是严苛的。所谓生之美好，对承认它的人来说，多指中奖彩票一类骤富之物。而多数没有中奖的人，只认同生活的平庸。

生对生活来说，已经构成一种和美。活着的过程，就其神经系统、循环系统的复杂与壮丽，远远超过火箭升空的技术标准。人活着固然常常是卑微的，但阳光、风和雨水从未离你而去。我们目睹艰难，目睹困顿和忧伤，是生活之树的落叶，捡起一片放进书里，成为日后检点平生的门券。

《辛德勒名单》是凭吊者手里的鲜花，一朵一朵放在冰冷的墓碑前，缓慢、悠长，富于沉思性。又像用琴声朗诵一长串逝者的名字。在战争中死去的人太多了，因此帕尔曼拉得不仅辛酸，而且不情愿结束。这份名单永远也念不完。当琴声结束之后，旋律还在脑海萦绕，像云影在地上移动。

不管有没有天国，在战争中殉难的犹太人都可以在这样的琴声中安息了。在这首曲子里，悲伤已经潜于河流的最底层，它用肩扛着对生的赞美，浮出水面。音乐告诉人们放弃仇恨。跟生之美丽相比，仇恨太强大了，而生太脆弱；跟生的短暂相比，仇恨又太久远，它似乎很难消失。但爱以及对美好的珍惜，都可以使恨远去。

我在早上听到《辛德勒名单》时，心里都会冒出一句话：今天再也别想干坏事了。我说的坏事是恼怒、轻慢、尖刻等等，即对人的不尊重。因为音乐已经用手把你的心拧到另一个刻度上，这里没有值得让人愤愤不平的事情。

阳光照在我的肩上

假如你对别人说，约翰·丹佛这首歌的名字就叫《阳光照在我的肩上》，听者会感到乡村娱乐的朴素硬朗，正像阳光那样貌似无意，温温地照在所有人的肩上。

这是男人的歌。他可能孤独，男人难免孤独，难免被自己的梦想击倒。但阳光是老朋友，把双手抚在你肩上，泪水便从眼眶酸酸地缩回。我[illegible]白，为什么许多男人只唱气冲霄汉的歌，听过觉得他们心虚，而且嗓子也被拉破了。像丹佛这样的乡村民谣歌手，却从柔情的深广中唱出男人的雄心，像一头狮子静卧山冈。

男人不可能没有一点儿女人的细腻，他们也是女人所生。当柔情流露之时，他们如同孩子，羞涩与强健交织出男人的性灵。缓缓的柔情会使他们粗壮的血管里的血流得慢一些，他们的眼神清亮，汗味透出干草的气息。这样的男人是纯朴的，丰隆的背肌没有焊意，对劳动而言，他们是偿还给土地的祭品。这样的人常常在牧马，或是守林人以及造屋的汉子。他们像马一样轻巧，休息时十分安静，双眼眺望远方。

阳光照在我的肩上，感到自己像草一样茁壮，青葱挺拔。而草，“我猜想它是神的手巾／一种故意抛下的芳香的赠礼和纪念品。”（惠特曼）相素者生生不息，这便是赠礼的含义，虽然我与我所见过的人一样平凡无奇。当阳光照在肩上的时刻，我才知双脚离土地最近，常常听到河流与森林的呼吸。这样的人不致溃败，有阳光在身后扶着你。而由于土地以它的宽阔召唤过你，你无法矫情，终要除去所有妄想，心底澄明，上路时不再犹豫。

詹姆斯·拉斯特

这几年，我的心境与詹姆斯·拉斯特乐队的曲子很贴切，成为生活中可以称为幸福的事情之一。我听了他的几十盘带子，聆听时怀着憧憬与犹疑，听过已在心里装下了充实，像从森林里归来的孩子兜里揣满松果一样。

人与音乐的契合，委实是可遇而不可求的难事。作曲家与演奏家从来都是独裁者，按他们自己的方式诠释生活与哲理。听者只能用声音——唯一的传导符号来体味它背后的无限丰富。当然，伟大的音乐家也由此产生，即让自己作品引起大多数人共鸣的音乐家的诞生。希特勒酷爱瓦格纳，无数善良的人同样喜欢瓦格纳。因为瓦氏伟大。风烛残年的贝多芬，耳朵全聋了，仍执意指挥《第九交响曲》。这是令乐人为难的事，又得配合。贝多芬眼盯着乐谱，手臂僵舞，他的耳朵里静悄悄的。乐人小心瞟他的手势，他们明知贝氏听不见，但生怕拉错一个音符。乐曲结束了，全场掌声潮起。穿着燕尾服的维也纳人起立鼓掌，眼里漾着热泪。他们尤为结尾“欢乐颂”这一为人类祈祷的乐思感染。贝多芬依旧木然，女高音卡洛琳·婉格只好以不礼貌的方式，抓住他的衣袖，指一指观众席。风湿蹒跚的老贝慢慢转过来，认真地瞪视着观众少顷，尔后鞠躬致谢。

还是回到詹·拉上面。说到贝多芬，我总有一种冲动的心情，像说到苏格拉底这样的圣者一样。我只是说，他们作品的伟大，是像辘辘把的绳子一圈挨一圈致密绕在人格的圆木上。詹·拉没有贝多芬那么伟大，至少现在还没有人这样说。他只是一个乐队的组织者和指挥家。他所做的是把所有好的音乐作品加以改编，从古典乐曲片断到流行电影插曲。在配器与风格上，使之具有独一无二的詹姆斯·拉斯特的风格。

他是通俗乐人，但典雅悠然富于沉思性。他本质上是古典的，但还不至于像曼托瓦尼那样远离电声乐器。对弦乐的迷恋，则是这两位大师共同的特征。在詹·拉那里，无论是对往昔的回顾，对世事的前瞻，都与我的心性契合。一种漫不经心的中庸之美，这里没有令人眼湿的激情。譬如说描写爱情，其感人处如脚下激起的细碎浪花，瞬间变幻而消隐，更多强调潮音与涛声，没有兜头的狂澜。

在照片上，詹姆斯·拉斯特，这位德国不来梅的老头，唇髭整齐，灰白的金发很长，背梳亦整齐，下颏的胡须剪得很好看。他表情带着宁静明朗的笑，脸膛是古铜色的。

最初听到詹·拉是由朋友王家俊的介绍。王从骨子里是个鉴赏家，每日听音乐与读书，尤钟《读书》杂志。他推荐的第一盘带子是詹·拉的《火鸟》。从那之后，我陆续收集。

詹. 拉是我心中默默信赖的人，就像信赖华尔腾湖边的梭伦一样。他使我这个没受过很好的音乐教育的人，渐渐理解了许多西方古典乐曲，得以同大师进行儿童与巨人式的沟通。我感谢他。

听老詹。在他的曲子里，我悟出典雅、开阔与不避俗亦为文章之道。在这些纷纷如落叶的乐声里，我寂寞地写着自己的文章。许多时候，环顾左右，只有老詹乐声相伴。

还说什么呢？南非诗人乔科写道：“我只能说我等过你。”

在 远 方

即使是刚强的人，也常会在音乐之前产生脚软的感觉，想停下来歇歇，蓦然忆起与现时不相干的旧事。这些旧事过去从未想过，例如童年衣衫一枚白莲花样式的纽扣，今天才想到，它原来像一朵白莲。某次雨晴，下午的阳光喷雾而出把电影院染得一壁金黄，后来一月，每至此地都希望它仍金黄。放学路上，有一只甲虫在女生的衣领上爬，想取下来又怕她叫喊。储藏室的门框上沿有一只不知放了多长时间的粉笔，取下在水泥地上大写特写“独立寒秋……”音乐是一枚永不锈蚀的钥匙，打开了原以为早已封闭的门。

音乐在远方。

每一种乐器会与人心深处的某种节律相谐。换句话说，音乐永远不会与你陌生。它不像外语或化学那样，对介入者提出一种条件。小提琴是无边的丝绸，温润到灵魂的边缘。法国号是满面红光的绅士，但在莫扎特那里成了忧伤沉思的散步者。我们尽可以把大提琴看成是身背行囊、在漆黑的夜里远行的男人，把竖琴看成是带有爱琴海芬芳气息的希腊女人。而巴赫的C大调第一前奏曲里面的竖琴却是一队肃穆的僧侣。每种乐器与人之间都有天生的亲缘性。我第一次听到日本的尺八，越南的十七弦琴和印度的悉它时，并无隔膜之感。它们的音乐与它们的山川草木丝丝入扣，使人眼前有如一排东瀛或南亚居民的脸，很亲切。夏威夷有一种形似吉他的小型弦乐器“尤里克克”，材质是类似红木的寇阿相思树木，音色跳荡浪漫。“尤里克克”在夏威夷语里意为“活蹦乱跳的跳蚤”。这种柔美的“跳蚤”领我们来到椰树遮月的岸边，倾听草裙与鲜花的太平洋的心音。

音乐在远方。

人们没有办法对抗时间的顺序性。必须忍受时间的规则，一分一秒、一月一年地度过岁月，不能回避与跨越。这是人们感到生活沉闷的理由之一。音乐令人惊喜地给予我们另样的时间。在一个沉闷的下午，可以经历不同色彩的时间，它告诉听者不同的晨昏与不同的心境。1942年夏季，肖斯塔科维奇在彼得格勒的枪林弹雨里写下《第七交响曲》。8月9日，市广播乐团仅有的十五名演奏员汇集到指挥依利亚斯堡的身边。这个团其他的人，不是饿死，就在掩体里面作战。当这些瘦得可怕的音乐家开始演奏《第七交响曲》的时候，他们的脸色红润了。全世界通过转播听到了乐声。人们在其中听到了什么？美国诗人桑德堡在《华盛顿邮报》上发表写给肖斯塔科维奇的一封祝贺信中说：

“上星期日下午，在美国有千百万的人聆听了你为流血的俄罗斯所谱写的音画……

俄罗斯以外的世界屏息注视着进行的一切。

你的音乐告诉我们，一个伟大的能歌善舞的民族是不会被征服的……”

由管弦构筑的纪念碑，巍峨入云，使我们记住了那些必须记住的一切。

音乐在远方。

用一把皮镰收割

与战争有关的歌曲，颂扬多于反对，就我接触而言如此。人在抽象的道义上反战，但歌曲几乎都在颂扬战争。这是社会价值与文化之间产生的乖张之处之一。所谓颂扬战争的歌曲，大多是通过歌颂英雄主义来表明对这场战争的态度，雄壮豪迈是其特色。反战的歌曲较少，它也不是直接反战，其中主题必然有与死亡相对立的爱情，比战争更感人。

芫荽，鼠尾草，迷迭香和百里香是四种芳香植物，它们穿插在《斯卡波罗集市》的歌词里。在海边，山坡上的几片草叶，滑下银色的露珠，像眼泪一样落在坟墓上。年青士兵就在咸味的泪水与大海之间擦拭着枪。

这是歌词的意境。芫荽、鼠尾草、迷迭香和百里香反复穿插其中。它似乎与什么都没有关系，像远处按时传来的钟声。芳香总是传得很远，超越坟场、庄稼和村庄。尤其是山野的芳香。

《斯卡波罗集市》是奥斯卡获奖影片《毕业生》的插曲之一，由保罗·西蒙和加丰科合唱。乐曲的旋律像一株开着紫色牵牛花的藤蔓，蜿蜒着从耳边爬进心底。在吉他的伴奏下，两个人的咏唱低回不已，像追忆一种消失的珍贵之物：

你去过斯卡波罗集市吗?
请代我向那里的一位姑娘问好,
让她为我做一件亚麻布的上衣,
上面不要缝口,别用针线……

保罗·西蒙和加丰科用喉音包括假声,沉思性地演唱。与其说演唱,不如说在回忆。他们努力回忆一件旧事。这时,PARSLEYSAGE ROSEMARY AND THYME不断闪现。芫荽、鼠尾草、迷迭香和百里香。旧事愈忆愈远,心中只剩下花草的气息,环绕身旁。

在绿林深处的山冈上,
那里白雪封顶,泥土深褐。
雀儿相互追逐。
山是山的儿子的地毯与呼唤。

世上最珍贵的,莫过于人的生命。它永远比战争珍贵。如果提出一个问题:在战争中最容易失去的是什么?不是弹药与辎重,而是年轻人的生命。再提一个问题:世间最容易忘记的是什么?是战争中阵亡的人们,不管他属于作战的哪一方。

因此,保罗·西蒙和加丰科演唱得这样珍重,回忆是一次心灵的长跑,竞赛场上孤零零的只有一个人。当一个人的泪水遮住视线时,歌声会如此风神迷离。

歌声唱到:

让她用一把皮镰收割
芫荽、鼠尾草、迷迭香和百里香

把收割的石楠扎成一束

加丰科则在上段歌词的间歇唱道：

猩红的子弹在战火里呼喊
将军下令麾下的士兵屠戮
为了一个早已遗忘的理由而战

在静夜里听这首根据17世纪英国民谣改编的歌，很快，身边堆满了一束束芫荽、鼠尾草、迷迭香和百里香。如果明天晴好，就该把它们放在山坡上无名战士的坟前。

音乐沈阳

我情愿把沈阳看作是一座音乐的城市。

从广义的生活美学说，所有的人民都喜爱音乐，然而又有地域上的区别。比如说，中国少数民族更愿意用音乐抒发情感，汉人会弱一些。但河南人对豫剧、陕西人对秦腔的依赖性很强。同样是汉人，上海人说不上依赖沪剧和越剧。我的意思是说，地域的、文化的、城市性格的差异，影响到那里的人的音乐态度。

沈阳人民喜欢音乐就像喜欢足球、喜欢看人打架、喜欢乱炖（“乱”读“烂”，一种烹饪方法，把手边拥有的一切食物原材料放入锅中文火煮之，彼此借味）、喜欢光膀子喝啤酒、喜欢扭秧歌一样。但有必要说明，沈阳人并不喜欢二人转，即使沈阳城里开八百个二人转剧场，观摩的人也是外地与农村的人。沈阳人——比如我接触过的地位最低微的沈阳人——均对二人转嗤之以鼻，认为这种东西太下贱。我也琢磨过，你一个吃低保的，身穿儿子淘汰的校服的下岗工人，凭什么瞧不起二人转？他们正所谓富贵不能淫威，武不能屈（二人转也谈不上富贵威武），说，二人转算啥？那是地蹦子。

地蹦子是二人转的原名，辽北乡间的农闲时分，农民坐热炕上，看二人转艺人在地下装神弄鬼、打情骂俏，曰地蹦子，又曰蹦蹦戏。

下岗工人说，二人转那算啥？糟践自己，太埋汰，不算艺术。埋汰，东北话，脏。沈阳的下层劳动者很好地区分开艺术与非艺术的界限。其实二人转也有一点点艺术的含量，譬如正经艺人唱的《马前泼水》等唱段。这些唱腔是河北滦南一带大口落子的变种。但现在的二人转艺人没多少人会唱了。他们上场就互相侮辱对方的祖宗，然后翻几个跟头，模仿一下流行歌星的唱段，别的来不了。二人转有班，但无科。没有类似京剧的“坐科”的系统教育。如果你拿一张报纸让目前最走红的二人转艺人念一段，难为他们了。彼等基本不认字。可见九年制普及教育在我国城乡仍有一些盲区。大工业气氛下的沈阳人与这种城乡接合部的乡村浪曲不兼容。

沈阳人喜欢什么？歌曲。

沈阳人好唱，唱的是歌曲。歌曲中有戏曲和小调儿无法比拟的大情感，有旋律和节奏，有贴近生活的歌词。如果一帮人在一起合唱，彼此的情感都被提升。爵士能吗？越剧能吗？答：不能。唱歌把老的少的脸唱得红扑扑的，心跳加快、微循环加快、去甲肾上腺素分泌加快，唱歌的运动量跟跑步差不多。唱二人转如果把人脸唱红，只能是唱词的作用。在沈阳大大小小的公园绿地与傍晚的街头，有许多人在唱歌。学术称谓叫“歌唱”。他们把美好的歌曲从心里取出来每天唱一遍，唱不够。散伙后，他们用笔在小纸片上抄新歌，边抄边旁若无人地唱起来。我想过，如果每天早上把一些好歌，如《天路》《青藏高原》《父亲的草原母亲的河》唱一遍，一天将如何？一天将美好。如果晚上把这些歌再唱一遍呢？一夜将美好。爱歌唱的人们，都是热爱美好生活的人，跟墨西哥与美利坚人民一样伟大。

一首歌如果可以在林间或草地上放声歌唱，一定是美好的歌曲。“一定”这个限制语绝对了一些，但确乎如此。作曲家们应该从自己的作品是否能让大众放声高唱来裁定旋律的优美与节奏的准确。反过来讲那些阴暗的、晦涩的、低级的歌没办法大声唱，这是一个规律。在窑子铺里吟唱的小调或二人转没办法在公园大声唱，唱不出来。

沈阳出过许多有名的作曲家和歌手。

李劫夫，吉林农安人，沈阳音乐学院原院长。传说李劫夫不识简谱，但他的创作热情据行家说可达到人类作曲史上的顶端部分。他生年六十一岁，造歌曲两千多首。维瓦尔弟称自己造了八十多首协奏曲，后人统计发现，维瓦尔弟神父是在吹牛×，他只造了七八首协奏曲。李劫夫歌曲两千是事实，写进中国歌曲编年史的就有五百多首。代表作有《歌唱二小放牛郎》《我们走在大路上》《敬祝毛主席万寿无疆》《蝶恋花·答李淑一》（有一个大型晚会主持人把此曲说成答李谷一）以及毛主席语录歌。

李劫夫是个传奇人物，其语录歌的谱曲到了匪夷所思的地步。《我们共产党人》采用湖南花鼓戏素材，《蝶恋花·答李淑一》采用苏州评弹素材，《沁园春·雪》京剧素材。仅就这三首歌曲由戏到歌的转化，就可谓前无古人。旋律优美，情深意长，充满天才的印记。此人第二项能力是对歌词的处理能力。除穆索尔斯基外无第二人。林彪为毛主席语录写的《再版前言》竟被他谱成歌。林彪乘机外逃之后，李劫夫误判形势，拟作一首《紧跟林主席向前进》，他以为林彪接班了。此歌一个音符也没写，被他妻子张洛揭发出来，成为罪证，李劫夫最后心肌梗死在审查学习班里。

安波，山东牟平人，曾任沈阳音乐学院院长，中国民歌集大成者。另一位在民间音乐收集方面可与其比肩者为杨荫浏。安波的音乐成就可用伟大、浑厚来形容。他收集一千五百多首民歌，是音乐舞蹈史诗《东方红》的音乐总负责人。他改编和创作了《牧歌》《绣金匾》《兄妹开荒》《公祭志丹同志》（现今之哀乐）。他是越南当代音乐的奠基人，安波当过辽宁省委宣传部文化处长，后任中国音乐学院首任院长。他主动降级，把好房子让给别人，大部分工资交了党费，死后被“文革”小将掘墓鞭尸。他的同事张志新正因为看到安波之墓被掘，产生了对“文革”的极大憎恨。沈阳应该为安波立一块纪念碑，以增加这个城市的光荣。

丁鸣和秦咏诚是沈阳音乐学院的继任院长。丁鸣有音乐教育专著《歌曲创作教程》。秦咏诚是电影《创业》的作曲，代表作有《我为祖国献石油》。沈阳还有钊邦创作的《我为伟大祖国站岗》，晓丹的《齐天大圣》。

当年的沈阳音乐学院院长，几乎是大音乐家的别称，他们用作品发言。如今不同了，譬如音乐学院、故宫博物院、辽宁博物馆和社科院的领导都是革命螺丝钉，拧到哪里均无不可。

改革开放之后，沈阳出了毛宁、艾敬、张晓梅、李春波、庞龙、那英。沈阳由作曲家的城市变成了歌手的城市。可惜这个城市拢不住这些歌手，星散各地。沈阳有一个辽宁交响乐团。沈阳出生的小泽征尔跟他们排练之后对记者说："辽交的乐手具有精湛的技艺，却缺少起码的训练。"没训练还能精湛吗？日本人说话让人听了糊涂。

大姑娘美

有一首板胡独奏曲叫《大姑娘美》，听过想笑，而且越听越笑。

曲名曰：大姑娘美。大姑娘不美孰美？无论珠宝绸缎或城北徐公皆比不上大姑娘之美。文艺手段从古到今难传其美，语言表达更是隔山挠痒，比靴遥远。假设一个人习惯了《罗西尼序曲》《降B小调钢琴协奏曲》《平沙落雁》《德意志安魂曲》《远方的朋友请你留下来》这些标题和无标题的曲名，猛听到《大姑娘美》，像听到了一个喜剧，这么突兀的真话让人乐不可支，好像其他的曲名都说了假话。

板胡相当于胡琴中的铜管，刚健火爆，选它描摹“大姑娘美”，又有一乐。大姑娘当然也有大方的、泼辣的、上阵厮杀的人才，但豪迈和美总有一点儿反差。我听板胡，不光听它音色明亮，听到金石入药的燥气，还听出倔强，像土八路埋地雷的倔强、农民炸山修红旗渠的倔强。闻听它《大姑娘美》，又如之何？

一是热闹。“大姑娘”，是农村对女孩儿的称谓，东北人的叫法，如胶东人的“嫚儿”。聚在一起，大姑娘也追打喧闹，比如在婚礼之上。二人转表演之时，青春气息在打闹中越发动人。板胡铺陈了这幅风情画，像用红辣椒或湘人所称的辣子描写少女一样，板胡渲染女孩儿也帖谱，还鲜明。

二是着急。不是大姑娘着急，是听出旋律技法捕捉大姑娘之美而不逮的着急。像一个游戏，手巾蒙眼之人捉身边的人，东一把，西一把，茫然摸索，捉弄的笑声不绝于耳。板胡就这样，闭眼抓姑娘，越抓笑声越多，而两手空空。急，也是板胡表现力的一种，急板繁弦，心不可耐。反过来说，恋爱中男人的急恼不也衬出女人可爱吗？燥反生美，像黄宾虹的焦墨画出温润一样。

听过笑过，觉得此曲好，从曲名到旋律都有意思。最后说，“大姑娘美”是东北二人转的一句唱词，接下一句是“大姑娘浪”。这一个“浪”字在有些地方，如辽南有媚感之义。在另一些地方，是放浪之义。我瞎想，音乐家养足精力，何不续一曲《大姑娘浪》，双曲连奏，报幕人都忍不住乐。

吹　笛

在北阳台，听到对面高楼传来笛声。杨柳才青，有人经营这么风雅的事情，好。笛声比吆喝“旧电视机、洗衣机卖钱”有情味，比打麻将划拳声也有情味。若有大文化散文之卖弄癖，可说“此夜曲中闻折柳，何人不起故园情”。“折杨柳”是汉乐府中笛子曲谱，在这儿说有点儿埋没李白诗意，将就吧。

笛声近，伴随加工铝合金门窗的电锯声。初无调试，吹者先熟悉唇法指法，杂乱无序。我撂下手上的事，专心闻笛。不期有郑谷的诗来到：“数声风笛离亭晚，君向潇湘我向秦”。说的不是苏格兰风笛，唐朝的湖南没有。古人闻笛在晚上，爱跟离别挂钩儿，而现在是上午。雨歇后，平房的红瓦像胡萝卜一样鲜艳，上有白鸽小心步行。笛声乱吹，我知，他完全不是一个会吹的人。估计平生第一次演奏，就在高楼吹。可能是搬家，抬立柜发现墙后有一支笛子。“这是什么？”这人问。见笛子多孔，以为装入荞麦面可以压出面条。“NO，这是笛子。”有知识人撕一角报纸当笛膜，“呜”地出声。此人抢过来，在阳台吹奏到现在。

说他一点儿不会吹也不确切，中有泛音，像吹破了的音，初学者一般不掌握。这人吹的每一个音都是泛音。一会儿，吹腻了，改吹表示悠扬的长音，用飞指。改编自蒙古民歌的笛子曲多有此技。

李白听的笛多。“笛中闻折柳，春色未曾看”（《塞下曲》），“黄鹤楼中吹玉笛，江城五月落梅花”（《与史郎中钦听黄鹤楼上吹笛》），“梅花落”亦笛子曲谱。李太白珍怜一个“玉”字，放在笛前。实说，玉笛瓷笛均不中听，其音比高楼那小子吹得还难听，脆，且传不远。君未闻“丝不如竹，竹不如肉”乎？讲的就是丝弦、笛箫与人声的递进，没玉什么事儿。竹质坚而性温润，能传人情。李白还说：“谁家玉笛暗飞声，散入春风满洛城”（《春夜洛城闻笛》），又是玉笛。

李白应该听一听中央歌舞团赵松庭先生的《三五七》，竹笛曲，不是玉笛，根据浙东婺剧曲调改编。《喜相逢》也高级，原是山西梆子过场音乐，冯子存改编为梆笛曲。花舌、颤音，炫耀之极。我小时候爱听南派的《鹧鸪飞》（上海音乐学院教授陆春龄），阴柔雅静，如坐画舟行于早春江上。北派王铁锤——听这个名像搞冶金的，实为笛子大师，和陆先生南北齐名。他的曲子火爆亢亮，我最迷《帕米尔的春天》，用笛子吹塔吉克风情，浓烈甘醇。

笛子、管子、唢呐、小提琴、小号这类乐器，初学者不能在人多的地方鼓捣，比杀猪还难听。不像钢琴，会不会弹声准不差。以后城市功能逐步健全，开辟一些卫星城，其中一座供笛子、唢呐、提琴的练习者做初啼之用，不收费。如果有人没证敢在闹市吹笛子超过五分钟，经专家奔赴现场测试，达不到皇姑区文化馆初级水平者，罚款五元并做义工十天，为敬老院打扫卫生。

音乐札记

一

邻居狗叫的时候，我踩着雪低头往外面走。雪才下，它是冬天母亲最后的孩子。现在是3月中旬了。雪新鲜，如实说应该捧着在街上走。昨晚我接夜班的妻子时，身边还是雨，零蒙扑闪，像前边的人在风中吐唾沫。后来，雨聚齐了，像集会的人都到了，密密而来。这是北地少见的杏花雨，比雾大一些，像火车头的蒸汽，在脸上半天汇成一滴水。这些今天已经变成雪了。

在雪地往外走的时候，我想起了童年学狗叫的事情。

男孩子在童年哪个没学过狗叫？除非他待的地方没狗。孩子学狗叫，有如他进入了哲学家的阶段。

进入了语言。

进入语言是孩子进入表象世界之后的另一个世界。

语言的世界才是人类的世界。世界被命名，小二、铁丝、老师、火、狗屎、飞、甜、妈妈。能够被说出的世界存在于语言之中，进入其中人就永远出不来了。然而，人只有在语言中才能存在，在所谓“思维”中编码和解码。人会为了语言而放弃事实，放弃自己。在进入语言之前，我们还在门口依恋其他语言，用其他方式命名的、解释世界的声音或通道，呼唤它们，期望由它们打开一个新的世界。

狗叫即是一种。

由声音打开一个神秘世界的大门，是人所遭逢的奇迹。

洛林·马泽在1999年维也纳新年音乐会第七个曲目之后，放下指挥棒，从谱架上拿起一把小提琴，挥弓作秀，出演《帕格尼尼圆舞曲》，而对乐队的指挥则以眉眼表情代替。他的弓刚放到弦上即被弹起，像正负极的两根电线溅出火花。开始两个音符如叩门声，清晨，穿睡衣的小女孩儿怯怯叩妈妈寝室的门；如从衣袋滑落在大理石地板上的银币，连跳两下；如眼色，如击掌，情人从金碧辉煌的舞会隐入暗夜，火枪手点燃了火绒。帕格尼尼，这位炫技派大师当然要在圆舞曲中铺排最为纸醉金迷的盛宴，所有华丽的富有表演性的弓法在这里淋漓尽致，因为这是绅士贵妇翩翩起舞的筵宴，有无数的锦缎自天而下，琥珀色的酒浆像金箭，射中所有人的灵魂。我听说过许多“尼尼”和“尼”，他们在意大利，深陷的眼窝里藏着地中海的波光。帕格尼尼，是一个形单影只的天才，一个热亚那商人的儿子，拿破仑的妹妹伊萨丽公主一度的情人。他的华丽和炫耀造就了另一位更喜欢华丽和炫耀的李斯特。倘若帕格尼尼活到今天，他会比好莱坞的唯美派作曲家约翰·威廉姆斯和年演出场次最多的小提琴大师以撒克·帕尔曼两个人的收入加起来还要多。他在旋律上比别人更注重妩媚优美，这是所谓电影最需要的东西。在《泰坦尼克号》中，观众热泪难抑，人常常由于音乐而打开封在心灵上的最后一道锁。帕格尼尼创造的双泛音、跳弓，使小提琴演奏变得神乎其技。1795年，父亲领帕格尼尼去帕尔马拜访小提琴大家罗拉。罗拉的房里放着新写的协奏曲和一把小提琴，帕格尼尼的父亲大发神威，命令十三岁的帕格尼尼演奏，在隔壁房间卧病不起的罗拉倾闻琴声，不禁目瞪口呆，挣扎着过来对帕格尼尼说：“孩子，你让我教你什么呢？”

洛林·马泽穿一件苏格兰粗线毛衣，像在梦中划船一样指挥着普罗科菲耶夫的《伊凡雷帝》的片断。当然这不是维也纳新年音乐会，而在中央音乐学院的大师班。如果看到洛林·马泽的面庞、表情和他的苏格兰粗线毛衣，雕塑家们一定期望捉住他，按在石膏里面做一个模子，然后成批地翻制塑像。那是一个用汉白玉粗粗打凿的、带有希腊气质的被音乐灌醉了永远醒不来的牧羊人的形象。洛林·马泽常在一个乐段之后，对乐队深瞥一笑，此笑醉意深矣。而他在指挥的时候则坠入了梦乡，并不睁眼察望。人间的确没有什么可以和音乐相配的景象。在洛林·马泽身上，音乐成了他的呼吸、脉搏以及内分泌，随之起伏，分化瓦解。和弦、织体、复调，这一切不过是落花流水。

我想说洛林·马泽，当然还有其他伟大的音乐家，并不是我们同一时代的人，虽然我们共同生活在19××年。如果我们吞吞吐吐地跟着他说：股市、战争、裘皮大衣等词汇的时候，他可能听成放屁、吐痰、包皮。如果有人说，我们共同分享着电子产品、CNN、肯德基和联大每年上千条的决议，借此找出我们共同生活在同一时代的证据。卡拉扬、阿巴多、梅塔、洛林·马泽、穆提、克莱巴会说“NO”。他们没有察觉到和我们这些庸人生活在同一时间当中，你即使指出三天前发生在中非的军事政变或一个月前的空难也证明不了这些。

我了解我的庸俗。庸俗并不常常以庸俗的名义出现。宽容、随和、热爱生命也会成为庸俗的闪闪发亮的新标签。庸俗甚至会以责任和牺牲的面目出现。所谓“庸俗”一词被正视的时候，证明我们对原本有愧的生活方式已经进行了溶解，瓦解了内心深处那些绝不顺从的纯洁因子，我们也不因为内心冲突而惴惴不安了。然而——至少对我而言——音乐常常不择时地跳出来直指人的庸俗。当一个人用世事蹭蹬、委曲求全等理由为自己的浑浑噩噩安一个稳固的支票时，音乐会揭穿这一切。在心灵的意义上，庸俗是好不容易骗过了自己，但在音乐之门前面总也过不去，像横绑着扁担钻洞。这一层伪装像叫花鸡包敷的泥巴一样在音乐面前一块块裂纹剥落。一条清澈的、刺骨的河水，一点儿对岸的灯火，一种让我们显示愚蠢的试剂，就是音乐。

而我在早上起来——我已经记不住每个早上的情形了——宛如隔了很久之后又一次来到这个世界，心灵由于神奇的睡眠澄清了，明净可喜。但窗外、我的床，特别是镜子里的我，使我想起了我是谁。所谓“我是谁”意味着我的责任，昨天没有做完的事、向谁恭敬、为什么而烦愁。与以往一样的建筑、街道和声音，使我摆脱不了我，只好顺从地钻进“我”的外套，苟且一天。实际上，我想过，如果这仅仅是记忆的原因，我是不是可以在醒来的时候大叫一声：“这是哪里？”然后匆匆逃离。逃走之后是实现我过去的愿望——到小兴安岭的森林里奔走，呼吸腐殖质的气息，听脚在树叶间的步伐，做一个鄂温克猎人的助手。但我离不开我的亲人，不会像兰波那样穿着拖鞋去街上买药之际赴比利时游历三年。但我们的确辜负了许许多多的早晨。早晨是逃走的最好时间。看一看孩子，早上起床，眼神看待周遭多么陌生。他要在脑子里费劲想一遍构成处境的元素：天、阳光、房子、窗、树、床、爸爸、妈妈。这些元素即语言每天早上为他演示一遍即时世界的逻辑，同时没收他的梦想，譬如离开、飞翔、杀死别人。他要通过痛苦和这个世界和解。通过饥饿和吃饱、通过声音和记忆，特别是通过游戏恢复与这个世界的认知。当一个人最终被确认了与这个世界的关系，即依赖这个世界的事实之后，下面的时光只能是忧伤。像一根钉子被钉进木板里，除非有一天木板烂了或钉子锈蚀了，时间才从他身上离开。

除非有一种语言唤起另一类认识系统，譬如音乐。我起床的时候，开窗放新鲜空气，看一眼表，叠被。书橱、地毯、画、电视一如旧时，形状色彩包括它们的性质毫无改变，证明我也不会有丝毫的改变。我已经不用再照镜子就知道我是谁了。穿衣，坐在沙发上穿袜子。顺手放一张碟，打开音响，即我说过的《帕格尼尼圆舞曲》。弓子被弦电回，撞击像儿童一样与弦说话、商量，然后向前进发（什么在进发？我也不知道。乐音在进发？无以名之的东西一去不回）。麦苗蹿箭，蚯蚓松土，河岸在浪涛拍击下塌下一块，白云被崖顶的松树勾住，鸟儿在草地遗落了一根羽毛。它们消失了，我看到它们如此浩浩荡荡地消失，不禁悲伤。帕格尼尼对比、顿挫，不期然拽出一段柔美的华彩。

音乐之后，人变得孤孤零零。

那时我也想和它们一起走，到它们的地方。

那个地方不一定阔绰，但新鲜、干净。说，当语言带给我们的所谓“思考”能力在音乐面前无法思考时，当我们想起可能有不止一个归宿，不止一个故乡时，如同你被绑在柱子上看别人游戏，最后，游戏的别人消失在开满鲜花的树林深处。

音乐至少提示人类的这种“思考”能力与习惯常常显得很蠢，包含无数虚假的东西。它有可能摒绝了更好的认识方式。

我在童年学狗叫的时候，面红耳赤。我们想知道哪些声音代表哪些意义，想通过声音进入一扇新的大门。不能轻蔑“汪汪”。这些单音节的、粗糙的叫嚷是不是含有多样的意义呢？有没有狗的欢乐和悲伤。人听狗吠，如有愤怒。驴鸣似哭，马嘶如笑，而鸟儿像在歌唱。声音与人的听觉器官之间的现有关系，构成了人的局限性。我们听到的“声音”是声波经过人类的听觉器官的纤毛舞蹈式的处理所获得的信号，这种信号在大脑里最终是电信号，而不是声波本身。而纤毛的运动像计算机的检码一样，是二进制的处理转换。我们能说我们听到了什么？只是接受了一些信号。况且，有些波长的信号，人类根本听不到。学狗叫的孩子，也学过鸟叫和猫叫。我十分想知道，这种似赝品的叫声，在狗鸟那里有确切的含义吗？譬如：我害怕了、渴、把人类消灭等等。这些叫声当然不可能在它们的耳里形成下述含义：“他的脸形和语气就扰乱了我，这就迫使我对这个人有了全部相反的心理准备，他不可能按照别人哪怕是最微弱的思路去谈话，假如某一个人一生都与其有交往，我相信那么这样的人，在一定意义上就相对马原过完了相反的一生。”（作家·陈家桥《马原》）呵呵——姑以戴望舒的语气说话——这样的意思要用怎样的狗吠才能完成啊。许多人的一生是依赖眼睛——字来生活的，我不知道这在多大意义上脱离了人的本性，或者说离开了真理本身。而许多人（文人？）的乐趣正在这里。也许可以说，一个佶屈聱牙的文人在本质上与一个农民相比，如同一个物种与另一个物种那么不同。苇岸曾对我说，我说不好，给你写信吧。他不相信“说”，声音在他看来是不坚固因而不可信的。他要像盖房子一样垒起一个又一个的字。字与字之间有墙壁回廊和花园。他看它们时，思想像士兵一样潜入这些建筑物，并消失在这些建筑物之中。文字可以掩盖许多愚蠢，最主要的，文字可以欺骗自己。弄诗文的人或许可以分为两大类，骗过了自己和没骗过自己的。高超、犀利、奥妙、无厘头的写法风格都易于骗过自己，让自己相信自己变成了别人。而没骗过自己的文字，属于“语言不好”之类。或不前卫、不主义、不×十年代、不疯狂、不尖叫、不状态、不后。我们沉溺于自己的庸俗，又反感自己的庸俗。庸俗在满足了我们的欲望之后显得死气沉沉，于是每个人都想变成另外的人。王小二想变成马原，李铁柱想变成周润发。人们想尽了办法来欺骗自己。而学狗叫只是企图做出这种改变的小小的一步。

声音，原本是另一套语言系统。当字被赋予声音的时候，应该是人类文化史与心灵史出现奇迹的时刻。杨振宁注意的是各地极力往外挣脱的方言在汉字面前共同读出同一声音所形成的民族统一的作用。而字和声音的结合，还意味着其他奇妙的事情，诗是其中之一，唱歌也是其中之一。当“峨眉”的读音在复杂和美妙的笔画中出现的时候，一件人间乐事已经完成。这些不以元音辅音拼写的汉字读出单个的声音时，以汉语为母语的人注定要与其他人有些不同。昨天我在电视里看乔冠华在联大演讲，声音尖涩。想起黑格尔说中国人说话有如怪叫。一个个单音节如同乱石兀立。一次，我把背面带字的纸对着阳光仰视，这些字突然变得陌生，甚至古怪。借此体会到外国人面对汉字的困惑。对这些字，如果不学习它，谁也不相信它可以承载思想的，包括现代科技的信息。在陌生人面前，汉字是缠结的、闭锁的、沉闷的符码。应当说，它与生活中活生生的语言交流是难以相融的古代的遗物。而结合起来，要付出许多时间与才智。而到了所谓得心应手之际，汉字以及它所背负的传统或许会使这个人变成酸腐、乖戾或嚣张的人。

声音与文字的结合，说它是奇迹是就所谓“文化”的提升而言。它使人有可能从阅读和倾听中与书中的世界相遇，这里所有个人的经验都被统一到别人的经验中，从而形成重重误会。这些误会在形成中，有传统、流派甚至美感。当孩子从自己的生活中认识蓝天的时候，是仰面可观的，有鸟儿白云、光线明晦变幻的浩大视野。当别人说“这是LanTian”，本是吓人一跳的提示，也是无道理甚至粗暴的命名。孩子勉强接受了它，也只是为了和别人交流的必要。其实声音的“LanTian”和人们所看到的实体相比何其单薄不成样子。而“LanTian”变成“蓝天”被强迫记住的时候，真正的天空消失了，只剩“蓝天”。如果你拒绝它，就是和十几亿认同它的人做对，而被关在“文化”的外面。因而就人的天性而言，文字其实是最为粗暴的东西。许许多多人的美妙的思想就是由于不愿钻进这个下水道一般低矮潮湿的管子而无法与世人见面。你看不识字的小孩儿多么快乐，而用另一种语言系统思考的人，如物理学家崔琦，则显得喜气洋洋。我不懂物理学，约略知道某人洗澡池水漫出，某塔掷某球，是它们里面浅显的逸事，像禅宗公案一样。我要说的是，人的“思想生命”有许多条，当我的物理学生命被扼杀之后，就永不复活。像一棵大树的一根杈枯萎了一样。这是说，你已失去了一个频率，一个轮子，一种思想。当然包括一种快乐。我的数学生命、物理学生命已圆寂了，而许多生命我根本就没有，譬如历史学、英语。我是一个孤零零在单向度道路上行走的人。

在我们熟知了这些声音和文字之后，我们怎么用最个人化的方式表达自己的感情呢？没有办法。你要用大家说的那些话来说仅仅是你要说的话，譬如“我爱你”，一听就假。譬如我要说的是“你发际的芳香和你抬眼望人的样子使我爱你”，但话怎么能这么说呢？语言的空间和时间排列顺序导致了我们不能尽言。比这更高明的应该是一种化学方式。

而音乐则说出了我们的所想。当然比我们说的真切。有时候，请朋友共同听一支曲子，就是用音乐交流。事实上，人类永远说不出巴赫那种对位的、复调的、在同一时间和空间所表达的思想。如果声音（意义）被迫按时间顺序表达，譬如用一个小时倾听《离骚》的朗诵的时候，许多元素被阻遏而散佚了。而昆虫用一点点分泌物就可以在同一时间、复合地传达一个信息的意义、范围、性质，包括色彩与体积以及情绪。对人类来说，以某种气息感受忧伤是不可思议的事情，也就是说人类的思想无法与化学接通。真的令人惘然。

二

春天的雪片在街上消融。虽然落到地面就化了，但和下雨仍不一样。雪片悠扬，深思性的片絮如羽滑落。马路像黑色的岩石一样闪闪发亮，出租车溅起喷泉式的脏水。而马路两边的土地上，积雪埋伏。它们为什么不化呢？春雪怕冷，耸着腰挤在一起，蓬松晶莹。

树们知道这就是春雨，变成雪只是多一些典礼的意思，没有北风，没有冬日的肃杀。空气里甜丝丝地传出了树吁出的气味。春雨化妆成雪一个接一个跳下来。落在树杈上的雪过一会儿就像鸟粪一样“啪唧”掉下来，使行人向上怒目。我觉得树的身体里面，一致回响着维瓦尔弟《四季》的“春”。阿卡多用四把不同时期的史特拉底瓦利琴演奏四个季节，在1987年意大利克里莫纳的音乐节上。还有一个豪华的版本，斯特恩、祖克曼、敏茨和帕尔曼分别演奏春夏秋冬，极其挥霍。这说明谁都知道四季是四个不同的季节。春天和冬天的区别是什么？这就像斯特恩和帕尔曼的区别一样。当然这不意味着色彩和生命力的不同，而是理解与诠释的多样。

树们的“春天”是由树演奏的。这四把小提琴分别是杨树、柳树、碧桃树和桑树。它们木质不同、音色也不同。树张开的手臂，多像执琴的姿态。它们用不同姿势站立在桑园里，交换眼色。在暮色来临的时刻，街车的灯光里有雪花钻入，窗外黑白斑驳，如同目睹一幅俄罗斯的油画。

维瓦尔弟是一个神父。晚年他在教堂主持弥撒曲的时候，匆匆忙忙走出，到自己的房间记录脑子里涌出的乐思，因此受过宗教法庭的审判。维瓦尔弟神父是个喜欢夸饰的人，说创作一首协奏曲比抄一遍更快。神父说自己有九十四部歌剧，但一般认为他只有四十多部。有一种说法称他患有胸腔疾病不适合神职工作，譬如念诵赞美诗。但更令人信服的说法是他出于经济方面的考虑放弃神职而专心于音乐。在巴洛克音乐时期，一个受欢迎而且勤奋的音乐家的生活绝对禁得起挥霍。他经常长途跋涉，监视自己新作品的初演，譬如前往罗马、维也纳，甚至到阿姆斯特丹。他在一生中的40年中，在威尼斯的一家女童孤儿院任职，每月写出两首以上的弥撒曲，收取酬金。这些女童是失去双亲或由于私通而被遗弃的孤儿。由四十多名孩子组成的管弦乐团和合唱队，是维瓦尔弟音乐最初的传达者。她们身穿白袍，头戴石榴花。她们歌唱，拉小提琴或吹巴松管。

和这些天使般的孩子们在一起，即使是铁石心肠的人也会重新听到上帝的声音。和这些小音乐家相处四十年，一个人所具备的美好情感会像泉水一样汩汩而出。所谓美好的情感是爱与仁慈。我不知道仁慈与爱有什么区别，但放在一起说，似更宽厚。有这种情感的人不妨乖张一些，铺排一些。斯特拉文斯基暗示维瓦尔弟的四十多首协奏曲是由一首改编的，维瓦尔弟的确可以五天写出一协奏曲。但这都不曾妨碍他的音乐的美好。在某种情形下，音乐史家把维瓦尔弟列入优秀的古典音乐大师行列似乎有些犹豫。维瓦尔弟的音乐在他死后三百年间无声无臭，好像到了20世纪才开始复活。和柴可夫斯基一样，他的协奏曲更像电影音乐，或者说电视节目的栏目开始曲。而他创作的勤奋，和大多数古典音乐家一样，是为了钱，而有了钱之后的景象是日日宴筵，夜夜笙歌。帕格尼尼的许多作品由于抬价过高而无法出版，也就是说失传了。为了钱而创作，为了奢华而赚钱，一生写几百部作品，也许是中国艺术家所不能理解的。在某些“艺术家”的脑子里，钱虽可爱，却是艺术的敌人。不仅钱是艺术的敌人，富裕的生活，众多的作品都是艺术的敌人。现世的享乐和创作就这样可笑地僵持着。仿佛一有钱，艺术家纯洁的本性会像刚出土见风的贵妇人尸体一样朽烂变色、恶臭难闻。

在士与农，或官与商的古代中国的社会阶层的对位中，其实从来没有文人的地位，而艺人干脆是市井阶层的附庸，倡优之流。所谓“文人”在过去是对官的半成品的一种委婉的指谓，在读书与从政这一条传送带上，文人是即将入炉烧冶的砖坯。成则仕，不成则废。它从来不是一个阶层，也不具备在社会生存下来的经济基础。对已经从政的文人来说，诗文是一个点缀，文人身份成为风雅的包装。而对未仕的读书人来说，人们称之为“文人”，庶几与废人无异。这意味着极为辛酸的生活，以及毫无价值的人生。

在很大意义上，中国古代文人地位在人们视野里的提升，是由于五四运动之后重编的文学史的缘故。在21世纪初，中国人感受到没有大学的耻辱，办学的人感受到没有文学史的耻辱。当时的人们甚至不知文学史应该从哪里编，魏晋还是汉唐。人们所看到的从《春秋》与《诗经》开始的文学史，实在是许多人绞尽脑汁的成果，这是在四书五经之外重新建立的另一种文化传承体系，是石破天惊之作。在21世纪初，为学堂而编纂的石破天惊之作还有很多，如《中国化学史》，将道士炼丹的行迹配方凑合成书，终因太荒诞以及与现代化学毫无关系而作罢。当李杜与唐宋八大家在文学史安稳下来之后，他们已经有了官方的色彩，成为传统。已经死去的封建文化终于又活了过来，对新一代的读书人形成威压，并被要求成为他们的偶像。

中国古典文学的确是非常值得玩味的东西，古代诗文所集体形成的艺术成就的确神乎其神。但这一套东西最好和瓷器、碑帖一道，由少量玩家来玩。古代诗文的奇迹和埃及金字塔一样，是永远不可能在现代出现的东西。那么文人——从21世纪以来，中国出现了许许多多的文人，从省城到县城都有——胸中装着古代文人散发出的孤愤、清高与各种莫名其妙的情绪行吟浪唱，引人注目。在所谓“中国文学史”中，你看不到贯穿一致的东西，看不到善良、热爱民众与土地、人文主义关怀、关注时代等思潮，这些因素只是星星点点、毫无关联地出现在少数人的诗文中，谈不上传统。在古人留给我们又经今人精选的宝贵的诗文选本中，不仅没有农商与普通百姓的喜怒哀乐，也看不到譬如官员生涯对一个文人生活的补益以及与创作的关系，文人孜孜于官场的劳绩、他们嫖妓聚赌的私生活。这些选本清澈得令人不可思议，可见虚伪从唐宋元明清就是他们做人的主流。文学史的主线也是“越穷越光荣”。清高孤愤以及遗世独立似乎成了中国文人的美德。这当然是已经被文学史歪曲了的古代文人的生活情景以及心态。事实上，中国社会在如此漫长的历史时期中，文人们从来就没什么一致的思想。有一些相通的愿望譬如做官、温饱、享乐，也被文学史轻轻抹去了。被21世纪的文学史塑造的一些“典型”所具有的“忧国忧民”的形象，实在不堪考证。这些“典型”当然不比我们更糟糕，但也不比我们更脱俗。然而文学史所透出的这些信息，的确害了不少“文人”，包括不喜欢中国古典文学的“文人”。他们渴望官，但在得不到的时候便骂官。当上了官的时候则要饮酒赏菊，又想造一则小民击鼓喊冤、大人明镜高悬的佳话。郑板桥即如此，每每为无人击鼓而憾。

把官作为一种可玩的雅事。饱读诗书的文人在任内有没有弯下腰扎扎实实为老百姓做事的呢？没有。因为中国文化不培养这种人，不鱼肉百姓以及背负廉名已经很好了。他们蔑视劳动者，大自然在他们眼里不是俄罗斯人所看到的母亲，而是可以与之眉目传情的美人，譬如冷月、寒梅、疏竹与小桥之类。即使潦倒，这班人物也不肯放弃斯文。当乞儿伸手要几颗蚕豆时，也要用极好的句式说出“多乎哉？不多也”。这些话可以找出典故即书袋来。鲁迅非常好地刻画出他们的灵魂，只是他们顽疾太深，不肯悔改。倘若我们没有这些文学史，倘若我们在学校里像建立微积分与地质学一样建立一种全新的文学学科，培养一批热爱自然、热爱民众。

第四辑 / 绵羊似的走马

长调：蒙古民族灵魂的歌声

头一回听到蒙古长调的人，听到了辽阔悠远，觉得它与生成环境——草原有关。此说不尽然，我去过很多草原，从新疆到新西兰的草原，南部德国不种庄稼光长草的土地也应该叫草原吧？那里却没有长调。在长调里面，人们与一个浅显的道理相逢：民族，也就是人所承载的心灵的传统，对音乐的生成意义更大、更坚定。蒙古长调首先是蒙古的，然后才是草原的音乐样式。不是所有游牧民族或者叫骑马民族都创造出蒙古长调。

蒙古，这个词的含义超出了它的民族命名学的内涵，这不仅是对一个民族的称谓。历史上，蒙古意味着强悍、征服者、北方、黄色人种等飙驰欧亚的标签。性格上，蒙古意味着豪放。地域上，蒙古涵盖着辽阔。在音乐方面，蒙古意味着长调。而长调是什么？在学术上不容易说得很清楚。长调在歌曲节奏型、演唱方法特别是呼吸方法以及在歌词方面均有独擅，但这不等于说清了长调。如果长调被解析明白，就不称其为长调。现代人面对许多历史瑰宝都半通不通。比如我们没办法清晰地阐述长城和泰姬陵，也说不清王羲之的字。而音乐比建筑和落纸凝形的书法更富于流动性和民间性，它拒绝被解释。它的生命力在于可以演唱、可以重复再现，却没办法加诸学院的格式化。我们应该勇敢地承认音乐在语言和学术之外，它被感受、被赞美，但无法定义或控制。许多好东西都没办法控制，比如鹰的飞翔。不可解释，能够再现，这是我所理解的非物质文化遗产的特征之一。

长调属于蒙古。按照没脑筋的社会学解释，蒙古性发乎音乐应该气势干云山崩地裂乃至咆哮。刚好相反，长调捧拾着无限的柔情——不光长调，蒙古音乐均如此。马头琴声与长调演唱有着惊人相似的音色。在其他音乐样式里，柔情在说男女私情，而长调的柔情覆盖广阔——父母、马、天空和山、草场、河水与爱情都是歌声覆盖的对象。用歌声表达纯真柔情，它一定很“小”，像人们寻找落在草丛里的珍珠；它一定“轻”，像担心雨滴砸坏初放的花朵；它一定是心声而非公共语言，不可能磅礴奔放。仔细听长调，一首歌听了十遍之后，觉出它是唱给歌手自己听的。伟大的蒙古歌王哈扎布一辈子都在给自己唱歌，然后唱给天空和大地。歌声的对象性（自己或听众）、现场性（家庭或剧场）可以判别演唱的真诚度。哈扎布给自己唱歌，听自己的歌声是否真实地传达了全部心声，再唱再听，只唱一些古老、简单的民歌。这个过程，相当于一个人八岁在心里栽上一棵民歌的树，用歌声浇水，让它长大开花。歌王哈扎布八十岁还在唱歌，他基本上失去了视力，在家里和牧区的小饭馆里歌唱。他心中这棵八十岁的长调之树，比自己躯体大得多，冠盖华美，鲜花累累，像草原一样丰饶。长调歌手唱歌心中都有花树，只是哈扎布的花更加茂密。以后还有哈扎布吗？他不光是蒙古人的宝藏，也是人类的宝藏。哈扎布——藏语，意为“天的恩赐”，他被民间誉为“达尔汗歌王”。达尔汗是旧时代的封号，凭此封号可以犯九次罪而不被追究。因此达尔汗又意味“享受大自由的人”。哈扎布一辈子颠沛流离，晚年还在小镇租房住，但享受到了大自由。

哈扎布难以逾越的是什么？爱。哈扎布在长调中对草原的爱无人可以超越，那种爱如此繁复，如此绵密，如此醇厚，如此固若金汤，没办法超越。他的演唱技法也无法被超越，他像牛顿和巴赫一样，成为这一领域仅次于上帝的人，发明了许多演唱方法。哈扎布的学生拉苏荣、宝音德力格尔、阿拉坦其其格、扎格达苏荣以及胡松华只从哈扎布这片广袤的森林里背回了几棵树，有人只拣了几根树枝。

歌声里的柔情视角小、着力轻。而它所欲表达的情感如果很大而又不愿号叫的话，就变成了长调。长调剔除了男女之情的短促或私密，宽广的心绪在珍爱的语境中缓缓打开，节奏的切割被弱化甚至消失，歌词也不再是统领声音的缰绳，歌唱回到最原初的状态——仅仅是声音。腾格尔在气息上颇得哈扎布真谛，以工笔般的气息刻画辽阔的草原。长调仿佛是引子、是铺垫，是一个大场面或大高潮的开始，然而它唱着唱着已经唱完了。为什么？你如果去草原听长调，看到歌声的背景是晴空低垂的云朵，是天底下模糊柔和的山峦，是看上去静止却时时吃草移动的羊群，才大悟，长调正是蒙古人生活的引子或铺垫。太阳升起来，羊群去山后的草场，马群到河边饮水不都是大场面吗？生生不息，悉为大富贵场面。长调对此铺垫得逶迤不尽。人们说，听过长调余音绕梁，心里无法收束，没听够或没听完，这正是长调的魅力。长调的美学原则不在总结升华一个道理，也没有歌曲的所谓B段，它不“完”。不完结的旋律融化在草原宁静的生活和蒙古人的笑容里。别的歌，完都完在歌词中，向听者表示唱完了 。长调怎么能唱完呢？它循环往复，可以不断唱下去。正像河水不断在流，不会停下来总结一下停下来不流。这种不以收束完结的歌唱态度和结构方法，表达了蒙古人在山川土地面前的生活态度：谦卑、尊重，源流相济。长调给草原生活镀上一层琥珀的光泽，告诉苍天，人们对生活的感激。牧民们清楚，苍天听歌听的不是歌词，甚至不挑剔旋律性，听的是演唱人的态度。至于保加利亚唱法与拿波里唱法，当今歌坛的民通、美通，草原的苍天听不懂。在草原唱歌，面对缓缓移动的河水和云彩，宜悠长而不必短促。如果唱一首节奏鲜明的歌曲，唱时有点儿不好意思，踩板没理由，终止也没理由。河水和云彩都没停，你的歌声怎么停了呢？这种歌在歌厅里当然可以停，不停别人想打你。而长调的起始和终结都像云彩一样来去合宜，歌曲的结尾如同融化在天地之间，被草木吸收了。就像古典音乐的伪终止式，和弦快要到达终点却没到达，仍在行进。在草原上唱流行歌曲——无论言情、言理——歌词难以出口，显出太假，非心声无法出口。而长调那些质朴的歌词（如语言学所说的词根）与草原十分契合，比如父亲和母亲、大雁、春天、出嫁与想念。这些词语是静置海洋最深处的石子，没有包裹与华饰，是本质。长调的歌词短，有六句、四句，也有两句甚至一句的歌词，比如“我的走马有着绵羊一样的步伐”，整首歌就这一句词。歌词里的每个字如珍珠摆放在旋律的哈达上，粒粒可数。歌手演唱，用心里的血流冲洗过这些字。这些字用奶浸过、用蜜浸过，是和青草一起过夜的礼物，每一个字都在表达珍惜。而“哈达”的蒙古语意正所谓“收藏过”（哈达森）。

长调所抒发的情感，一言以蔽之曰：珍惜，这是爱的另一种说法。演唱长调，如同牧民以口唇吹欲燃未燃之火，气流和绸子般的火一起跳跃。长调像宽厚的手掌擦去暖屋玻璃窗上的哈气，露出屋外的蓝天和草黄色的土地。歌手只是大自然的模仿者，模仿草场上看不见的夏季风的呼吸，模仿云朵层层叠叠舒卷游移。他们的心情是母亲低头观看婴儿，母驼给驼羔哺乳的心情，这和金戈铁马的铿锵大有不同。文化的生成比我们想象得更为复杂，听长调听出的是蒙古人绿缎子一样柔软的心肠。诗人席慕蓉对一个蒙古词汇大为惊奇并赞叹——诺日古拉，它本义是折叠，常常形容长调。长调在蒙古人心里是“诺日古拉”的礼物，献给祖先和生养他们的环境。如同古典音乐中的回旋曲，主题乐节的叠句会与其他主题的插句交替出现，乐思在交织中丰满生长。

春节回家，我又听到几位歌手演唱长调，歌手是稚嫩的小伙子。出于自信的需要，他们也像哈扎布一样把宽大的手掌插进绸布的围腰里，唱哈扎布的《走马》。在哈扎布面前，他们是跟在老雁后边飞翔的小雁，但彼此间灵魂相通，那是对长调的膜拜。歌唱的人在唱长调之前的姿态如准备攀登一座山，双脚分开，双臂环张，用胸膛抵住前方。上山的人开始上山了，蒙古人和藏人一样，从来不企图征服山，而恳求山接纳自己，歌者在山上置身峰回路转的长调之中。正因为这样，他们抒发的不是豪情而是柔情。一般说，真诚多柔情，机器或体制才产生豪情。

从演唱技法来说，长调对演唱者的专注力要求更高。长调当然没有假唱。在LARGHETTO（甚慢板）和LARGO（最慢板）的节奏中，演唱者要通过复杂的呼吸方法吐字行调，他如果停顿下来，没办法接上去。长调的旋律和歌词拆不开，它的词曲甚至衬字都被锁死，只能一气唱完。“我给您唱半首长调”，那不可能。而歌曲可以从第五句唱到第八句。意大利文的LARGO——最慢板，包含缓慢庄严的规定，刚好贴近于长调。歌者攀登长调的大山，伸手寻找石缝里的珠宝。这一种歌唱甚至改变——至少短暂改变——演唱人的气质，让他们自信，目极天际，心驰神往。长调歌手在演唱的时候身体不动，而旋律上下翻飞，云迸雾绕。这一状态，刚好可以形容歌者的气息变化。他们演唱时不仅是真假声变幻莫测，还有把自己变成一个大共鸣箱和一支合唱队的企图。长调歌手从高音突降到中音部时，他的发音正做出合唱的效果。不仅气息贯通，还有腹胸头腔一并共鸣的试验。如此，听长调如目睹并列的山峦，一山连着一山，没有休止符，也找不到换气的气口，如同河水没有缺口一样。演唱结束，牧区的歌手像从云层突然滑落到地面，他们腼腆而惶恐，好像不知自己唱了什么。这样的惶恐感动人。哪一个民族的人面对自己的好东西不惶恐？为别人打开一个装满珠宝的宝箱时，有惶有恐有虔诚，此态乃为珍惜，否则他们不去折叠与收藏——诺日古拉，把它收藏在世世代代的记忆里。长调超越了节奏型和演唱方法，是民族集体记忆的遗存。

有人问我，蒙古歌听上去除了辽阔，还有忧伤，这是为什么？我答：如果去问唱歌的人，歌中为什么忧伤？他也回答不出来。歌声就是这样被传下来的。那么，祖先在唱这首歌的时候，试图让后辈记忆什么呢？一定是让草原在长生天的庇佑下碧绿如昔。如今河水断流、草场沙化，这些从来没有过的悲剧已经在草原上演，开矿、建设和操练正在毁灭长调的故乡——锡林郭勒的草原，人们怎么会不悲伤呢？牧马人失去草原，到城里的饭店给食客唱歌，长调离灭亡的日子已经不远了。除非草原上青草无边，而不是矿车无边。牛羊成群，鲜花遍地开放，长调才有世世代代可以歌唱的对象。

松 脂 香

临近傍晚，我闻到由窗外传来的松脂的香气，那是劈柴经过燃烧之后才有的味道。刹那间，我站起身，仿佛会发生什么事情，要迎接一下。

什么事情呢?

黄昏把稠紫的暮色像抖床单一样铺在查干沐伦河南岸的村子，疾走的马儿背上跳散着鬃发，羊叫的焦急与牛吼的沉缓高低起伏。没有电，星星已经从罕山上空粒粒亮起，仿佛在上升；牧民家的煤油灯错落点燃，窗棂像一只只橘黄的灯笼。

当空气里充满六月里露水的潮气，古拉日松阿的歌声就会响起——

当年生活在母亲身旁

绫罗绸缎做衣裳……

唱到高音处，古拉日松阿沙哑的嗓音收束一线，悄然哑默。我的血也在流淌中停顿了，等待他下一句歌词出喉时，再迸然迸发。他的样子亦恍然眼前，昂长的脖颈内凹为坑，由于吸气力尽所成；双眼微闭着，十分陶醉。

我舅舅居日木图已端坐炕头。一会儿，腌酸黄瓜和煮烂的羊骨头就端上来了。他听着外面传来的歌声，眼里跳荡着半嘲弄半欣赏的笑意，说：

“介！介……”

意谓“听呵，听吧”，然后以食指和中指自锡酒壶的脖颈处掂起，揣度里面酒的分量。窗外鸡窝骤然惊鸣，那必是朝鲁用棍子在捣鬼。

这时，我站在后院，在平缓淌过的河水中传来的跳鱼的落水声里，在微苦的柳树的气味里，观看向一边倾斜的高高的苇草背后的天幕，星星一粒接一粒地亮。随着夜色转浓，它们像要跳出来，又像有人钉上去的……而古拉日松阿的歌声还在苍凉地摇曳，如晚风里的篝火。

一匹马儿做彩礼，

女儿出嫁到远方……

还是那首《诺恩吉雅》，为东部蒙古人人熟知。去年，在北京的一次颁奖宴会上，我所在的那一桌蒙古族作家齐声唱起了这首歌，声势感人，甚至有一些悲壮。大厅里的人们纷纷瞩目，看这些并非来自一个地方的、有年近古稀或身为高官的蒙古人扯着嗓子柔情地唱《诺恩吉雅》，单纯而天真。我猜当时会有人想，当一个蒙古人真好，不用教竟也会唱许多好听的歌曲。

我在窗前等待着歌声。

松脂的香气明亮地穿透了都市的喧杂，像一个鲜花般从远处跑来的孩子，让人想起所有相关的往事。人的记忆真是奇妙，在歌声、气味和阅读的不同层面，各自储藏着所有，而且永不消失。一个人可能记不住 $a^2+2ab+b^2=(a+b)^2$，但歌声会让故乡在你心里猛然苏醒，如同对面走来一个黑红脸膛带着闪光和笑意的牧马人，他摇摇晃晃地、腕下悬着马鞭。孩子们在羊圈边上踢毽子，用马兰草编的像蝈蝈笼似的毽子，那条狗围着你转，尾尖哆哆嗦嗦，使腿发痒……记忆是住在不同房间的客人，等待着拜访各自的主人，不关知识，也不关明敏笨愚。

古拉日松阿住在村东，他的邻居是兽医巴拉珠尔。每隔半个月，信和包裹会从班车上卸下，由一个黄眉毛的司机拎到兽医家的窗台上。古拉日松阿喜欢穿行于地栽种的一人高的扫帚梅之间，检阅这些稀稀拉拉的花。他老了，听人说话的时候，嘴唇抖着，像要补充什么。在油灯下，他右手端着酒盅，左手抚摸猫的脊背、狗的脑门、孩子的头发和女孩子的手，仰面尽酒，张嘴散出辣气，大欢喜。这么喝着摸着，他眉眼紧凑，甚至像要哭了一样。停顿一会儿，又唱了起来，脸面、怀里、手上都舒展开了，我们的心都飘在他的歌声上面，提着肝胆在回右转地流向远处……

当松脂的香气飘进窗口时，我静待着歌声。歌声之后，我舅母喊牛的声音就会响起。她一手压着洋井，另一只手把已经饮饱的花母牛从石槽边推开。满达的母亲招呼牛犊的声音也会响起，遥遥地像喊自己的孩子。

我几乎忘了自己置身于都市。就在刚才，有人用扬声器宣布："订阅晚报，送报上门"；在岐山三校门前，一个老头蹲着，面前的罐头瓶里装满小树蛙，五角钱一只，卖；另一个穿法兰西公鸡队队服的撑拐的孩子焦急地站在斑马线边上，鱼贯而过的汽车不给这个可怜的满脸是汗的瘸孩子让路；一间洗浴中心的门前站着短衣短裤的时尚女子。

都市的黄昏在嘈杂中相互拥塞，烁烁点亮商家招牌的彩灯。我记忆中的情景几乎成为前生的旧事了。许许多多的场景、声音和气味在古拉日松阿的歌声中排成一队，等待与我想见，而我也忐忑地等待着像草叶上的露珠一样莹净的往日，这是因为我闻到了松脂的香气。

牧区的傍晚，最亮的是灶间，松枝和沙棘被大把地塞进炉膛，毕剥尖叫，人脸镀金，茶在铁锅里哗哗滚响。家家的炊烟都有松脂的香气，混合着牛粪与河水的味道，如发酵的青草的气息。

在窗口等不来古拉日松阿的歌声，我迷惑于松脂的香气从何而来。向外看——四单元的门前有木匠在干活，他光膀子刨一块板，干净的刨花如烫发女人头上的大卷滚滚而下，边上，有人把刨花扫进旧脸盆里点燃。

烟雾在空气中扩散，遇窗而入时，竟引起旅人的乡愁。

对黄昏中由燃烧而出的松脂味，我的确有些难以自持。乡愁是一声冷枪，在你最无提防的时候劈面飞来，让人站立不稳。乡愁是一捧水银，倘若不小心弄撒，就会无孔不入，渗你心房。我以为，故乡一直在遥远的内蒙古，隔着重重山水。谁知它竟藏在窗下，藏在邻居的木头里和刨花的微焰中。

松脂的香气在沈阳的黄昏里散尽之前，我仍然等待着古拉日松阿的歌声，唱至高音处，收束无声，宜阖目倾听，接着是满达母亲的招呼牛犊的喊声……

我慢慢等着，直至空气中闻不到理应与歌声结伴而来的烟雾里的松香。

波 茹 莱

波茹莱，别哭啦，
山丁子树长在南山西边，
爸爸用它给你做了一个摇篮。
漆黑冰冷的夜里，
妈妈起来，抱着你喂奶驱寒。
爸爸呀，妈妈呀，
波茹莱，你不要哭个没完。
妈妈，你在哪里啊？

这是一首姐姐唱给妹妹的蒙古摇篮曲。让人心碎的是最后一句词，它突然脱离了主体，如绝望的呼号。听到最后才明白，姐妹都是孤儿。

波茹莱是妹妹，不停地哭着，姐姐用“摇篮”和“奶汁”这些温暖的词劝慰妹妹。唱歌的时候，夜一定很冷，没摇篮也没奶汁。唱到最后一句，如同姐姐“哇”地哭出声来。

波茹莱失去了母爱，姐姐用自己的怀抱带给她母爱。到后来，她也陷入没有母爱的恐惧中。姐姐其实比妹妹更苦。

父母之爱如果消失，就像本质的大东西没了，像山没了、土地没了、井里的水没了。没了，谁也弄不回来。

绵羊似的走马

“我的走马步伐像绵羊一样柔和。”

这是一句蒙古民歌的歌词，第二句是什么？结束了，就一句。

多好，就一句。我在内蒙古广播艺术团的排练室听扎格达苏荣演唱这首歌，层叠委婉，好月破云。好像他的嗓子是弦，我成了共鸣箱，是我倾毕生之力帮他唱完。或者说，我和扎格达苏荣骑马走了一遭，见证了这匹好马。

我试着在心里续上第二句词，比如“它（走马）……”，找不到第二句，怎么安也安不上。才知，这首歌在世上并无第二句词，所有的话都被说完了。

续来续去，我把续词的事忘了，想那匹马。走马的前后蹄左右交错行进，是艺术之步伐，训练得来。每一匹走马的步态都不一样。越稳越让主人自豪。徐悲鸿、尹瘦石所画都不是走马。我在皇姑田径场跑步时，看几个小孩练竞走，大幅度送髋，膝带动脚腕。我看这些小崽子走，扎着肩，脸红扑扑的，想到了走马。可惜他们没看过走马，也没听过这首歌。

走马走起来多么漂亮，它的力量不在腿上，在脖颈上。那是经过节制的力量之美，干净利索，像一位朴素的艺术家，如钢琴家霍洛维茨。

把马说成羊，并非贬低了马。绵羊多小心，像贤妻良母一样生活。它从草地走过，怕踩坏了草。马是唯一参加作战的动物，勇猛无双。而驯为走马，从此一生只按一种步伐行走，顺迎主人，是谓仁。如果谁有绵羊般的走马，就有了一匹百里挑一的坐骑，心旷神怡。

我想起作词家，想起伊金霍洛一个蒙古包前高高的牌子——斯琴大酒店，想起有一匹供旅游者骑的黄马慢慢低下头，嘴碰到草的时候停下，闻了闻，又抬起头。

只有一句词的歌到底是怎么回事？我想，就像恋爱的人赴千万里相见，期间百句话在肚子里折个儿打架，一句挨一句倾诉，见面就剩一句话，或无语。有一首女声三重唱叫《好看的黑色走马》，无词。不是乐曲无词，是歌曲无词，但有标题。这才叫神韵。我儿时读过叶夫图申科的剧本，叫《红莓》，男主人公从监狱出来，和恋爱的女人见面（没见过面）。

他说（第一句话）：这是我。

她回答：而这是我。

多好。“我”前面还有“这”。女人说得更妙，重复了他的话，又加一个“而”字。真好。但不是无义重复。他在说他，她在说她。

这首歌的标题叫《绵羊似的走马》。词比标题多了三个词：我的、步伐、柔和。这是蒙古人从千万句话里选出的一句话，献给马。马听了会多么高兴。

骑马听歌

他们脸上藏着很深的东西，不是智谋心机，而像岩石那样的表情，对访客轻轻地看一眼，就不再看了。访客是我们，拜谒五当召喇嘛庙的俗世人。

到五当召的时候，天擦黑，洼地显出积雪的亮光。吃完饭的小喇嘛背书包去上课。他们紫色的僧衣和寺院白玛草掺泥而成的暗红外墙同一。小喇嘛们十四五岁。一位倚柱子打IP电话，用蒙古语。这时，他腰里手机响了，莫扎特的四小节乐曲。另一个小喇嘛和当地孩子勾冰玩儿，把一块冰用脚往自己这面勾，像盘球。一会儿，打电话和勾冰的小喇嘛安静下来，看我们。我们看他们。我想从他们脸上看出想家、学习藏文和寺院生活留下的痕迹，看不到。他们神色童稚，像小孩子一样东张西望。

接待我们的三位"大喇嘛"也只有二十多岁，一位是住持，僧衣袖口半尺滚金。他们眉眼深处藏着东西，彼此明白，咱们不明白。同行的人说，喇嘛相貌好啊。他们英武又柔和，脸上没有迟疑、迫急这些"生活中"的人们常见的表情。在佛堂，我们坐好，听喇嘛诵经。藏语的经文高低错落，像泉水穿壁，闪着流动的光。诵经如有和声领唱，美妙难传。

我们去拜谒成吉思汗陵，路过五当召。它和拉卜楞寺并列，同为第三大喇嘛庙。从这儿出来，心里还有经文萦绕。打个不确切的比方，诵经像葛利高利圣歌一样，属无伴奏合唱，织体丰满，铺垫烘托，密密麻麻又顿挫有致，像巴赫的音乐。世上很多东西都与巴赫牵连。内蒙古广播合唱团有一首混声四部无伴奏合唱：《四海》，流传于通辽市一带，是祝酒歌。歌里所说的“四海”，指东南西北海，各海绿波荡漾，槟榔树的叶子在微风中飘落，亲朋好友到了，喝酒吧。

有趣在，歌词的“东海”如回旋曲（意大利文：RONDO）中的主题A，与其他主题相对出现。第一段，东海绿波荡漾；第二段，东海南海绿波荡漾；第三段，东海西海绿波荡漾；第四段，东海北海绿波荡漾。A与B、与C、与D对应。东海是领导。还有，海与槟榔叶子都不是蒙古人常见之物，却出现在歌词里。这首合唱的衬词是“哲咴”。哲咴！哲咴！哲咴！他们唱起来排山倒海。这样劝酒，酒不喝是不成了。听说，有一帮不喝酒的环保日本人，听说过此歌，纷纷站起来自己找酒倒上，大白尽饮，再倒上。

在五当召，我们叩拜了从头世到七世活佛的舍利灵骨，赴成吉思汗陵。第二天早上，成陵的主殿上野鸽子翻飞环绕，它们喜欢这里，老祖宗也喜欢它们。主殿穹窿高大，色调是蓝白这样的纯色，蒙古人喜欢的两种色彩。后来，我从远近很多角度看成陵的主殿，它安详，和山势草木土地天空和谐一体，肃穆，但没有凌驾天地的威势。从陵园往下面看，河床边上有一排餐饮的蒙古包，门口拴马。天低荒漠，平林如织。此时心情如同唱歌的心情，不是唱“草原上升起不落的太阳”，而如“四季”——

春天来了，风儿到处吹，土地苏醒过来。本想留在春营地，可是路途太远，我们催马投入故乡怀抱。

民歌有意思，留在春营地和路途太远有什么关系呢？让不矛盾的矛盾，为归乡找了一个理由。

还有一首锡林郭勒民歌《圣主成吉思汗》，歌词说：“圣主成吉思汗开创了蒙古汗国的法度规章，我们举起金杯，大声歌唱吧。圣主成吉思汗倡导了蒙古民族的淳朴风情，我们高举金杯，快乐跳舞吧。”

多么纯朴。还有一首民歌《飞快的枣红马》，词曰：“骑上我飞快的枣红马，顺着山坡跑下去。可爱的姑娘索波达，挑着木桶走了上来。”这个词，你说说，不是电影的分镜头剧本吗？画面闪回。但人家是词，唱的就是这个。什么爱呀之类在这里没有。不是说词越干净越好，是说“爱”这个东西要藏着。草芽藏在泥土里露头张望，是爱。把“爱”挂嘴边，大大咧咧走街串巷唱，已经不是“爱”，是吆喝。

有一次，内蒙古广播合唱团在北京中山音乐堂演出。起初，他们不知道观众是什么人，反正是北京人和在北京的人，唱。第一首歌、第二首歌，观众还安静，响着高雅艺术场所应有的节制的掌声。从第三首歌开始，场上哗动，或说骚乱，人们站起来高喊点歌，有人拥到台前观看。艺术家有些慌乱，当他们听到众人齐声合唱，看到台下的人一边唱一边擦眼泪的时候，才明白：

——他们是到内蒙古插队的北京知青。

北京知青听到《孤独的白驼羔》，听到《陶爱格》和《达古拉》回到耳边，终于坐不住了。他们的嗓子不归自己管了，加入合唱。人审美，其实是回头看自己的命运。对他们来说，辽阔的草原、冬夜、茫茫雪地、马群、干牛粪炊烟的气味、蒙古语、房东妈妈，都在歌声中次第出现，没有一样遗落。是什么让他们泪水难当？是他们的青春。青春贯穿其中，他们为自己偷洒一滴泪。

演出结束，知青们冲到后台，不让演员走，掣他们胳膊请吃饭。后来，大家到一处宽敞的饭店唱了一夜。

在成陵边上，我们喝完奶茶从屋里出来，同行的张新化请一位牵马的蒙古老太太唱歌。她不唱，说：“你们骑马吧。”

新化说：“我们不骑马，听你唱也给钱。”

她说：“不行。”不骑马，光唱歌就收人家钱，那不行。

我们说，你牵马走，我们在后边跟着你走，听你唱歌。老太太不同意，不骑马怎么收你钱？结果是，我们骑上马，白发苍苍的老太太牵马在前面走。年龄像我母亲一样的老太太，在沙土地上牵马行走，唱：“西北方向升起黑云，是不是要下雨了？我心里像打鼓一样不安稳，是不是达古拉要和我离分？”

马走着，宽大的腹肋在我腿间挪移，不得劲儿。老太太边唱边议论“苦啊，真苦。”我以为她说嘴里味道，后知说歌词。她说：“亲人离开亲人，多苦啊！”

苦啊。我们骑着马走了一大圈儿。老太太的歌声在沙土地上，在灌木和干涸的河道上面环绕。她声音不亮，岁数大，呼吸不行了，却是原汁原味。一只小狗在马前跑，离马蹄子不远停下，再跑，我担心马踩着它。它停下必抬头看我一眼，不知道在看什么。

雨顺瓦流

他们用蒙古语演唱格鲁吉亚民歌《苏丽克》的时候，我心里的图画是屋顶上的瓦。瓦搭在一起，由上而下倾斜，横着连成一趟趟直线。瓦们扣在一起，没有胶和螺丝，相互错落，如合唱。无伴奏合唱的各个声部“扣”在一起，互为乐器。西洋音乐的女高音——男童声——高音直笛——高音萨克斯都在一个声（乐）部上，意大利文统称SOPRANO：女高音。而男高音（TENOR）是声部最主的男声，同时是乐器族次低的乐器，如次中音长笛、次中音低音号、次低音提琴。

西乐的五重奏既指为五个人写的歌曲，如比才《卡门》中的《走私者五重唱》，也可以是为乐部写的乐曲，人声乐器相通。

瓦在雨水里光洁新鲜，它们吸进一些水，让更多的水流下屋檐。雨后的红瓦像睡醒的孩子，红润安静。在《苏丽达》的歌声中，在纳木斯来、张翠兰等人的演唱中，演员像童年的兄弟姐妹，牵着手在山坡望着远方歌唱，远方有盘旋的鸽子、结巢的杨树和冬季的河床。他们的“手”是气息与和声。他们像拾柴的人，把树枝扔进高高的篝火，面庞红亮。

篝火红焰转白，颈子越扭越高，挡住了合唱队员的脸。高音——中音，男声——女声，像从不同方向绷紧一块牛皮，蒙到鼓上。在他们唱的时候，让我想到刚出窑的彩陶大碗，比泪黏稠的釉滴沉重地流下来。

白云藏匿雨意

他们从台上站起来——这是一个半尺高的弧型排练舞台，我以为他们要下来或者散会了。刚才我在讲课，听众是内蒙古广播合唱团的演员。

他们站着，像等待什么。人等待不同的事情有不同的表情：列车、恋人、股票、荣誉，一百种等待有一百种表情。不，他们的表情中没有等待，是被等待，宁静安详。

“怎么啦？”我问团长黄斯钦。

“为你演唱。”

为我？我几乎要被吓得逃走，现场、真声。我和艺术家们的眼睛对视，没有荧光屏或幕布的阻隔。许多年来，我的耳朵像娼妓一样听着工业弄出来的声音，唱片与电视机。我站起来。

“坐吧。”黄说。

我怎么能坐？一个人听三十多人唱，我……回头看见指挥，我挡住了她，便坐下。

歌声响起，混声合唱《雁之歌》。演员们穿着各自的衣服，而不是演出服。羽绒服、皮夹克、缎子棉袄，像一个人在候车室看到的人群一样。艺术家用声音和眼神共同攀上一处宫殿，他们常来常往之地，到处有高高的圆柱，美声的殿堂。众人以纯洁眼神凝注一处，这是一个好地方。

八月的深秋天气转凉
寒风打透了小雁的翅膀
心里想着温暖的南方啊
大雁列阵云端
小雁在后面紧紧跟上

歌声，如果它是歌声，就不仅是讲述一个道理，不仅再现一种情境；它把我推醒了，回到童年。

拣牛粪的妈妈
你走到哪里去啦
儿子等你熬一锅
浓香的奶茶

这是一个故事的歌曲版。儿子听说母亲病重，从乌兰巴托赶赴东戈壁省的故里。进蒙古包，空无人迹。儿子看到火盆，妈妈盖的被子，带云纹的瓷碗。东墙挂蓝色哈达的成吉思汗画像。妈妈呢？众人抬着她去水葬。她扔下这么多熟悉的东西去了另外的地方，儿子宁愿想象妈妈蹒跚着，到西边的草场拣牛粪，一会儿就回来了。

他们唱着，用眼光珍怜地抚摩歌里面的东西，我不禁踟蹰，不禁震惊。他们唱道：

四十四根柳木弯梁
用四千孔同心结牢牢栓上
马鬃粗绳围起的蒙古包

开门看到太阳
七十七个吉祥图案
用七千条白丝线缝在毡房
让我们从心里面祝福
子孙后代兴旺

我的泪水爬出来，像捕捉猎物的蜘蛛，像一群造反的人。我像一个雨水中的泥塑阿福，笑着融化，冲掉了色彩，回到泥中。我被扔进蒙古民歌的大锅里熬煮，看到了自己的骨头。

一个人是什么人，等待着被指出。我在混沌中忘记了自己的色谱：橘黄、土红？忘记了自己的声部：单簧管、低音号？忘记了自己的药性：甘草、黄芪？忘记了自己的群落：羊群、狼群？

我喜欢相貌如狼的男人，疲惫而保存持续的体力，消瘦、散漫、警觉，他们善忍耐，有野兽一样的眼神。有人把这些表征称为沧桑感，算是吧。我也见过自我完蛋的人说自己“沧桑感”。一条从网里钻出的鱼的感受是什么？一只绕毒饵而去的老鼠的感受是什么？沧桑感还是狡猾感？不知道。

歌罢，我鼓掌，声音单薄，只有双掌。我觉得自己虚伪，不敢表达心情，除非用美声唱一大段歌剧来述说心里话。浊酒汉书，才宜对之。棋与棋语，书予书香。我没办法用语言回应他们的歌声。歌声入我肝肠，像一只手伸进面口袋，翻过来一抖，粉尘四起，颗粒飞旋。

我举止僵硬，内心早已回到草原。像有人无意碰落了鸟笼的拴栓，心冲出笼子，在潮湿的草地上拍打翅膀，飞起来、落下、再飞起来腾空。

一个人听过歌后，心飞走了。他身体走下楼梯，笑着和众人握别，钻进车，进入筵宴。他是我。口袋慢慢回到常态，叠好了。我想起一首歌：

虽然我不能用母语

诉说我的悲伤我的欢乐

我也是高原的孩子啊

心里有一首歌

歌中有父亲的草原母亲的河

席慕蓉词，乌兰托嘎曲，女声四重唱。在酒店走廊，我看到玻璃柜展示元代的朝服弓箭，便不敢随便走动。坐着，听马头琴。拉琴的小牧仁相貌秀雅，像韩国青年。他技艺精纯，显然经过名师指点。可惜“纯”中缺一点儿“杂”，或者说浑然。如今哪还有像哈扎布那样的人？人和艺术结合得如此浑然同一。这位蒙古歌王在牧区生活一辈子，对着马，对着带露水的草地和孩子们歌唱。他在日月升降、草青草黄之间调和自己的脉搏、呼吸和血液循环，歌声是他生命的指挥。

歌越唱越多，我想说，领我走吧，去你们旋律的地方。合唱队员站成一排，队长吴清明掏出音笛，狡黠地吹一声（E调），众人唱道：

波光粼粼的伊敏河

追赶白云的诺敏河

羊群饮水的绰尔河

浇灌五谷的洮尔河

银鱼跳跃的木林河

鸿雁回头的纳林河

满天星斗的老哈河

亲吻落日的闪电河

他们歌唱健行，夸赞家乡血脉河流，像舒曼说的：乘着歌声的翅膀。翅膀下有我的仰望，我感到巨翅拍击气流，脸上沾着白云藏匿的雨意。

伊金霍洛那边

坐在右面的是蒙古长调女歌唱家阿拉坦其其格，她弯曲的唇线深藏嘴角，鼻直，举止有大歌唱家的包含矜持。从她向右看，宴会的圆桌齐坐内蒙古广播合唱团的演员，边上一桌也是。团长黄斯钦坐在我左边。

从他们的相貌上，我已约略看出谁是呼伦贝尔人，谁是锡林郭勒人，谁是城里长大的蒙古人。演员多数从牧区直接招入团里，一望即知。并非说他们愚钝，而是气质有异外人，像黄河的冰和冰箱的冰不一样，他们镇定、单纯，有一点儿茫然。

这是在酒店——呼和浩特市中山路蒙古餐饮店的一次聚会，我刚到达。窗外街灯亮了，像一束束卷上去的白玉兰花。酒店门口的音箱正播放德德玛演唱的《父亲的草原母亲的河》。两排蒙古姑娘夹道迎接食客，一位戴贵族头饰的高个儿女孩儿引请上楼。

酒杯斟满，黄斯钦致欢迎辞后，该我表达谢意。我迷茫，找不到话。语塞的原因是话在心里说了好多遍，它们盘成一团，抽不出一个头儿来。在飞机上，我俯瞰土默特川的耕地，一些南北垄，一些东西垄，像梳子拼在一起，卧藏雪线。这是我的出生地，我父母的青春在呼和浩特度过，那时“文革”还没有降临。在内蒙古军区家属院的傍晚，我被喜欢小孩儿的邻居抱来抱去，传到包括苏军顾问太太的手里，姐姐仰面盯着，怕我被别人偷走……

“唱一个歌吧。”团长说，他请对面的一位姑娘。“这是乌云舒都，唱长调。”

乌云舒都起身，脱掉葱心绿的羽绒服，拽一拽桃红毛衣的后襟。她向阿拉坦其其格请教曲目。阿老师说了句什么，我没听清，乌云舒都神色自信，演唱。

蒙古长调，并不是节奏上的散板。在貌似平直的旋律线上，演唱者用独有的行腔方法让乐句摇曳多姿。长调的歌词都不多，一般是一两句话，如“孤独的白驼羔饥饿难当，在夜里哭泣”。演唱者变化的声腔把每个字用彩绸密密包裹起来，或者说把每个字擦一遍放在那儿，像从石榴的心里剥出晶莹的红籽，似感叹不尽，乃言有所归。歌中每一句都像起句，又与上下句锁钥相合。长调的慢，实如一个人试图伸手摩挲天边的彩虹，从彩虹的根基摸起，感觉手里攥满了雨水。歌罢，乌云舒都落座，我仍恍惚。大家看我，他们的面孔闪闪发亮，露出兄弟般的温情，因为在倾听中我流下了泪水。这首蒙古国的歌曲唱道：亲人分别，思念追随一路，到山坡，到路旁，到很远的地方。

乌云舒都表情平静，好像忘记了刚才的歌唱。而我奇异，这首歌她怎么唱得出来？带着那么多莽莽苍苍的信息，像列宾笔下伏尔加河的风情画。也许我睇视入神，她疑惑，以为唱错了什么。

后几天，我赴伊金霍洛旗祭拜成吉思汗陵，宽大朴素的陵园，松柏郁郁，黄土蓝天。我们拾阶而上，过缓步路面，再拾阶上行。中轴线的石板间隙隔不远露一铁环，系红布，色泽新鲜，没有脚踩的污迹。我本想回头看身后景致，看能看到多远的地方。没回头，我第一次来，头一直对着大殿的方向。那天没风，天全都是蓝的，耳边却闻听风拂枝叶，埋伏和声。树的、草的低吟，穿插错落，又让我听到合唱。广播合唱团有一首男声八重唱《圣主八骏》，歌咏成吉思汗的八匹黄骠马。歌声唱起，像黎明的草地上包抄白雾。歌者目光逡巡，是牧人找马的眼神。蒙古马不像国画的马那样肆行，如河鱼破网。草原的马，奔跑也安然，眼神宁静。带草香的风吹到它身上，马摇摇头颈，悠然回首，清澈的眼神在垂下的长鬃间一亮。《圣主八骏》在艺术家的吟唱下，于天蓬地角绝尘而过。演员的眼睛慢慢变成了马的眼睛，辽远凝望。八个人变成了八匹马，气流扑额而来，道路在眼前分岔，滑往两边。灌木模糊了，白云躲到山后，露一线袍角。八重唱的演员原来是牧民，或在牧区长大，熟悉马。当左手挽住缰绳，右手扶住鞍子的时候，马转过头，用笔直的鼻梁对着你，长睫毛一闪一闪。歌唱家尽情赞美成吉思汗的八骏，把声音所能够描摹的金丝银线、珊瑚玳瑁放置骏马背上驮走。他们的歌声是层层叠叠的哈达，在风中飘扬。

进大殿，成吉思汗白玉雕像的背后铺展巨大的蒙古帝国版图。一起去的友人让我居中，伏地叩首。我头一接地，忍不住泪下。脚迈进门槛的时候，腿抖，身子放不住了。在路上，心情原本平静，我们说说笑笑，目接山川。进大殿，我的泪水未经辛酸和委屈，却抢先跳出来扑在地上。

关于祖先的一切，歌中有吗？抓一把泥土，不知道是不是当年的土。拍树干、望天上的流云，都像是现代的东西。在歌声中，我回到雨后的草原。锈一般沉绿的浓云垛在山口，如伺捕的猎手。勒勒车的辙印在草地上反射白光。我嗅到蓬勃的草香、马鞍皮具和稀牛粪的熟悉气味。在无伴奏合唱《金色的圣山》里，合唱队员们在气息中一个扶着一个攀上山腰，领唱破云而出。阿拉坦其其格的领唱像一线阳光，明亮的岂止是音色，气势如虹。顺着这线阳光，可以到达锡林郭勒草原，采摘雨后的鲜花。雨才歇，这些花不知什么时候开的，像山坡上的呼喊。蓝色弯瓣的花，沉静微笑，而红花红红红花如哈哈大笑的精灵，一直笑。

歌声止。那一次听演唱是聚会，歌声停止后，桌上的东西变得很陌生，鱼啊、牛肉啊，还有芹菜、菠菜。不知它们什么时候来到了这里。歌声消失后，有那么一分多钟气氛闭塞。美的东西突然消失了，让人不安。像魔术家把绸子变没了，大白鹅和鲤鱼也没了。在桌上，人们面面相觑。

有一匹白马在成吉思汗陵徜徉。可汗辞世七百七十七年以来，它一直在这里陪伴。马死后，人们像寻找转世灵童那样，找到它的现世。蒙古人见到这匹白马，便把前额贴伏过去，白马深吸一口气，是为祝福。马在山坡、丛林间嬉戏，那天，我们没有遇到它。但我好像见过它，白马的身影、走路的样子早就印在脑海里面。我觉得，如果这时响起歌声，比如《四海》、《天上的风》或者《诺恩吉亚》，马不一定会从什么地方走过来。在广播合唱团的艺术家面前，我不敢唱歌，他们得过国际奥林匹克合唱大赛的金奖。扎格达苏荣原来是个马倌，现有“歌王”的美誉。演唱前，他的手好像不知往哪儿放。歌声从嗓子里出来之后，扎格达苏荣的眼神像从冰中融化的金鱼那样活动开来。蒙古歌的歌词朴素简单，有的时候，歌声只是一个消息，是捎给家人的几句话。丁赫尔扎布是传说中的将军，他作战负伤，临死前让卫士给自己的母亲带去口信。他说：

“我当上了蒙古骑兵的万户长，是一个大将军呀。领十万大军打仗的都督元帅，是您的儿子啊。”

“我从一千匹骏马中挑选出来的黄骠马，让它回归草原吧。我深深爱过的媳妇，让她改嫁吧。”

这就是《丁赫尔扎布》的歌词，听过让人目瞪口呆。是谁在临终之前如此荣耀？是丁赫尔扎布。但细想，荣耀后面的台词是劝慰母亲勿要心伤。一个叱咤风云的大将军，临终也不过三件事，妈妈、马和妻子。马回到草原，妻子改嫁，丁赫尔扎布像灰尘一样土崩瓦解，母亲两手空空，只有忧伤。

扎格达苏荣演唱的这首歌，豪迈与无助搅在一起。世事无常，风云翻卷，一首将军令，勾画出一个人的一生。现在没有这样的歌词了，正如找不到丁赫尔扎布这样的人。

有一首歌唱道：

雨过天晴的草地
开着金针花
白鼻梁的牛犊
舔着露珠回家

白莲落地的山峰
披着蓝色哈达
鬃发飘飘的马群
背着落日回家

无论秋冬春夏
无论风吹雨打
毡包的门前
站着盼儿的妈妈

丁赫尔扎布的妈妈在听到儿子的口信后，会被荣耀打动吗？她不要万户长，只要自己的儿子。

在成吉思汗陵前，山坡长满灌木，延伸到宽阔的河道。我等待白马在视线中出现，等待。歌中唱道：

你眷恋鄂尔多斯的草场
睫毛俊美心性纯良身姿挺拔
你倾听守陵人的祝词
漫步山川目光清澈蹄如莲花

你梦见蒙古大军的阵营

旌旗蔽日饮马黄河征战西夏
你仰望圣洁的苏力德
气息灵慧长鬃迎风神游天涯
成吉思汗陵的白马

历经七百七十七个冬夏
转世归来陪伴可汗
是马中的神马

我们点亮银棺前的酥油灯，为圣主俯献哈达、白酒和茶砖，领受守陵人的祝词。未了的心愿是没看到白马。这匹神马不知所终，上车后想一想，才知这是一个悬念，我还会来。

云　良

云良是一个女人的名字。

要想认识云良，要到草原上。所谓草原，裸露着远远近近的沙丘。沙丘丰满起伏，像无边的吃不了的粮食囤积，云影得意地在上面变化幻影。这儿有草、湖泊，也种庄稼，苇子站在湖泊的岸边，围着沙丘列成一排。好像要防止沙中的蜥蜴爬进水里。暮色降落时，牧民低矮的泥屋仿佛真要坍垮下来，羊儿一只挨一只站在墙边，全都垂着头。玉米粥的香味从屋里飘出来，桩上的走马不安地挪移蹄子，惹得狗叫。男人把羊圈拴好，走到檐下接雨水的残缸前掬一把水泼在脸上，惊讶地睁开眼，手心手背在裤上蹭蹭，顶着锅里冒出的大团白气进入屋里。这家的女主人可能就是云良。这里是地处东蒙的科尔沁草原，我的祖籍。

云良没到过城市，也不知道几十里外的人们怎样生活。但是人们都知道云良。在北京的一次领奖晚宴上，坐满蒙古人的席上突然响起歌声。初起，颇感突兀，况且他们唱得这么粗豪。大厅里纷纷站立倾听的人们，听出这首歌委婉多情，仿佛奔流的江水，仔细看只是平缓的涌流一样。歌罢，人们问，你们唱什么？云良。人们渐悟原来蒙古人都会唱云良，包括席上白发苍苍的老者。人们还是奇怪，他们怎么会唱同一首歌，这歌MTV并没有播过。

云良并不知道这些。每到接羔季节，有时刚生下来的羊羔母羊不接受。云良便唱一支名为《陶爱格》的歌，凄婉绵长，直到母羊流着泪给羊羔哺乳。在四月的庙会上，大群的蒙古女人像镶在靴子上的花瓣，左一群，右一群，你分不清哪个是云良。她们用新奇、赞美的眼光看着每一样商品，大喇叭里传出民间艺人沙哑的唱腔，秦琼赶到了那里等等，赛马的烟尘已经由远而近。这些蒙古女人健硕、端庄，颧骨和鼻梁被晒红了，眼里充满柔情。羞涩、大胆、善良，那样的眼睛随时都会笑起来。这时，你会觉得"云良"其实一听就会了，像另一些以蒙古女人命名的民歌，达古拉、诺恩吉雅、隋玲、松吉德玛、万姐。因为她们正站在你面前笑，海蓝色的蒙古袍镶着橙色的绲边儿，银耳环和银板指的花纹里透出岁月清白。

而如果你真的想真切地了解云良，像看一幅肖像油画那样，像听她的一段录音一样，就去听齐·宝力高的马头琴曲。他的弓下有克鲁河、嘎达梅林、天上的风，然后是云良。我不知怎样描述马头琴的音色，像唱诗班的喉音合唱，像马嘶，像壮汉的哽咽。大提琴的深沉和萨克斯管的明亮才能组成这样的忧伤。云良出现了，右衽，两只手攥在一起。她向我们说，她说眼睛是装满了乌力吉沐沦河那样不停的话语。没有比齐·宝力高更了解蒙古女人的人。她们美丽吗？然而一生坚韧。她们芳香吗？然而有许多忧愁。齐·宝力高就是那位画师，喝着酒，在7月的阳光下蹙眉走到画架前，笔触如飞镖，如游丝，然后停下来久久地看，直至晚风吹来，喊着羊的声音悠长。齐大师的脸膛在夕阳下如雕像一般生动，抿着嘴却如欲笑，像一个活佛。他原本就是活佛，三岁时被推为科尔沁莫力庙五世活佛。齐是宝力高的姓，他的祖先是成吉思汗的长子术赤，建立了齐巴齐格罕国。

我听云良的时候，仿佛身上的血全停下来，听一会儿再流。歌声或乐曲一点儿一点儿带住胳膊、腿，最后像黄油一样融化在温婉哀怨的旋律中。我不知道蒙古民歌为什么有一种悲凉之意，像秋天早晨的雾那样包过来，又飘远。我不知道我的祖先在怎样的心境中创造了这些歌。它是悠远的，有一些还诙谐，或者柔肠百转，然而总有一些悲凉。像有一排拄套马杆的汉子，在雨水中伫立，凝重笨拙，静穆中散发着悲壮。这一种心绪在马头琴和长调民歌中透露得最为清晰。而他们的女人，就是云良。贤淑、朴素，眉眼里都是歌声。

如果找到“云良”的歌词看一看，会为它的平淡而诧异。爱、思念以及遥远。然而一首歌如果一代又一代地唱下去，所蓄积的含义和力量早就超过了歌词，能够把歌者所有的憧憬和愿望奔放地表达出来。

银 老 师

银老师进屋背了两把四胡，一大一小，取下轻轻靠墙上，转过身笑。他两臂不直，拳微握，这是一个农民谦恭的体态语言。路上，黄斯钦介绍，他是通辽市的民间艺术家。

坐下，银老师笑眯眯地看大伙儿，红宽脸膛，有点儿浅麻子，五十多岁。人说：“银老师的乐器是自己做的。”

他伸左手食指，“木匠”。

食指上方少一截，斧子要不电锯弄的。

东道主介绍在座的人，电视台的，什么什么的，银老师回应“嚓——”，声音轻，朝里吸气，这也是东部蒙古人表达谦恭的语态。

“拉一首作品吧。”人说。

银老师从布袋子取出小四胡，眉毛抬扛皱纹，仰面想。实际不用想，曲子多了，这是客气。

四胡音色飘荡，喧闹佻巧，不能说它音色不纯净。多弦的音色适合再现东蒙风情，我是说庙会啊、喇嘛啊，烧酒绸缎罗列，皮袄马粪串味，四处浮动喜洋洋的面孔。四胡是蒙古说书的伴奏乐器，其调不悲。银老师边拉边唱，用“烟嗓”。和迈克·鲍顿的烟嗓不一样，和单田芳的烟嗓也不同，他的宗师是东部伟大的说唱艺术家孙良。孙良是内蒙古广播艺术团的前辈，已去世。他在通辽市、兴安盟家喻户晓。银老师唱：

> 老哈河的岸上，马儿拖着闲缰，
> 性情温柔的诺恩吉雅，嫁到遥远的地方。
> 海清河的岸上，马儿抬头张望，
> 性情贤淑的诺恩吉娅，嫁到遥远的地方。

诺恩吉雅是敖汉旗人，大户之女，静雅嗜读，嫁给翁牛特旗一个富户，生病早殁。一匹伴嫁的黄骠马跑回故里，不归群，每天在老哈河边徜徉。最早，这首歌由马倌唱开。

> 驾长辕子车，走也走不到的故乡，
> 黄翅膀金雀，飞也飞不到的故乡。
> 套大轮子车，赶也赶不到的故乡，
> 蓝翅膀孔雀，落地落不到的故乡。

就歌词（准确说，叫本事）而言，嫁了死了，是悲情。而歌经一代一代的传唱，趋于美，而脱离悲。银老师行腔吐字着力雕琢，一心造成戏剧性气氛。他胸腔做出的声音有点儿扁，刚好和四胡的吵闹对应。民间艺人都擅用大小嗓。银老师小嗓（假声）嘶喑，像吸烟造成肺不张的喘息，呼吸医学叫“湿罗音”，而他不吸烟，这是上辈子传来下的技艺。你想象，冬夜热炕头的背后，玻璃织染霜花，一屋子男女听艺人演唱。瓷碗红茶、荷包飘带，墙上花花绿绿的年画，全是演出的场景，琴歌盘旋飘荡。东部说唱长于描摹风物，刻画人情。唱段由四胡一弓子一弓子拉出来，每句话都余音袅袅。

“武装其日格（军队）哈夏（向哪里）耶波路（走）浩（尾音）……”

银老师唱到高音，像以三根手指拈一朵小花给人看，声息渐绝，四胡接续把此音拉全。大嗓（本嗓）用于念白、议论、铺垫背景和再现人物对话。说和唱，像四胡的双高音弦和双低音弦一样，调和欢心悲情、厮杀静思、马与人、合与分，繁花萧条，尽现弓弦。

银老师大四胡的琴筒是紫檀木，琴杆乌木；小四胡黄花梨木，装嵌骨头雕花。他拎琴的时候，看它左左右右，像刚做出来。他看人是看观众。对艺术家来说，全世界的人都是观众。我们降生到世界为听四胡，他降生为拉四胡。至于唱过听过，人各自去干什么，就不去管了。银老师说，他七八岁的时候，听说唱入迷。父亲说，你不要打闹、不要乱跑。银老师说，如果让我不打闹不乱跑，唯一的办法是学四胡。银老师八岁起追随说唱艺人游走四方，拜师偷艺。他看别人做四胡，一遍就学会了这门手艺。

他伸掌摩挲半面脸庞、拉直嘴唇咽唾沫，一如割庄稼、圈羊的农民。这样的人在甘旗卡、伊胡塔、大钦他拉一带随处可见。他演唱时分，脸上放光，有饮酒之相，微醺陶然。别人说话，他木然。可能没听，也可能听不懂。轮到他，就说："琴这个东西，你对它什么样，它就对你什么样。"

他一直在心里跟自己说话，没加入别人的话语河流。

在一段作品前，他要加一个"小帽儿"，这不是二人转演员上场为吸引观众设的"小帽儿"。他讲哪年、多大年龄、跟谁学的这个唱段，说明冬天夏天、穿什么衣裳。

他说，"《云良》是我在裕粮铺学的，跟我师傅，他是阜新人，姓王。那时候我十七岁生日才过三天，草刚长起来，羊还吃不上。（唱）春天啊，春天的鸟儿在歌唱，女儿在他乡，眼里满含泪水，想你好悲伤。"

《云良》是一个女孩儿的名字，思念母亲。

银老师有三种表情。演唱的时候，除了刚说的微醺之相外，还有夸饰的意态，甚至不自觉扮一些妩媚。这么一张脸，笑意像一层清水冲走了皱纹；像面对火盆的脸，亮亮堂堂。第二种表情，是他说到学艺，显见回到十二岁少年的时光，好奇多动、满眼天真。演唱者的嗓音表情是这个少年的化身，演员在演自己。第三，银老师进门和吃饭时，是一个五十多岁沉默的农民。好像说，他不得已进入五十岁，不经意成为农民。年龄身份和他的艺术没有关系。

四胡，古代叫奚琴，蒙古人叫“胡尔”，清代律吕书称提琴，可能因为演奏者提着琴进屋名之。北方的说唱艺术，如京韵、西河、时调都用它伴奏。嘈杂，是说它拉不出单一的音色，像独奏乐器。胡琴的“胡”字，已透出北地孤凉。听二胡齐奏，像幼儿园的孩子唱歌，不是不齐，是每个人都在独唱。四胡用四根弦衬托歌者的嘶哑欢乐，虽然没有板。它以运弓打节奏，以顿锉和停顿分出快慢板。像听二胡要在夜里听，太阳初升听二胡总有点不对劲儿，听箫之夜比二胡还应该深。四胡不同，宜于傍晚聚众欣赏，屋里不妨狗儿乱钻、人打喷嚏、孩子叫闹。四胡和这些乡居之音怡然相处。由于说得多是旧时人事，又有高古之意。一首歌说庙会，唱道：

前面呀传过来碾碎的草香
是谁把夏营地气味带到身旁
拨开呀众人群往里面看哪
（看什么？）
有一匹紫骝马仪表堂堂
紫骝马仪表堂堂
带我去摘一朵海棠

后面呀传过来清脆的嬉闹
是谁把海棠花香带到草场
拨开呀众人群往里面看哪
（看什么？）
有一位大姑娘笑声朗朗

大姑娘笑声朗朗

比海棠花还要漂亮

后面还有几段，好多段，风情活现。在西方音乐里，这种体裁相当于嬉游曲（意大利文：Divertimento），连续不断地演奏下去，也指为社交场合而作的一组舞曲。银老师的四胡说唱和社交没什么联系，一屋子大姑娘小媳妇推搡打闹就是社交，没人戴银色波浪式假发，也没人穿燕尾服把手背到后腰跳小步舞。银老师听说我是后旗（科尔沁左翼后旗，甘旗卡）的人，告诉我：

“你们那个地方是薛仁贵东征路过的，用黄金修一个七层宝塔镇住了妖魔。”然后唱：

薛仁贵征东哎

经过了博王旗……

博王旗即后旗，我老家。我老家过去有妖魔吗？银老师的说唱，等同于后旗的鸿蒙开篇，他启示我。我在想，老家那个地方流沙蔽地，还有唐朝的黄金塔？一定被沙子埋在了什么苏木或什么嘎查。

银老师把每个人和每个地方用故事串起来，拔出你的根给你看。如果你来自一个他没听说过的地方，比如广东四会或安徽六安，他便沉默，拇指捻食指的茧子、中指的茧子、无名指的茧子，次序捻转，目光茫然。

演唱间隙，银老师说：“哎呀，要不穿上衣，要不穿裤子，不能一起穿。”经问，知他穿新衣不能一块穿出去，身上难受。小时候苦，所以他说“哎呀”。

银老师被作曲家永儒布从通辽市请到呼和浩特，租一间房住，为内蒙古艺术学院的学生讲课。他的好东西快散遗了，学生们能学多少算多少。银老师的名字是银珠尔扎布，或银丹扎布，我没记住，总之是藏语名字。

歌声里有语言的金子

学一种语言，最好唱它的歌子。一遍一遍唱，里面有金银珠宝等着你。不光把歌子的单词、句子听明白、唱明白，还要把语气以及呼吸揣摩舒服。呼吸分两种，一种是歌唱方法的呼吸，另一种是人和词之间的呼吸。歌声中的词被你用气息擦拭了一遍又一遍，擦干净了。像用牙刷把银首饰的花纹沟回擦去积泥，银子像笑了一样亮了，花纹也笑了。这是歌词的笑容。

这是旋律中的词，里面有白银的光泽。常言道：诗为心声。这是一句大假话，好诗是心声，破诗屁声也不算。歌为心声，约略近之。歌有假唱但无假歌，没有不出声的歌。除了陶县令渊明先生那张无弦古琴不出声，所有的音乐都有声音。语言在声音中呈现，比述说美妙。歌声里的词，像坐一只筏子在青山绿水漂流，当然也可以说歌词骑着马在草原上跑。它的声母和韵母被打开，又合上。前一个字与后一个字之间有关节，连绵依靠。歌子是词的摇篮，把词变得像瓷器一样洁雅。

最近听一首蒙古歌《大地母亲》，由翁牛特旗两个牧民—— 一男一女作曲演唱。没听够，找人贴在手机彩铃上，时不时给自己手机打电话，这首歌就被唱一遍。他们唱的每一遍都同样认真、深情、依依不舍。不是不舍我，是舍不得他们唱的蒙古大地。我听旋律差不多听够了，开始听每一个蒙古语的词，就好像自己从来不懂这个词的含义。他们唱道：青草、珍藏、风、在眼前渐渐升高又隐蔽的丘陵、最好的马、土啊、完整无缺的、远处、血和红相通。然后一长串“啊”。啊完了之后是“母亲的”，说前面这些东西都是母亲的（大地的），这么多的美好归于母亲大地。

蒙古语如此美妙，有如神谕。草原上的一切用蒙古语才能说清楚说亲切说得如在眼前。语言的魅力在歌声里。这一感受可能别人早就知道，我才知道。

之二，防腐剂百分之二，阿斯巴甜百分之一，水百分之八十。现在的歌声也是由百分之八十的水以及其他电子元素按百分比组成的。甜甜地糊在虚假的生活的表面。

而我们的生活失去了许多真纯的东西之后，最后连歌唱也失去了。那么一同失去的，必然包括真诚与朴素。

腾格尔歌曲写意

夏季，在蒙古高原是老天爷用力抖开的长长的绿绸子，从巴丹吉林到敖嫩古雅。这么长，如从楼兰古国到高句丽，备上九匹好马也要跑上两个月。老天爷另外一块用力抖开的绸子是冬天，白色的。

蒙古人在起伏的绿绸子上行走，他们惯于骑马，一走路就像鸭子那样摇摇摆摆，背手眯眼。在这样的土地上走，炊烟里必有牛粪的气味，榆木桩子拴着沉思状的紫骝马，牛群在雨后的草滩上走过，蹄印里汪着积水。这里没有路，只有勒勒车的两道辙印。人的前胸和后背都是无语苍凉的草原。太阳从银灰的云层偶一露头，远处有一块草地便绿得耀眼；金色在草叶上急速爬过，不久淡化了。起风的时候，空气透明，草浪像骨牌一样向同一个方向倒伏，让风的部队快速潜行。

这时，黯绿的草色逼入眼里，似有悲抑。但如此辽远的天地似又不容人啼哭，所有的景物无不沉实厚重。置身此地，蒙古人感到心里涌动悠长的情绪，张口让它出来，便成牧歌。

牧歌宛如情歌，无不极尽委婉，这是许多话也说不尽的曲折。情感一物，在尽境已无话可说了，这样就有汉人在京剧中的拖腔与蒙古人在牧歌中的长调。长调，像族人在背上的行囊中装进尽可能多的什物，又像魔术师从口袋中拽出无穷尽的彩带。

就这样，蒙古人在目光望不到边的草原生活，无论走累了坐下歇息，无论伫望，无论宴筵征战远徙祷祝，心里总要遇到一首歌。蒙古民歌俯仰皆是，一旗编有《蒙古民歌三百首》，一盟编有《蒙古民歌三千首》，然而千万何止。

刚刚听到蒙古民歌的人，听出悠远，是第一楼台；听出蒙古民歌的苍凉悲抑，乃第二楼台；在第三重境界，会听到蒙古人的心肠多么柔软，像绸子一样柔软。粗糙的北地，像一块磨石，把人的筋骨磨硬，心肠磨软了。这就是内蒙古。因此，他们会把更好的肉食和奶食送给借宿的路人。

在蒙古民歌中，那些用手指和心灵摩挲得最好的佛珠，是《达那巴拉》《诺恩吉亚》《云良》《嘎达梅林》《小黄马》《达古拉》《金珠尔玛》。依气功说，这些歌的信息能量太丰富太辽远了。像这样的好歌，还可以像百科全书一样列下去。

这时需要一位歌者，贯历史而达现今，如油然之云把歌中的含金量沛然化雨，一泻而出，那么，在大师级的歌王哈扎布、朝鲁、宝音德力格尔之后，在马头琴王齐·宝力高之后，在卓越的歌唱家牧兰、拉苏荣、金花之后，在世界公认的作曲家通福、美丽其格和最早的电子音乐家图力古尔之后，漫漫地平线上的巨星是腾格尔。

腾格尔的意思是“天”，蒙古人没有几个如此作名，但腾格尔称名不妨。天者，辽远无碍，又具王者之尊。腾格尔是鄂尔多斯人，他们俱是成吉思汗的守陵人，几百年中如贵族一样沉溺歌舞之中，不必劳作，也不是包勒（奴隶）。腾格尔有福了，生在鄂尔多斯，幼时随祖母放羊，领会草原襟抱，及长入歌舞团而后考入音乐学院学作曲，定居京华而下派宁夏锻炼，终于崛起。他由民族而升腾，非个人能力所及也，这是他与流行歌手最大的区别。人若成器，后腰须有支撑，台港两巷支撑、情郎妹了支撑、政治口号支撑，均不如有一个强韧的民族和苍凉的天地来支撑。因此，腾格尔有福了，用蒙古语说，他“Baoyuntie”。

听腾格尔的歌，像在饮牛的水洼前捧水泼在脸上，像在沙粒迎面的大风中前行，有暗夜饮醪的热肠感受，是长歌当哭的抒纾。当烈辣过喉的时候，当男人宽温的手放在女人背上的时候，当目睹落日悲壮的时候，去听腾格尔的歌吧。